Messer, Gabel, Mord

Kriminell gute Geschichten aus der Küche

Gesammelt von Rotraut Schöberl

Mit Illustrationen von Hanna Zeckau
und ausgewählten Rezepten
von den Autor*innen

Residenz Verlag

Salzburg – Wien

Bibliografische Information der Deutschen Nationalbibliothek
Die Deutsche Nationalbibliothek verzeichnet diese Publikation in der Deutschen Nationalbibliografie; detaillierte bibliografische Daten sind im Internet über http://dnb.dnb.de abrufbar.

www.residenzverlag.at

Umschlaggestaltung: Hanna Zeckau
Typografische Gestaltung, Satz: Ekke Wolf, typic.at
Lektorat: Jessica Beer
Gesamtherstellung: finidr, Tschechische Republik
ISBN 978 3 7017 1793 4

Inhalt

Alex Beer
Es geht um die Wurst! 9

Ellen Dunne
Amore 25

Herbert Dutzler
Eier aus Aserbaidschan 37

Eva D.
Frau Hedi 51

Severin Groebner
Ein demokratisches Abendessen 59

Werner Gruber
Mit feiner Klinge 77

Christian Klinger
Immer Kummer mit dem Hummer 91

Tatjana Kruse
Wem die Eisbombe tickt … 107

René Laffite
Mamies kleinster Coup 119

Gudrun Lerchbaum
Falsches Fleisch 133

Beate Maxian
Thea 145

Lydia Mischkulnig
Ossobuco 159

Martina Parker
Das heißkalte Mädchen 171

Theresa Prammer
Backe, backe, morde … 187

Erwin Riedesser
Schnedel mit Ei 197

Eva Rossmann
Ums Eck 209

Rotraut Schöberl
Meereslust am Waldesrand 225

Christian Seiler
Der Mann von Tisch 4 231

Peter Zirbs
Alles Gute, Leo 243

Rezepte 253

Biografien 279

Liebe Koch- und Krimifreundin,
lieber Küchen- und Krimifreund,

herzlich willkommen in unserer Küchenkrimi-Anthologie, in dieser bunten Sammlung aus spannenden Geschichten, die alle eines gemeinsam haben: Sie spielen in der Welt der Küche und des Essens. Von vergifteten Gerichten über kriminelle Rezepte bis hin zu tödlichen Küchenutensilien: hier ist für jeden Krimifan etwas dabei.

Die Küche ist nämlich nicht nur ein Ort des Kochens und Genießens, sondern eben auch ein Ort voller Geheimnisse, Intrigen und tödlicher Gefahren. In den folgenden Episoden können wir mysteriöse Vorfälle, unerklärliche Todesfälle und clevere Detektiv*innen beobachten und skrupellosen Gastronom*innen ebenso wie passionierten Hobbyköch*innen in den Topf schauen.

Jeder dieser Kurzkrimis wurde von ausgesuchten – küchenaffinen – Autorinnen und Autoren extra für diese Anthologie geschrieben und lässt uns die Küche, diesen doch so vertrauten Raum, plötzlich mit ganz anderen Augen sehen.

Guten Appetit trotz allem – und spannende Unterhaltung – wünscht herzlich

Rotraut Schöberl

Alex Beer

Es geht um die Wurst!

»Niemals!« Die Stimme von Fleischhauer Carl Ott dröhnte bis in den Verkaufsraum. »Natürlich weiß ich, dass das Geschäft nicht gut läuft … Trotzdem … Nur über meine Leiche!« Ein wütendes Schnauben erklang, gefolgt von schweren Schritten.

Die zwei Verkäuferinnen, die an der Tür gelauscht hatten, huschten zurück an die Arbeit. Eilig begann die untersetzte Bertha hauchdünne Scheiben Beinschinken zu schneiden, während die schlaksige Erika dicke Leberwürste in der Auslage stapelte. Beide Frauen waren um die fünfzig und trugen verwaschene weiße Kittel, die von dem einen oder anderen Blutspritzer geziert wurden.

Keine fünf Sekunden vergingen, da stampfte Otts Bruder Rudolph aus dem Büro, durchquerte wortlos den Laden, riss die Eingangstür auf und stürmte ins Freie.

Bertha und Erika warfen einander verstohlene Blicke zu.

»Sollte er noch einmal hier auftauchen, dann schmeißt ihn raus«, sagte Carl hinter ihnen. »Mein Bruder ist ein verdammter Taugenichts.« Der Fleischhauer band sich die Schürze um und griff nach einem

Hackbeil. »Ein anmaßender Nichtsnutz.« Er löste Beiried, Rost- und Lungenbraten aus einer Rinderhälfte, gefolgt von Porterhouse- und T-Bone-Steaks. »… ewig im Ausland … um nichts gekümmert«, murmelte er in seinen dichten, kurz geschnittenen grauen Bart, während er das Beil wieder und wieder auf das Fleisch und die Knochen niedersausen ließ. »Und jetzt will er plötzlich sein Erbe antreten …« Mit jedem Schlag verdunkelte sich das Rot in seinem Gesicht.

»Sie dürfen sich nicht aufregen«, sagte Bertha. »Doktor Eisele meint, Ihr Blutdruck sei zu hoch.«

»Eisele, der alte Kurpfuscher …« Ott zückte ein Stofftaschentuch und tupfte damit sein feistes Gesicht ab. »Der hat schon mehr Seelen ins Jenseits befördert als ich Schweine. Er …«

Das Bimmeln des Türglöckchens – in letzter Zeit leider ein äußerst seltenes Geräusch – setzte der Schimpftirade ein Ende.

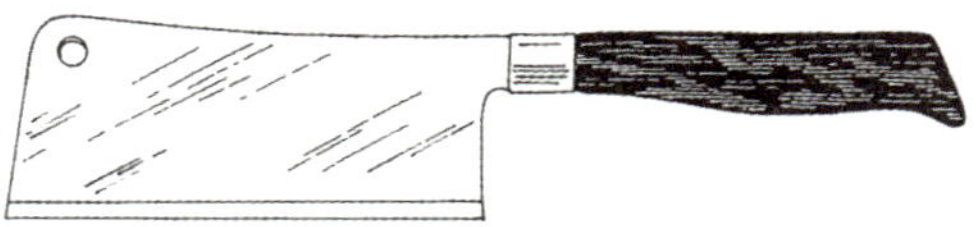

»Guten Morgen, Frau Tiller.« Erika wischte die Hände an ihrem Kittel ab. »Dreißig Deka Kutteln und zwei sauer eingelegte Nieren? Wie jede Woche?«

»Natürlich.« Die alte Stammkundin kam hereingeschlurft, wobei sie ihre Füße, die in unförmigen orthopädischen Schuhen steckten, kaum anhob. Im Schlepptau hatte sie ihren Einkaufstrolley und ihren Rauhaardackel Willi, der mindestens so arthritisch und schwerhörig war wie sie selbst. »Gewohnheiten sind wichtig«, krächzte sie und hob ihren krummen, knochigen Zeigefinger.

Ott stemmte seine Pratzen in die Hüften und nickte. »Meine Rede! Gewohnheiten und Tradition werden bei uns großgeschrieben.« Er streckte den Rücken durch und reckte das Doppelkinn in die Höhe.

Ott und Söhne, Wiens älteste Fleischerei, hatte einst als k.u.k. Hoflieferant die Schnitzel und den Tafelspitz für den Kaiser hergestellt. Seit damals hatte sich in dem Betrieb kaum etwas verändert. Natürlich gab es mittlerweile einen Computer und man konnte auch mit Karte zahlen, aber der Arbeitstisch und die Regale aus massivem Eichenholz, die rotbraunen Fliesen, die Wursthaken und Emaille-Schüsseln waren dieselben wie vor über hundert Jahren. Genau wie die Rezepturen für die Blunzn, die Extra- und Burenwürste, die neben Debrezinern, Frankfurtern und Knackern unter kaltem Neonlicht in der laut surrenden Kühlvitrine lagen und darauf warteten, gekauft und verzehrt zu werden.

»Meine Augen sind nicht die allerbesten.« Frau Tiller deutete auf ihre Brille, deren Gläser so dick wie Flaschenböden waren. »Aber vorhin auf der Straße … ich hätte schwören können, dass das der Rudolph war.«

Fleischermeister Ott presste die Lippen so fest aufeinander, dass sie sich in blutleere Striche verwandelten, und blähte die Nasenflügel. Erneut griff er zum Hackbeil und ließ seine Wut an der Rinderhälfte aus. »Nichts als Ärger«, murmelte er.

Frau Tillers kleine Äuglein funkelten. »Soso, ein Bruderzwist. Auch der hat Tradition. Den gab's schon in der Bibel.«

Am darauffolgenden Tag …

Erika legte die gepökelte Rindszunge zur Seite und blickte zum dritten Mal auf ihre Uhr. »Viertel nach acht. Und der Chef ist immer noch nicht da.«

»Vielleicht hat er verschlafen«, überlegte Bertha laut, während sie luftgetrocknete Cabanossi auf lange Schnüre fädelte.

Erika schüttelte den Kopf. »Seit mehr als zehn Jahren arbeiten wir nun hier, und in all der Zeit war der Chef nie unpünktlich. Kein einziges Mal. Es muss etwas passiert sein.«

Als wäre dies das Stichwort gewesen, bimmelte das Türglöckchen und Rudolph Ott betrat die Fleischerei. Genau wie sein älterer Bruder war er großgewachsen, hatte breite Schultern und dichtes braunes Haar, das von grauen Strähnen durchzogen wurde. Er hatte nicht ganz so viel Speck auf den Rippen, war aber dennoch eine imposante Erscheinung. Noch ehe Bertha und Erika etwas sagen konnten, gab er ein lautes Seufzen von sich. »Ich habe schlechte Neuigkeiten: Der arme Carl hat gestern Abend einen Herzinfarkt erlitten.«

Bertha ließ die Cabanossi fallen und fasste sich an die Brust. »Um Gottes willen. Ist er etwa …«

»Nein.« Beschwichtigend hob Rudolph die Hände. »Carl lebt, aber seine Genesung wird einige Zeit in Anspruch nehmen.« Er sah sich um und seufzte erneut. »Leider ist nicht sicher, wann er zurückkommen wird, beziehungsweise ob überhaupt ... Die Arbeit hier ist anstrengend. Gut möglich, dass er in Frühpension gehen muss.«

Die beiden Fleischfachverkäuferinnen sahen betreten drein.

»Keine Sorge, meine Damen«, erklärte Rudolph. »Bis auf Weiteres werde ich mich um den Betrieb kümmern.« Er klopfte Bertha wohlwollend auf die Schulter und nickte Erika zu. »Vielleicht tut dem Laden ein bisschen frischer Wind ganz gut.« Er zwinkerte den beiden zu.

»Der Chef will keinen frischen Wind«, rief Erika. »Der Chef will ...«

»Tradition«, vervollständigte Bertha den Satz. »Tradition bringt Stabilität und Sicherheit.«

»Ich sehe, Sie beide wurden jahrelang von meinem Bruder indoktriniert. Kommen Sie doch heute Abend zu mir. Lassen Sie uns gemeinsam essen und reden.« Er notierte seine Adresse auf ein fettverschmiertes Stück Wurstpapier und legte es neben die Kasse. »Sieben Uhr.« Er deutete eine Verbeugung an und verschwand.

»Der Kerl ist mir nicht geheuer«, flüsterte Bertha.

»Du hast recht.« Erika verschränkte die Arme. »Irgendetwas stimmt nicht mit dem.«

»Erwarten Sie außer uns noch jemanden?«, fragte Erika, als sie und Bertha in Rudolphs Wohnzimmer traten und die festlich gedeckte Tafel erblickten. Auf einem eleganten weißen Tischtuch war blumenverziertes Augarten-Porzellan arrangiert, dazu Stoffservietten und Silberbesteck. In zwei elegant geschwungenen Kandelabern flackerten Bienenwachskerzen, neben einem Strauß aus langstieligen Rosen. »Scheint, als wollten Sie einen Fürsten empfangen, nicht zwei einfache Wurstverkäuferinnen.«

»Aber meine Damen.« Rudolph rückte ihnen die Stühle zurecht und stellte eine Karaffe französischen Rotwein auf den Tisch. »Es wird doch wohl erlaubt sein, Sie ein wenig zu verwöhnen. Immerhin werden wir in nächster Zeit viel miteinander zu tun haben.« Mit einem Lächeln verschwand er in der Küche.

Kaum war er fort, beugte sich Bertha über den Tisch. »Was für ein Schleimer«, flüsterte sie.

Erika nickte. »Ich hoffe, der will uns nicht an die Wäsche.«

»Et voilà.« Rudolph kehrte zurück. »Leberpastete im Blätterteigmantel«, verkündete er, schaufelte großzügige Portionen auf die Teller und schenkte Wein ein – nicht zu knapp. »Lassen Sie es sich schmecken.«

Während sie aßen, erzählte er von seinen Reisen und seiner Liebe zu Gustav Mahler und Leo Tolstoi. Immer wieder hielt er inne und musterte seine Besucherinnen. »Na? Mundet es?«

Bertha zuckte mit den Schultern. »Eigenartige Würzung. Sind da Nelken drin?«

»Ich glaube, es ist Muskatnuss«, sagte Erika. »Oder vielleicht Koriander?«

Rudolph grinste. »Vielleicht werde ich Ihnen die Zutaten eines Tages verraten. Jetzt gibt es erst einmal die Hauptspeise.« Er erhob sich und verschwand.

Erika stocherte in der Pastete herum. »Irgendwie komisch«, flüsterte sie.

Bertha kam nicht dazu, zu antworten, da Rudolph zurückkam. Er trug dicke Ofenhandschuhe, stellte eine Kasserolle auf den Tisch und nahm mit einer schwungvollen Geste den Deckel ab. Heißer Dampf stieg auf, der Raum füllte sich mit einem würzigen Duft. »Falscher Hase«, verkündete er. »Klassisch mit einem hartgekochten Ei in der Mitte. Dazu gibt es Karotten und Erdäpfelpüree.«

»Interessant«, sagte Erika, nachdem sie gekostet hatte. »Ein bisschen trocken. Ist das Faschierte vom Kalb? Oder Rind-Schwein gemischt?«

»Es ist …« Das Rasseln einer Eieruhr ließ Rudolph innehalten. »Der Milchrahmstrudel ruft.« Er lächelte und verschwand.

Am nächsten Morgen schob Erika den Rollbalken hoch und betrat die Fleischerei. Sie knipste das Licht an, zog ihren Kittel über und öffnete die Tür, die in den hinteren Teil des Geschäftes führte, wo sich das Büro, der Kühl- und der Schlachtraum befanden.

Als am Ende des Flurs plötzlich eine Gestalt auftauchte, stieß sie einen spitzen Schrei aus und griff nach einem Messer. »Ich bin bewaffnet!«

»Ich bin es doch nur.«

Erika atmete auf. »Herr Rudolph, was tun Sie denn schon hier?«

»Ich war fleißig.« Rudolph trat aus dem Halbdunkel, kam in den Verkaufsraum und reichte Erika ein Stück Wurst. »Die habe ich heute frisch gemacht.«

»Ich wusste gar nicht, dass Sie das können.«

»Ich habe das Handwerk von klein auf gelernt. Genau wie Carl. Unser Vater hat es uns beigebracht.«

Zögerlich biss Erika ab.

»Na? Wie schmeckt Ihnen meine Kreation?«

»Geht so.« Sie zuckte mit den Schultern. »Sie ist ein bisschen süßlich und hat einen eigenartigen Beigeschmack.«

Rudolph setzte an, etwas zu entgegnen, da kam Bertha hereinmarschiert. »Ich war gerade hinten im Koben.« Sie stemmte die Hände in die Hüften. »Die Schweine sind quietschfidel. Warum haben Sie sie noch nicht geschlachtet?«

Erika starrte auf die Wurst in ihrer Hand. »Wenn die Schweine noch leben, woraus haben Sie die dann gemacht?«

Das Bimmeln des Türglöckchens setzte dem Gespräch ein Ende. Frau Tiller kam samt Willi hereingeschlurft. »Ah, der verlorene Sohn«, entfuhr es der alten Frau, als ihr Blick auf Rudolph fiel. »Wusste ich doch, dass Sie das gestern waren.«

»Ja, ich bin zurück.« Lächelnd reichte er ihr ein Rädchen Wurst. »Kosten Sie.«

Sie steckte es in den Mund, kaute und verzog das Gesicht. »Ein bisschen erinnert mich der Geschmack an meine Kindheit, direkt nach dem Krieg, als wir Katzen und Ratten essen mussten. Vielleicht sollten Sie die Wurstzubereitung besser Ihrem Bruder überlassen. Apropos.« Sie schaute sich suchend um. »Wo ist denn der Herr Carl?«

Während sich Rudolph mit der alten Dame unterhielt, fasste Erika Bertha am Ärmel und zog sie zur Seite. »Wenn er die Schweine nicht geschlachtet hat, woraus hat er dann die Wurst gemacht?«, wiederholte sie ihre Frage von vorhin.

Bertha brauchte ein paar Augenblicke, bis sie verstand, worauf ihre Kollegin hinauswollte. Ihr Augenlid begann nervös zu zucken. »Nein, das kann nicht sein.«

»Denk doch mal nach. Rudolph war jahrelang im Ausland, kommt zurück und will sein Erbe. Zwischen ihm und dem Chef entbrennt ein Streit – und kannst du dich erinnern, was Herr Carl dabei gerufen hat? *Nur* …«

Bertha schluckte. »… *über meine Leiche*«, flüsterte sie mit bebender Stimme.

»Ganz genau. Der Chef verschwindet daraufhin und Rudolph serviert eigenartige Fleischgerichte und macht Wurst mit einem sonderbaren Beigeschmack.«

Bertha wurde blass. »Du hast zu viele Horrorfilme gesehen.«

»Überleg doch mal!«, ließ Erika nicht locker. »Der Bruderzwist ist schon bei Kain und Abel tödlich ausgegangen. Vielleicht auch hier. Dann hätte Rudolph plötzlich eine Leiche an der Backe gehabt – eine Leiche, die er dringend loswerden musste.«

»Eine Leiche kann man in die Donau werfen.«

»Sei nicht so naiv. Dabei läuft man Gefahr, beobachtet zu werden, außerdem werden die Toten irgendwann wieder angeschwemmt …«

»Er hätte ihn in Säure auflösen können.«

»Und woher hätte er so viel Säure nehmen sollen? Die kann man nicht einfach in der Drogerie kaufen oder im Internet bestellen. Der Chef war außerdem massig, der wog mindestens 120 Kilo.«

Bertha schüttelte den Kopf. »Das kann … das darf nicht wahr sein.«

»Der Chef hatte, abgesehen von seinem Bruder, keine Familie. Uns, den Freunden und Bekannten tischt Rudolph das Märchen vom Herzinfarkt auf. Damit gewinnt er Zeit und lässt währenddessen die Beweise verschwinden.« Erika deutete auf den Fleischwolf.

Bertha wurde übel. Sie eilte nach hinten und griff nach ihrem Mantel.

»Wohin willst du?«

»Zur Polizei. Ich lasse die Wurst analysieren.« Gefolgt von Erika huschte Bertha in den Schlachtraum und packte ein großes Stück davon ein. »Sieh nur«, rief sie plötzlich und deutete auf die Kühltruhe, die gleich neben der Tür laut vor sich hin surrte. »Er hat ein Schloss drangemacht.«

»Ich hatte also recht!« Erika rüttelte daran. »Der Mistkerl.«

»Ah, die gute Wurst«, erklang da plötzlich eine Stimme hinter ihnen.

Erika und Bertha fuhren herum.

Rudolph stand im Türrahmen und grinste. »Sind Sie etwa doch auf den Geschmack gekommen?«

»Wir wissen, was da drin ist«, kreischte Erika.

»Und Sie werden nicht damit davonkommen.« Bertha ballte die Hände zu Fäusten.

Rudolph trat in den Raum und schritt auf die beiden zu. »Meine Damen«, sagte er mit sonorer Stimme. »Deswegen brauchen Sie doch nicht gleich hysterisch zu werden.«

»Von wegen!«, brüllte Erika.

»Beruhigen Sie sich.« Er schloss die Tür und positionierte sich breitbeinig davor. »Und dann unterhalten wir uns.«

»Einen Dreck werden wir tun. Wir mögen harmlos wirken, aber wir sind keine einfachen Opfer.« Bertha schielte auf die Schlachtwerkzeuge, die neben ihnen auf der Werkbank lagen, und dann zu Erika.

Erika hatte verstanden und nickte.

»Was ist denn nur los mit Ihnen?« Rudolph machte einen Schritt auf die beiden zu.

Bertha schubste ihn nach hinten, Erika griff nach dem Schlachtschussapparat. Rudolph taumelte, ruderte mit den Armen durch die Luft, verlor schließlich das Gleichgewicht und fiel nach hinten, wobei er mit dem Kopf gegen den Türknauf schlug. Reglos blieb er auf dem Fliesenboden liegen.

»Sie haben Ihren Bruder ermordet.« Erika stellte sich über ihn und zielte mit dem Schlachtschussapparat auf seine Stirn. »Aber uns kriegen Sie nicht. Aus uns wird kein falscher Hase.«

Bertha starrte auf die Blutlache, die sich Zentimeter um Zentimeter neben Rudolphs Kopf ausbreitete. Vorsichtig beugte sie sich zu ihm hinunter und fühlte seinen Puls. »Scheiße, Erika, ich glaube, er ist tot.«

Erika ließ die Waffe sinken. »Was tun wir denn jetzt?«

»Wir müssen die Polizei rufen.«

»Auf keinen Fall.«

»Es war Selbstverteidigung.«

»Erinnere dich an meinen Cousin. Der hat bei einer Kneipenschlägerei in Notwehr einen kaltgemacht. Dafür ist er zwei Jahre ins Gefängnis gewandert, von den Kosten für den Anwalt und das Gericht ganz zu schweigen.«

Bertha überlegte. »Wir könnten sagen, dass er ausgerutscht ist«, schlug sie vor. »Dass wir ihn so gefunden haben.«

»Hast du noch nie CSI geschaut? Oder Tatort? Die Polizei kann heutzutage den Ablauf eines Verbrechens genau nachstellen. Die berechnen die Flugbahn der Blutstropfen, messen die Winkel seiner Gliedmaßen und so Zeug.« Sie verschränkte die Arme vor der Brust und schüttelte den Kopf. »Wir müssen ihn verschwinden lassen.«

Bertha blickte zum Fleischwolf.

»Nicht in die Wurst. Denk an unsere armen Kunden«, erklärte Erika. »Es reicht, dass wir unfreiwillig zu Kannibalen geworden sind. Geben wir das Schwein lieber den Schweinen. Die hatten heute eh noch nichts zu fressen.«

»Damit kommt er aber auch in die Wurst. Wenn auch nur indirekt.«

Erika seufzte, hängte das »Geschlossen«-Schild an die Tür und holte Sliwowitz. Als die Flasche zur Hälfte geleert war, blickte sie auf. »Ich hab eine Idee«, sagte sie. »Ich weiß, wie wir unseren Arbeitsplatz behalten können.«

»Sag bitte nicht, dass dein Plan mit Wurst zu tun hat.«

»Keine Sorge, mit dem Thema bin ich durch.«

Nachdem sich die Schweine grunzend mit Rudolph den Bauch vollgeschlagen hatten – ratzeputz bis auf das letzte Knöchelchen –, hatten Erika und Bertha einen Gnadenhof angerufen und sie abholen lassen. Die Menschenfresser würden den Rest ihrer Tage in artgerechter Haltung auf einem Grundstück am Stadtrand verbringen.

Als der Transporter außer Sichtweite war, vergruben sie die Kühltruhe samt Inhalt im Innenhof, tranken den Rest der Flasche und fälschten ein paar Unterschriften.

Zwei Wochen später.

Der Laden brummte. Vor der Theke hatte sich eine lange Schlange gebildet und die Kasse klingelte. Es waren vor allem junge Menschen aus den hippen Nachbarbezirken, die sich eingefunden hatten, um ihre Einkäufe zu tätigen.

»Was ist denn das für komisches Zeug?« Frau Tiller kniff die Augen zusammen und beugte sich so tief über die Vitrine, dass ihre Nasenspitze beinahe das Glas berührte.

»Das sind vegane Produkte«, erklärte Erika.

»Vegan? Was soll das heißen?«

»Das heißt, dass diese Speisen keine tierischen Produkte enthalten, also keine Milch, keine Eier, keinen Honig und auch kein Fleisch.«

»So was gibt's?«

Erika blieb die Antwort schuldig und starrte mit offenem Mund zur Tür.

»Was ist?«, krächzte Frau Tiller. »Sie schauen drein, als hätten Sie grad einen Geist gesehen.«

Das hatte Erika in der Tat. »Bertha«, zischte sie und deutete auf den großgewachsenen Mann, der gerade den Laden betreten hatte: Fleischermeister Carl Ott.

Bertha ließ das Seitanschnitzel, das sie in der Hand hielt, auf den Boden fallen und riss die Augen auf. »Jesus, Maria und Josef.«

Ott trat an die Vitrine und studierte das neue Angebot. Sein Gesicht lief knallrot an, die Adern an seinem

Hals pulsierten. »Wo ist er?«, brüllte er. »Wo ist der verdammte Rudolph?«

Erikas Oberlippe bebte, Bertha traten Schweißperlen auf die Stirn.

Carl Ott fasste sich an die Brust, atmete tief ein, langsam wieder aus und zog eine Pillendose aus der Hosentasche. »Schon gut«, sagte er, nachdem er zwei Tabletten geschluckt hatte. »Es ist nicht Ihre Schuld. Sie haben wahrscheinlich nur getan, was er verlangt hat.«

Die beiden nickten. »Wir haben es sogar schriftlich. Er hat alles aufgeschrieben, bevor er wieder auf Reisen gegangen ist.«

»Mein elender Bruder«, murrte Ott. »Seit seiner Rückkehr ist er mir mit diesem veganen Kram in den Ohren gelegen. Wurst aus Erbsen, Steak aus Soja, Filet aus Linsen ...« Er schüttelte den Kopf. »Wie lange läuft das hier schon so?«

»Seit ein paar Tagen.«

»Der kleine Pisser hat keine Zeit verschwendet.« Ott schaute sich um und musterte die vielen Pärchen und jungen Familien, die mit vollen Einkaufskörben darauf warteten, zu bezahlen. »Wie viel Umsatz haben Sie bisher gemacht.«

Erika nannte ihm eine Zahl.

Ott wurde blass. »Sicher? Das ist mehr, als wir bisher im Monat eingenommen haben.«

Erika nickte, während Bertha sich wieder um die Kunden kümmerte.

Ott trat hinter den Verkaufstresen, schnitt ein Stück vegane Wurst ab und steckte es in den Mund. »Nicht so gut wie meine Kalbspariser, aber besser als gedacht.« Noch einmal ließ er seinen Blick durch den gerammelt vollen Verkaufsraum schweifen, dann band er sich eine Schürze um und krempelte die Ärmel hoch. »Frau Tiller, meine Liebe«, wandte er sich an die alte Stammkundin, die noch immer vor der Vitrine stand. »Was darf es sein?«

»Nichts.« Sie machte auf dem Absatz kehrt und schlurfte davon. »Bevor der Willi und ich diesen Mist fressen, fressen wir lieber Sie.«

Ellen Dunne

Amore

Etwas ist anders in der Wohnung der Murphys heute. Diese Stille. Sie lauert in den Räumen wie eine Katze. Seit das mit dem Home-Office nicht mehr notwendig ist, sind die Murphys oft nicht daheim, wenn sie am Montagvormittag zum Putzen kommt.

Als sie noch einmal lauscht, hört sie doch was. Vorne, aus der Küche. Ein leises Rauschen. Geklingel. Sie verlässt das Vorzimmer und geht in den Wohnküchenbereich, sieht sich um und findet ihren Verdacht bestätigt. Das Fenster über der Spüle ist gekippt. Es schaut direkt hinaus auf den Wurstelprater. Hinter dem matten Laub der Baumkronen taucht das Gerüst der Achterbahn auf und ab wie eine Seeschlange. Der Sky Shot katapultiert Adrenalinjunkies in den Himmel. Von Ferne rauschen die Waggons, trötet eine Signalhupe, locken Schausteller. Es ist alles, nur nicht still.

Vielleicht hat sie sich was eingebildet beim Hereinkommen.

Wunder wäre es keines. Seit zwei Wochen steckt ihr eine Verkühlung in den Nebenhöhlen. In den Ohren gluckert es manchmal noch beim Schlucken. Sogar den Geruch in der Küche registriert sie erst jetzt so richtig. Etwas Fleischiges. Lange gegart, so wie es Simon am liebsten mag. Auf dem Herd steht ein großer Topf, noch handwarm. Am Deckel hängen innen dicke Kondenswassertropfen. Karotten ragen aus der dunklen Soße, gut angebratene Fleischstücke. Ein Hauch von Thymian, Lorbeer, Wacholderbeeren steigt ihr in die Nase. Außerdem Biergeruch. Guinness. Oder schwarzes Gold, wie Simon es nennt. Vier zerknüllte Dosen liegen neben dem Kochfeld verstreut wie Schwerverletzte. Eine fünfte steht halb geleert daneben. Wahrscheinlich haben die Murphys mal wieder Heimweh. Das wird angeblich stärker mit den Jahren, hat ihr Liz vor kurzem anvertraut, und gleich wieder Tränen in den Augen gehabt. Liz ist nah am Wasser gebaut. Das wiederum hat ihr Simon anvertraut, in einem schwachen Moment. Simon hat viele schwache Momente.

Sie setzt den Deckel zurück auf den Topf, schluckt den Speichel, der sich in ihrem Mund gesammelt hat. Später.

Oder doch lieber jetzt. Sie holt eine Gabel aus der Schublade, spießt einen Fleischbrocken auf und schiebt ihn sich in den Mund, dann eine Karotte, dann noch einmal ein Stück Fleisch, tunkt es großzügig in den üppigen Saft. Sie hört sich selbst beim Kauen und Seufzen zu. Butterweich. Ein eigentümlicher, intensiver, guter Geschmack. Wild. Oder eher Lamm? Das essen doch die Irländer traditionell, oder?

Sie holt die Tupperdose aus ihrer Tasche und nimmt sich zwei Schöpflöffel voll für zu Hause. Aufgewärmt schmeckt es sicher noch besser. Bei so einem großen Topf fällt das nicht auf. Schon gar nicht Liz, so viel weiß sie inzwischen. Ein bisschen umgefülltes Duschgel hier, eine Klopapierrolle da. Nicht einmal nach den kleinen goldenen Ohrringen hat sie gefragt, die so lange unbeachtet in einer großen Muschelschale unter einem Wust anderer Ohrringe ihr Dasein gefristet haben. Liz ernährt sich außerdem eh nur von Hasenfutter.

Sie umwickelt die Tupperdose mit einem Plastiksackerl, damit es nicht riecht, verstaut sie tief in ihrer Umhängetasche, legt ihre Strickweste darüber, nur falls Liz früher nach Hause kommt und sie überrascht. So was ist ihr mal bei anderen Kunden passiert, und wenn die einmal anfangen, dich zu verdächtigen, dann schnüffeln sie dir ständig nach oder schmeißen dich gleich raus. Das ist meistens kein Problem, Putzfrauen sind immer und überall gefragt. Die Murphys würde sie aber ungern verlieren. Solche wie die sind ihr am liebsten. Zu viel Geld, zu wenig Zeit. Keine Ausländer, aber aus dem Ausland. Simon und Liz kommen aus irgendeiner Stadt irgendwo mitten in Irland, den Namen hat sie sich nicht gemerkt. Trotz der bald drei Jahre in Österreich können sie kaum Deutsch, und wie vielen Leuten, die nicht immer Geld hatten, ist es ihnen irgendwie peinlich, eine Putzkraft zu beschäftigen. Deshalb tut Liz Murphy ständig so überfreundlich und Simon hat nicht mit der Wimper gezuckt, als sie mit ihrem üblichen Stundenpreis um das Doppelte raufgeschnalzt ist. Fast hat sie bereut, dass sie nicht noch mehr verlangt hat. Aber sie geben ihr meistens noch ein paar Euro Trinkgeld obendrauf, dann noch etwas extra zu Weihnachten. Liz und Simon sind großzügige Menschen. Und sie haben es ja.

Simon arbeitet bei der UNO, irgendwas bei der Drogenbehörde. Liz war früher mal Managerin in einem Pharmakonzern in Dublin. Seit sie Simons Karriere nach Wien gefolgt ist, schreibt sie Romane, die keiner lesen will. Das hat Liz ihr auch einmal erzählt. Außerdem versuchen sie ein Kind zu kriegen. Liz' Kinderwunsch sei erst sehr spät erwacht, hat Simon ihr anvertraut. Zu spät. Es liege an ihrem Alter, nicht an seinem. Schuld sei in Liz' Augen natürlich trotzdem er. Sie sei sehr ungerecht mit ihm in letzter Zeit.

Natürlich, hat sie genickt und so getan, als wüsste sie all das nicht schon längst. Aber sie hat selbst Augen im Kopf. Hat gesehen, wie sich Berge an Medikamenten im Kühlschrank aufgetürmt haben und wieder abgetragen wurden. Die leeren, verweinten Augen von Liz, wenn es wieder einmal nicht geklappt hat. Wie sie beide mit schmalen Augen und Lippen am Küchentisch an ihren Laptops gesessen haben. Simons Lächeln über den Rand seines Bildschirmes hinweg, das um Trost und Zuwendung bat.

Gemächlich beginnt sie mit der Arbeit. Drei Stunden jede Woche für eine Wohnung von gerade 80 Quadratmetern ist ein Luxus, und sie kostet ihn aus. Als sie mit dem Klo fertig ist, entdeckt sie erst den Zettel. Darauf steht in sorgfältigen Druckbuchstaben:

Heute Müllsammeltag, bitte stellen Sie sicher, dass Sie bei Ihrer Ankunft alle Müllsäcke in die Tiefgarage bringen.

Bitte Schlafzimmer und Bad gründlich.

Danke

Das hat Liz von ihrer Übersetzungsapp abgeschrieben. Oder Simon. Sie erkennt die Handschrift nicht. Solche Zettel hinterlassen sie sonst nicht. Sie geben eigentlich nie Anweisungen. Das *bei Ihrer Ankunft* ist unterstrichen.

Das ist schon fast eine Stunde her. Hoffentlich war die Müllabfuhr nicht schon da! Sie eilt in die Küche, findet tatsächlich ein paar verknotete Abfallsäcke dicht aneinandergedrängt hinter der Kücheninsel. Die reißfesten schwarzen.

Zum Glück sind sie nur mittelschwer. Sie schafft alle nach draußen und in den Lift, fährt nach unten in die Tiefgarage. Dort fuhrwerken die von der Müllabfuhr schon mit den letzten Kübeln herum. Die Partie ist gut drauf, und sie nehmen ihr die Säcke noch mit ab. Im hohen Bogen fliegen sie in den Rachen des Müllwagens, der sie gleich zerkaut. Sein Knirschen und Mahlen begleitet sie auf dem Rückweg bis zum Lift. Sie hat es eilig. Heute ist mehr zu tun als erwartet.

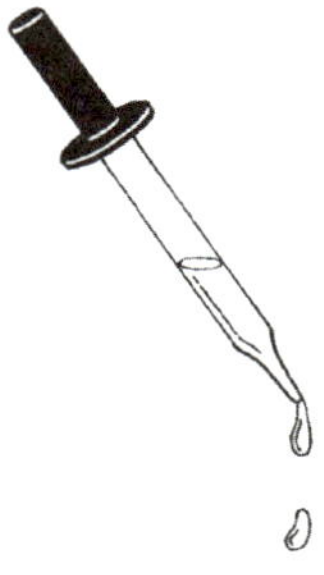

Man sagt immer, die Wohnung ist der Spiegel der Persönlichkeit. In dem Fall wären Liz und Simon Murphy Vampire. Hier spiegelt sich gar nichts. Weiße Wände, kühle Möbel in Grau und Beige, kaum Auslegeware, gerahmte Kunstdrucke an den Wänden, die auch Vierjährige zusammengekleckst haben könnten. Einziges Grün sind die Küchenkräuter. Das Basilikum ersteht jede Woche wieder auf wie der Heiland, nur weil sie es wässert. Eine Umgebung, die man jederzeit spurlos verlassen könnte. Irgendwie psychopathisch.

Und natürlich sieht man jedes Stäubchen. Vor allem bei der stets auf Hochglanz geputzten Einbauküche. Die Oberflächen sind voller Fingertapper, Spritzer und Schlieren. Heute besonders. Jemand hat schlampig geputzt. Sie selbst vielleicht? Sie hat es recht ruhig angehen lassen, das letzte Mal.

Dabei kann sie schon, wenn sie will, sagen sie am Arbeitsamt immer. Eh. Aber wer will schon einen blöden Chef und feste Arbeitszeiten, solange es die Mindestsicherung gibt und Leute wie die Murphys?

Sie stöpselt sich die Kopfhörer ins Ohr und legt los. Zuerst im Bad. Sie muss das Fenster weit öffnen, damit sie den ätzenden Geruch der Chlorbleiche aushält. Simon und Liz lieben Chlorbleiche. Gleich zwei Flaschen haben sie ihr hingestellt. Und es müffelt diesmal wirklich ein bisschen hier drinnen. Wahrscheinlich verrottet was im Abfluss. Sie schüttet gleich eine Viertelflasche nach.

Einmal willst du leben auf Hawaii, sterben wirst du leider in Wien. Aaah, da g'hörst du hin.

Das halbe *Amore*-Album hört sie durch, dann ist das Bad gescheuert, gewischt, poliert, gesaugt, gemoppt. Es arbeitet sich gut mit Wanda. Sie ist zufrieden, als sie ihr Werk betrachtet. So gründlich war sie lange nicht mehr. Sie hat sich auch schon lange nicht mehr so schuldig gefühlt.

So wie das mit den Ohrringen war auch die Sache mit Simon nicht wirklich geplant. Es hat sich einfach ergeben. Eine Zeitlang war er viel im Home-Office. Was er von ihr wollte, war schon sehr bald ersichtlich. Sie mochte sein scheues Lächeln, seine feingliedrigen Hände und die blassbraunen Sommersprossen, seine verstohlenen Blicke. Sie sprachen Bände. Der Arme ist auch wirklich nicht verwöhnt. Außerdem ist sie zehn Jahre jünger als Liz. Mindestens.

Eines Montags vor einem halben Jahr waren sie allein in der Wohnung, Liz war kurzfristig nach Irland geflogen. Ihre Familie war riesig, ständig wurde geheiratet oder beerdigt oder getauft oder irgendein Geburtstag oder Jubiläum gefeiert, bei dem ihre Anwesenheit gefragt war.

Simon hat die Augen verdreht, als er ihr von Liz' Abwesenheit erzählt hat, und sie hat darüber gelacht, aber weiter die Betten überzogen. Hochwertige weiße Bezüge, die bei jeder Berührung knistern wie gestärkt.

Andererseits, meinte er und stand dann hinter ihr, *gibt es Schlimmeres, als wenn Liz nicht da ist. Zum Beispiel, wenn sie da ist.* Sein Lachen leise und trotzdem unangenehm in ihren Gehörgängen.

In Liz' Familie gebe es nämlich so eine Art verrücktes Gen, hat Simon weitergeredet und ihr zugesehen, wie sie das Leintuch glattstrich. Erzählte von der Krise, in der die Beziehung gerade steckte. Diese verbissene

Obsession, ein Kind zu bekommen. Sie sei ihm manchmal unheimlich. Außerdem seien zwei Onkel und eine Schwester von Liz in der Psychiatrie gelandet. Zwar mit Depressionen, aber waren die nicht genauso erblich?

Manchmal denke ich, die Natur wird schon einen Grund haben, warum sie eine Blutlinie beendet, hat er gesagt. *Es gibt außerdem schon genug Menschen auf der Welt, oder nicht?*

Er hat mehr mit sich selbst geredet als mit ihr. Und ihr Englisch war auch nie besonders gut, aber es hat ausgereicht, um zu verstehen: Simon ist kein netter Mann.

Aber ein gutaussehender. Und gut im Bett. Sie war überrascht, wie gut.

Sie bearbeitet die Küchentheke mit Scheuermilch, die Paneele mit Politur. Entfernt zahllose eingetrocknete Spritzer und Schlieren und Tröpfchen, auch auf dem Kochfeld. Denkt bei der Arbeit daran, wie sie es hier mit Simon getrieben hat, und am Boden zwischen Kücheninsel und Herd. Jeden Montagvormittag, und oft auch am Wochenende, je nach Bedarf. Wie er für sie gekocht hat, sein *Signature Dish*, wie er es genannt hat, das einzige Essen, das er immer selbst gekocht hat. Irish Stew. Wie sie Bier aus Dosen getrunken und sich gegenseitig die Soße von den Fingern geschleckt haben zu den dreckigen Akkorden von *Stehengelassene Weinflaschen*.

Simon hat ihr nie Versprechungen gemacht, und sie hat auch keine hören wollen. Es wird schon genug gelogen auf der Welt. Mit der Rückkehr von Liz einige Wochen später endete es dann wie erwartet. Ihr Bedauern darüber war kurz und heftig, ihr Gewissen alles andere als schlecht. Was kann sie für die Eheprobleme anderer Leute? Und sie hat auch keine Lust auf Simon, von der Lust einmal abgesehen. Zwei Monate hat sie ihn nicht mehr gesehen. Warum macht sie sich gerade heute einen Kopf wegen ihm?

Leidenschaft kommt von Leiden und es lässt sich nicht vermeiden, summt sie, und gerade, als sie den Blick ein letztes Mal über die Küche schweifen lässt und denkt, jetzt ist sie fertig, sieht sie es.

Ein rotbräunliches Rinnsal, das sich über die cremefarbene Hochglanzfläche der Kühleinheit seinen Weg bahnt. Vorhin hat sie das gerade weggewischt, da hat es schon trocken ausgesehen. Aber da. Schon wieder fällt ein dunkler Tropfen auf den Fischgrat-Eichenboden. Irgendwas saftelt da im Kühlschrank. Wahrscheinlich etwas zum Auftauen. Sie kaufen ihr Fleisch gerne direkt vom Bauern, hat Simon gemeint, und der Bauer liefert oft das halbe Tier.

Tropf.

Plötzlich schüttelt es sie. Wie immer beim Gedanken an rohes Fleisch. Bei ihr muss es gekocht, geschnetzelt, faschiert oder gewürfelt sein, damit sie nicht an das Tier im Ganzen denken muss, sonst wäre sie schon längst Vegetarierin.

Sie dreht die Musik ab und zieht sich die Kopfhörer aus den Ohren. Plötzlich ist sie wieder da: die Stille von vorher, die lauernde Präsenz, jetzt nicht mehr im Vorzimmer, sondern in der Küche, in ihrem Rücken. Keine Katze, sondern Liz.

Sie schaut anders aus als vor drei Wochen, als sie einander zum letzten Mal gesehen haben. Weniger gepflegt, etwas fülliger um die Mitte, ihr blonder Pagenkopf zerfranst und ausgewachsen, ihr Gesichtsausdruck aber zufrieden. Von wegen Depression. Diese Frau strahlt wie ihre Küche.

»So frisch gerochen hat es hier noch nie«, lobt Liz mit anerkennendem Blick. Das bräunlich rote Rinnsal auf cremefarbenem Hochglanz sieht sie nicht. Wie kann sie es nicht sehen?

Tropf.

Sie möchte ihre Auftraggeberin darauf hinweisen, aber kann nicht. Ihr Magen hat sich zu einem Gesteinsbrocken verhärtet, ihre Kehle schnürt sich zu.

»Ist dir nicht gut? Du schaust so blass aus«, fragt Liz. In ihrem besorgten Blick flackert etwas Verschlagenes.

Ein verrücktes Gen, denkt sie und plötzlich schlägt dieser Gedanke in ihr ein. Liz. Sie weiß alles. Von den Diebstählen. Von Simon. Und deshalb hat sie Simons Irish Stew vergiftet.

Sie will sagen, dass sie jetzt gehen muss, schafft aber nur ein schwaches Nicken und Krächzen, als Liz ihr ein Glas Wasser anbietet und ihr dann noch eine großzügige Portion von Simons Irish Stew in eines ihrer eigenen Tuppergeschirre füllt und aufdrängt.

Das sei diesmal besonders gut gelungen, sagt Liz, also keine Widerrede, Simon würde auch darauf bestehen, wäre er jetzt hier. Aufgewärmt schmecke das Stew außerdem besonders gut. Und sie habe sich eine Stärkung verdient nach all der harten Arbeit.

Sie nickt und lächelt zu all dem nur, leistet keinen Widerstand mehr, nimmt ihr Geld und steckt auch die zweite Portion Irish Stew in ihre Tasche. Sie will nur raus aus dieser Wohnung, weg von dieser Frau, an die frische Luft.

»Lass es dir schmecken«, ruft ihr Liz nach, und dann noch etwas, das sie nicht versteht, weil da die Tür schon hinter ihr ins Schloss gefallen ist.

Erst auf der Straße entspannt sie sich langsam, der Nebel ihrer Hysterie verzieht sich. Ihr Magen entkrampft sich, nichts ist passiert. Kein Gift. Nur schmackhafte Biersoße. Es müssen diese schrecklichen Chlordämpfe gewesen sein. Ihr schlechtes Gewissen der armen Liz gegenüber. Sie weiß es nicht. Aber was sie weiß – sie wird nicht wieder zurückkommen.

Als die Putzfrau weg ist, bleibt Liz noch ein paar Minuten in der Küche stehen. Lauscht ihrem Atem und den fröhlichen Geräuschen draußen im Vergnügungspark, spürt in sich hinein, ihren Herzschlag, versucht zu erspüren, ob da nicht schon ein zweiter ist, pulsierend und flirrend wie das neue Leben selbst. Aber natürlich kann das nicht sein. Noch ist es zu früh, irgendwas zu spüren. Und schon gar nicht den Herzschlag. Gesehen hat sie ihn aber bereits, gestern Nachmittag beim Arzt. Was für ein erhebender, alles in den Schatten stellender Moment. Schade, dass Simon ihn nicht mehr erlebt hat. Vielleicht hätte er alles geändert zwischen ihnen, dieser eine Augenblick.

Sie lächelt, schüttelt den Kopf. Absolut nichts hätte es geändert. Simon war nie ein Mann für nur eine Frau. Das war nicht nur so ein Spruch. Diese Putzfrau war nur eine von vielen gewesen.

Nie hatte er verstanden, was Liz' Problem mit seinen Ausflügen auf fremde Weiden war. Es war doch nur Sex. Kam er denn nicht immer wieder zurück zu ihr?

Eine Zeitlang wollte sie sich sogar umbringen seinetwegen. Dann wieder seine Liebhaberinnen. Aber wozu? Das würde das Problem nicht bei der Wurzel packen. Sie hat sich also entschlossen, umzudenken. Großzügiger zu sein. Simon und seine Liebe einfach zu teilen. Und wie klappte das besser als über den Magen?

Leiden hat sie ihn natürlich nicht lassen. Ein bisschen Fentanyl aus der Tierarztpraxis ihrer Schwester hat gereicht und alles verlief ganz friedlich.

Fehler lassen sich natürlich trotzdem nicht vermeiden. Sein Gewicht hat sie auf jeden Fall unterschätzt. Und dann die Sauerei in Bad und Küche. Aber die Wohnungen in diesem Land sind unglaublich gut isoliert. Solange man sich an die Ruhezeiten hält, ist alles gut. Und die Putzhilfe hat wirklich fantastische Arbeit geleistet. Sie hat sich die Extraportion Simon verdient. Den Kopf im Kühlschrank zu lassen war natürlich der pure Leichtsinn gewesen. Aber so leicht trennt man sich eben nicht. Nicht nach so vielen gemeinsamen Jahren.

Herbert Dutzler

Eier aus Aserbaidschan

Es hätte ja nicht so schlimm kommen müssen, das waren ja alles keine Gründe, warum man jemanden gleich umbringt. Wir hätten sicherlich noch einmal darüber reden sollen. Oder zweimal, wenn es notwendig gewesen wäre. Aber das Ganze dann so zu beenden, das halte ich, ehrlich gesagt, für übertrieben. Obwohl ich selbst nicht ganz unschuldig war an der Entwicklung, das muss ich schon zugeben.

Ich weiß gar nicht mehr, wie und wann das alles angefangen hat. Wahrscheinlich war das Internet schuld, weil sie dauernd auf ihrem Handy gelesen hat. Im Bett. Ihre Blogger und ihre Influencer, und wie die alle heißen.

Aber eigentlich wollte ich ganz vorn beginnen. Mit 25 hab ich das Wirtshaus übernommen, einen schönen Landgasthof mit Gaststube, Stüberl, Saal und Terrasse. Und einen großen Parkplatz haben wir auch. Grillhendl, das war unsere Spezialität. Und Ripperl, am Donnerstag. War immer alles voll. Ich hab sogar investiert, gleich, wie ich übernommen habe. Die Großeltern haben ja eine Kegelbahn gebaut, aber das war schon eine Generation später nicht mehr gefragt. Die Eltern haben dann die Kegelbahn herausgerissen und

Flipperautomaten hineingestellt, ist eine Zeitlang auch ganz gut gelaufen. Aber ich war voller Tatendrang, innovativ, wie man heute sagt, ich hab die Flipper verkauft und einen Kinderspielraum mit Bällebad in die alte Kegelbahn hineingebaut. Den übrigen Platz hab ich für neue Klos mit Wickeltischen genutzt, sogar bei den Männern. Weil man muss mit der Zeit gehen, hat die Evi gesagt, sonst geht man mit der Zeit. Und damals waren wir ja noch ein Herz und eine Seele. Das alte Männerklo mit diesem vorsintflutlichen Urinal, das hat nämlich schon recht arg gestunken. Und wie dann alles fertig war, da hab ich mir halt gedacht, so, du hast jetzt einen modernen Betrieb, und jetzt geht es richtig los mit dem Geldverdienen.

Und die Evi, die war ja schon sehr fesch. Die hat bei uns ein Praktikum gemacht, wie sie noch auf der Tourismusschule war. Da war ich selber noch in der Lehre und hatte bereits ein Auge auf sie geworfen, wie man so sagt. Einmal, ich weiß gar nicht, wie es gekommen ist, da waren wir die Letzten beim Zusammenräumen. Zum Schluss sind wir noch eine rauchen gegangen, auf die Terrasse, und da haben meine Eltern so eine furchtbar kitschige Hollywoodschaukel stehen gehabt, das war früher einmal modern. Und den Gästen hat sie immer noch gefallen, die Kinder waren ganz verrückt danach. Leider hat die Hollywoodschaukel fürchterlich gequietscht, und ich hab mich gar nicht so recht konzentrieren können, weil ich mir gedacht hab, am Ende wacht noch jemand auf von dem Gequietsche, und das war unser erstes Mal. Wie ich den Betrieb übernommen habe, haben wir dann geheiratet.

Ich bin ja mehr für das Bodenständige. Wenn die

Leute zu uns kommen, dann wollen sie ihr Schnitzel, ihr Grillhendl, ihren Schweinsbraten. Und zur Jause, da haben sie gern, zum Beispiel, eine Essigwurst oder ein Bratlbrot. Von mir aus auch ein Käsebrot, man muss ja auch was für die Vegetarier anbieten. Obwohl, über diese Spinner möchte ich mich jetzt gar nicht verbreitern, sonst verliere ich noch die eigentliche Geschichte aus den Augen, die zu dieser Katastrophe geführt hat.

Also, Essigwurst. Für die Knacker, da zahle ich, sagen wir, fünf Euro für das Kilo beim Großhändler. Da kostet mich eine Knacker gerade einmal einen Euro. Dann noch ein bisschen Zwiebel, Essig, Öl. Da habe ich minimalen Materialeinsatz, den Leuten schmeckt's, und wenn ich's um sechs Euro verkaufe, sagt jeder, da habe ich aber günstig gegessen. Aber mit den depperten Bloggern und Influencern, da ist die Evi dann einfach auf ganz blöde Ideen gekommen, die, wenn man es sich genau anschaut, unser ganzes Geschäft ruiniert hätten, auf lange Sicht. Es hat ja schon bei der Essigwurst angefangen. »Wenn du ein paar Kirschtomaten drauftust, und vielleicht ein bisschen Radieschen oder Schnittlauch, dann schaut's doch gleich viel liebevoller aus!«, hat sie gemeint. Und dann sollte ich sogar noch Bioknacker um den doppelten Preis kaufen und Gänseblümchen drauftun, alles, was recht ist. Wenn die Feuerwehrler nach der Übung kommen, die pfeifen auf Gänseblümchen auf dem Essen, weil sie vielleicht sogar glauben, dass sie giftig sind. Und sie hat mir dann eben immer mehr und mehr dreingeredet.

»Das ist«, hat sie gesagt, »teilweise ein rechter Müll, was wir da als Essen verkaufen. Hast du dir schon einmal angeschaut, wie die Haltungsbedingungen dieser

Schweine aussehen, von denen du dann die Angebotsknacker beim Großhändler kaufst?« Die habe ich mir natürlich nicht angeschaut. »Wenn ich Schweine sehen will, die im Dreck wühlen und vor sich hin stinken, dann wäre ich Schweinebauer geworden und nicht Gastwirt!«, hab ich gesagt. »Eben nicht!«, hat die Evi dann entgegnet. Ein bisschen schrill. »Eben nicht!«, hat sie wiederholt. »Deine Schweine von den Sonderangebotsknackern, die wühlen eben nicht im Dreck, weil sie auf Vollspaltenböden herumlaufen müssen! Wenn sie überhaupt herumlaufen können, weil so viel Platz haben sie ja auch nicht!«

Und dann hat mir die Evi so eine Webseite gezeigt, von einem Bauern ganz in unserer Nähe, wo die Schweine im Freien herumlaufen und außerdem nicht rosa sind, so wie es sich gehört, sondern schwarz gefleckt. »Da gibt es auch Knackwürste, wenn es denn sein muss!«, hat die Evi gesagt. Weil ich immer versuche, Streit zu vermeiden und Harmonie zu fördern, habe ich mir eben die Webseite einmal angeschaut und festgestellt, dass die Knackwürste bei dem Biobauern nicht das Doppelte kosten, wie ich vermutet hab, sondern dreimal so teuer sind wie die im Sonderangebot. »Da frisst mir aber keiner mehr eine Essigwurst, wenn ich sie dann zum Apothekerpreis verkaufen muss!«, hab ich ihr erklärt. »Es muss ja auch nicht immer Essigwurst sein«, sagt die Evi dann. Und ich muss schon sehr an mich halten, dass ich jetzt den Streit vermeide. Da ist es besser, ich steh noch einmal auf und hol mir einen Schnaps aus der Küche. Dann schlaf ich auch besser.

Wegen dem Schnaps hat sie mich auch schon einmal genervt, die Evi. »Was du kaufst«, hat sie gesagt, »das ist billiger Industriesprit, den Fusel kannst du in den Traktor schütten, aber zum Trinken taugt er nicht! Die Gäste wollen Edelbrände, bei denen man die Frucht tatsächlich noch schmeckt! Das ist ein hochwertiges Genussmittel!« Weil die Evi keine Ahnung hat, weiß sie eben nicht, dass man höchstens Heizöl in den Traktor schütten kann, dass der aber mit Schnaps sicher nicht fährt.

Dabei kann ich mich noch genau erinnern, wie viel Schnaps ich allein im Oktober, nach der Treibjagd, verkauft habe. Da ist ein ganzer Karton von meinem »Fusel« weggegangen, und genauso war es im Dezember bei der Weihnachtsfeier vom Reinhalteverband und im Jänner nach dem Eisstockturnier. Und das spült Geld in die Kasse, weil so ein Edelbrand, wie sich die Evi das vorstellt, der kostet gleich einmal drei-, viermal so viel wie mein Hausschnaps, da kann ich nichts dran verdienen, weil ihn erstens keiner trinkt, weil er zweitens viel zu teuer ist.

Auf der anderen Seite kann man der Evi nicht vorwerfen, dass sie sich nicht bemüht. Im Februar hat sie mich überredet, dass ich einmal den Fischvorspeisenteller kosten soll, den sie am Aschermittwoch anbieten möchte. Und das hat wirklich ausgezeichnet geschmeckt. Jakobsmuscheln waren da drauf, mit Avocadocreme. Und dann noch eine Räucherfischcreme, die sie »Mousse« genannt hat. Ein Shrimpscocktail war auch noch dabei. Auf die Räucherfischcreme hat sie auch noch einen Kaviar draufgetan, einen roten. Und es hat, ehrlich, wirklich gut geschmeckt. Wenn sie nicht die ganze Zeit erklärt hätte, wie sie dieses oder jenes gemacht hat und was man daran noch verbessern könnte, dann hätte es noch besser geschmeckt. »Meinst du nicht«, hat sie mich gefragt, »ob man da noch etwas Grünes für die Deko braucht, oder schön wären auch ein paar Blüten, aber im Februar …« Ich hab dann schon gar nicht mehr zugehört. Weil, für meine Essigwurst, da brauch ich keine Deko, da genügen ein scharfes Messer und ein knackiger Dreh an der Pfeffermühle.

Und, ehrlich gesagt, diese Jakobsmuscheln … ein bisschen gatschig ist das schon alles, die Shrimps genauso. Da lob ich mir halt ein saftiges Geselchtes, hauchdünn geschnitten, das hat mehr Substanz und einen vollmundigeren Geschmack. Ich hab's ja überhaupt nicht so mit dem Fisch, und wenn, dann halt eine knusprige Forelle, in Butterschmalz gebraten, und ein paar Petersilerdäpfel dazu.

Und wie ich mir dann im Nachhinein die Rechnungen angeschaut habe, für ihren Heringsschmaus, da hat mich fast der Schlag getroffen. Es war ja nicht nur der Fisch, sondern auch die Getränke. Einen rosaroten Prosecco hat sie gekauft, und einen Sauvignon Blanc aus der Südsteiermark. Weil ihr anscheinend unser normaler Hauswein aus der Literflasche nicht mehr gut genug ist. Meinen Kellermeister, den kauf ich um eins neunundneunzig den Liter, und der hat noch jedem geschmeckt.

Leider hat die Evi mit ihrem Heringsschmaus einen enormen Erfolg gehabt, die Leute haben sie gelobt und nicht einmal über die Preise gemeckert. »Nein, Frau Wirtin!«, waren sie ganz aufgeregt. »Wir haben ja gar nicht gewusst, dass hier so gut gekocht wird!« Da hab ich mir natürlich zufleiß noch ein Achterl von meinem Kellermeister nachschütten müssen, den ich vorsorglich auch in die Kühlschublade hineingeschmuggelt habe. Hätte ja sein können, dass jemand den Hauswein will. Aber die haben alle den sündteuren Wein von der Evi gewollt.

»Wann gibt's denn wieder so was Gutes? Machts ihr vielleicht ein Ostermenü?«, hat die Bürgermeisterin gesäuselt. »Kann man da schon reservieren?« Die Evi hat gestrahlt. Da hab ich natürlich gewusst, dass das jetzt so weitergehen wird, wenn man sie noch bestärkt in ihrem Irrsinn. Erst nach dem dritten Schnaps, den meine Evi als Industriesprit bezeichnet hat, hab ich mich wieder so weit beruhigt, dass ich überhaupt einschlafen hab können.

Den ersten wirklich hässlichen Streit, den gab es, als die Evi angefangen hat, sich beim Kuchenbacken einzumischen. Ich bin ja schließlich nicht nur Gastwirt, sondern auch gelernter Zuckerbäcker und als solcher lasse ich mir bei meinen Biskuitrouladen, Kardinalschnitten und Tortenböden nicht dreinreden. Und natürlich war wieder so ein blöder Artikel von irgendeinem eingebildeten Influencer daran schuld. »Weißt du eigentlich«, sagt die Evi zu mir, als ich gerade einen Tetra Pak Vollei aufreiße, »dass da drinnen wahrscheinlich Käfigeier aus Aserbaidschan sind?« »Wie kommst du denn da drauf?«, frage ich verblüfft und schaue mir die Packung genauer an. »Was du da hast«, giftet mich die Evi an, »das ist ein deutsches Produkt. Und ich hab gelesen, dass Deutschland Millionen von Käfigeiern aus Aserbaidschan importiert!« Beim letzten Satz hat sie, was mich schon ein wenig erschreckt hat, gerade ein Messer aus ihrem Messerblock genommen, um Bioschnitzel aus einem sündteuren Kaiserteil zu schneiden. »Das ist praktisch!«, verteidige ich mich. »Und billig!« Ich suche weiterhin vergeblich nach einem Hinweis auf aserbaidschanische Eier auf der Packung. »Und außerdem«, triumphiere ich, »steht drauf ›aus Deutschland‹!« »Du bist vielleicht ein Trottel!«, schimpft sie, während die Klinge wie Butter durch das Fleisch gleitet, »das muss ja nicht draufstehen, wo der Rohstoff herkommt, die nennen das deutsch, weil's in Deutschland verarbeitet wird! Das weiß doch jedes Kind!« Jetzt werde ich aber echt zornig. »So?«, frage ich. »Weiß das jedes Kind? Aber ich weiß es nicht! Weil es muss auch noch jemanden geben in diesem Betrieb, der darauf schaut, dass auch Geld übrig bleibt! Und du kaufst dein Scheiß-Biofleisch von dem Geld, das ich mit meinen Käfigeiern verdiene! So schaut's aus!« Die Martina und der Uwe, unsere beiden Köche, haben aufgehört, in ihren Töpfen zu rühren, und uns beide mit offenem Mund angestarrt. »Mund zuklappen«, schreie ich, »und weiterarbeiten!« Sie senken ihre Blicke und nehmen eifrig ihr Werkzeug wieder zur Hand.

»Meine Bioschnitzel«, jetzt zeigt die Messerspitze auf mich, »tragen erheblich dazu bei, dass wir beim Falstaff zwei Gabeln haben! Und vielleicht auch bald eine Haube! Und wenn nicht, dann ist nur die beschissene Qualität deiner Produkte daran schuld! Du … du Essigwurstkönig!« Jetzt reißt mir aber die Geduld. Das lasse ich mir nicht länger gefallen. Ich packe meinen Tetra Pak Vollei, und statt in die Rührmaschine schütte ich ihn der Evi über den Kopf. »Dafür«, schreie ich, »habe ich ja jetzt keine Verwendung mehr! Und Ei soll doch so gut für die Kopfhaut sein! Und für den Haarwuchs!« Evi kreischt auf, und zu meinem Glück hat sie gerade das Messer weggelegt und einen Pfannenwender zur Hand genommen. Der fliegt jetzt auf mich zu und trifft mich genau unter dem Auge. Ich schreie und drücke die Hand gegen die getroffene Stelle. Evi steht reglos da, Ei trieft von ihren Haaren. »Ich geh jetzt Haare waschen«, sagt sie ganz ruhig. »Und wenn ich wieder herüberkomme, dann will ich dich und deine Dreckseier nicht mehr in meiner Küche sehen. Verstehen wir uns?« »Das ist immer noch meine Küche«, brülle ich hinterher, aber da schlägt die Tür schon hinter meiner Frau zu.

»Was ist?«, schreie ich meine beiden Köche an, die zwar nichts dafürkönnen, aber irgendwo muss meine Wut ja hin. »Hier wird nicht deppert gegrinst, hier wird gearbeitet! Draußen warten Gäste!« An diesem Tag müssen sie allerdings ein bisschen länger warten, denn die Küche ist unterbesetzt, weil die Evi nicht mehr zurückkommt. Ich hab für die Stelle unter dem Auge ein Pflaster gebraucht.

Am nächsten Tag war sie dann wieder da, ohne jeden Kommentar. Wir haben schweigend, voneinander abgewandt, in der Küche vor uns hin gearbeitet. Kurz bevor die erste Partie Mittagessen losgegangen ist, hat sie ihr Messer hingeschmissen und die Schürze abgenommen. »Ich mach heute Service«, hat sie mehr zum Uwe hin gesagt. »Ich möchte ein bisschen unter Menschen sein!« Das Wort »Menschen« hat sie so komisch betont, dass ich gleich gewusst habe, dass das eine Spitze gegen mich ist. Ich hab mir dann gleich noch ein Glas Kellermeister eingeschenkt.

Die Evi hab ich dann gar nicht mehr gesehen, bis am Nachmittag ein paar Spezln von mir aufgetaucht sind, die ich noch vom Fußball her kenne. Ich habe ja bis vor fünf Jahren in der Reserve gespielt. Mit denen hab ich dann natürlich ein paar Bier und ein paar Achtel getrunken. »Sag einmal«, fragt der Rüdisser plötzlich, »seit wann geht's denn bei euch so fürnehm zu? Wenn ich mir da die Karte anschau?« Und dann hat er die Speisekarte hergenommen und daraus vorgelesen. »Gebackener Ziegenkäse mit Feigenchutney und Erbsenschaum? Gefüllte Fasanenbrust mit cremiger Polenta und Balsamicojus? Was ist denn das überhaupt für ein Zeug? Was ist denn mit deiner Essigwurst? Mit dem Bratlbrot und dem Erdäpfelkäs?« Und die anderen haben gelacht und herumgejammert, dass das alles völlig überteuert ist und dass sie so einen Dreck eh nicht fressen wollen, auch wenn es zehnmal bio und regional ist, weil es überhaupt nicht zu unserem Wirtshaus passt.

»Das ist alles eine ganz große Hysterie!«, hat der Ebenzeller gesagt, der sicher auch schon vier Bier und ein paar Gespritzte intus gehabt hat. »Die wollen uns das Fleisch verbieten, die Grünen, das sag ich dir! Wir sollen alle umerzogen werden, dass wir vegetarische Waschlappen werden! Zuerst wollen sie uns alle in so Elektroautos stecken, dann müssen wir bald einmal einen schriftlichen Antrag stellen, wenn wir mit unserer Alten vögeln wollen, und dann kommt das Schnitzel auf den Index! Aber mit mir nicht!« Und er hat die Seite aufgeschlagen, auf der die vegetarischen und veganen Spezialitäten des Hauses stehen. »Walnussburger mit roten Rüben und Spiegelei!«, hat er vorgelesen. »In Bio-Sauerteigbuns vom …« Der Rest von dem, was er gesagt hat, ist im Gelächter der anderen untergegangen.

Langsam hat mich die Wut gepackt. Weil, auf der einen Seite hab ich ja nicht zugeben können, dass das alles völlig gegen meinen Strich geht. Dass das alles die Ideen der Evi sind, die sie gegen mich durchgesetzt hat. Auf der anderen Seite haben meine Spezln ja recht gehabt, völlig recht. Und ich hab ja auch schon mindestens vier Bier gehabt, plus den Kellermeister vom Vormittag. »Das wird sich bald alles ändern!«, hab ich laut gesagt, um die anderen zu übertönen. »Damit ist jetzt Schluss. Wir werden wieder ein richtiges Landgasthaus, mit Bratl in der Rein und Grillhendln und allem, was dazugehört!« »Schauen wir einmal!«, hat der Rüdisser gegrinst. »Wenn's nach mir geht, gibt's dann auch noch Schnitzel, und Cordon bleu, und überhaupt gleich einen Schnitzeldienstag und einen Hendlmittwoch, wie früher!« Ich hab schon ziemlich laut gesprochen.

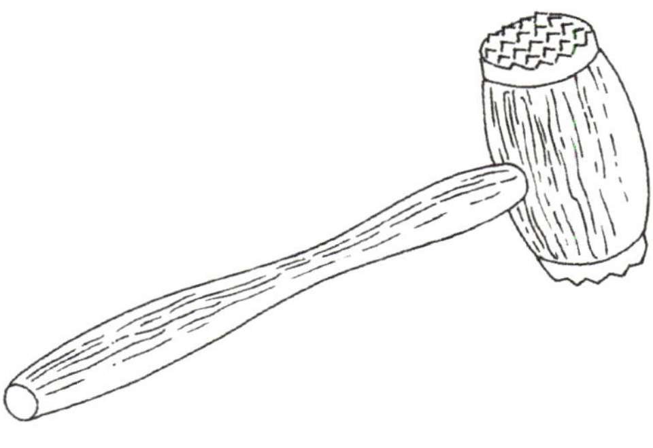

Das muss die Evi gehört haben, denn als ich dann einmal in die Küche gegangen bin, zum Nachschauen, da hat sie mich gleich angegiftet. »Schnitzeldienstag, wie? Hendlmittwoch? Ohne mich!« Jetzt muss ich dazusagen, dass das gerade ein ungünstiger Zeitpunkt war. Der Uwe und die Martina haben nämlich Zimmerstunde gehabt, und wir waren ganz allein in der Küche. Und wie ich da so diese armseligen Fasane, oder waren es Wachteln, ich weiß es nicht mehr, wie ich die also auf dem Schneidebrett liegen sehen habe und sich die Evi gerade darüber hergemacht hat, die zu zerteilen, da hat mich ein unglaublicher Zorn gepackt, ein blindwütiger, und leider ist da gleich vor mir an der Hakenleiste der Fleischklopfer gehängt, und ich habe ihn vom Haken genommen und ausgeholt, weil ich der Evi einmal einen gründlichen Denkzettel verpassen wollte. Und ich sehe schon vor meinem inneren Auge, wie der Fleischklopfer auf ihren Schädel niedersaust, auf dem gerade der Pferdeschwanz hin und her hüpft, weil sie ihre Wachteln schneidet, aber die Evi muss irgendwie einen sechsten Sinn gehabt haben. Sie dreht sich plötzlich um, mit dem scharfen Messer in der Hand, und anscheinend sieht sie den Fleischklopfer in meiner erhobenen Hand, und plötzlich spüre ich, wie ihr Messer zwischen meine Rippen fährt, und ich denke mir gleich, dass das vorher in der Gaststube wahrscheinlich mein letztes Bier gewesen ist. Der Fleischklopfer rutscht mir aus der Hand und landet in einem 10-Liter-Topf, in dem die Evi schon seit heute Früh einen Fond einkocht. Eine ganze Flasche Rotwein ist da drin, und noch dazu so ein französischer Wermut, ich mag gar nicht daran denken, was das alles kostet.

Ich nehme noch wahr, wie die Evi schreit wie am Spieß, ich schaue an mir hinab, sehe das Messer in meiner Brust stecken, langsam breitet sich ein kleiner Blutfleck darum herum aus, ich greife noch nach dem Messergriff und versuche, es herauszuziehen, aber in dem Moment kippe ich nach hinten und schlage auf den Boden hin, ohne dass ich den Aufprall noch spüre. Jetzt, denke ich mir, bist du tot. Und die Evi schreit weiter wie am Spieß, und plötzlich tauchen der Uwe und die Martina auf, die Martina schreit auch, und es dauert nicht lang, bis die Küche voller schreiender Leute ist.

Der Rüdisser ist auch dabei. Er schaut so von oben auf mich herunter und sagt: »Der ist tot. Da kann man gar nichts mehr machen!« Die Evi hört überhaupt nicht mehr zu schreien auf, bis sie der Uwe in den Arm nimmt und ihr Gekreische in ein Schluchzen übergeht. Ich hab mir ja schon immer gedacht, dass da was war. Er hat sie oft so begehrlich angeschaut, so intim. »Er wollte mich mit dem Fleischhammer!«, schluchzt die Evi. »Dann«, sagt der Rüdisser bestimmt, »dann war's Selbstverteidigung!« Die Polizei hat das übrigens ganz glaubwürdig gefunden, weil die Flugbahn vom Fleischklopfer genau mit der Aussage von der Evi zusammengepasst hat.

Eine Woche nach meinem Begräbnis haben sie wieder aufgesperrt. Die Tatortreinigung hat 1500 Euro gekostet, und die Evi hat nicht einmal in Untersuchungshaft müssen. Aber die Frage, ob ein Verfahren gegen sie eröffnet wird, steht noch im Raum. Bis dahin zerteilt sie wieder Wachteln, oder Fasane. Ob sie sich ein neues Messer gekauft hat, das weiß ich nicht. Und der Uwe, der schläft jetzt in meinem Bett, das haben sie nach meinem Tod nicht einmal frisch überzogen.

Eva D.

Frau Hedi

Ich mochte Frau Hedi noch nie. Jeden Abend saß sie dick und grantig in ihrer kleinen Küche zum Innenhof und verschlang eine Packung Quargel mit einem überdimensionalen Butterbrot. Es roch abartig, richtig pervers, und mir wurde regelmäßig speiübel. Nach dem Verzehr gönnte sie sich vier oder fünf Magenbitter und starrte gelangweilt und frustriert in eine Ecke. Meist kippte mit fortschreitender Zeit ihr Kopf samt Dauerwelle nach vorne, und sie begann laut zu schnarchen. Die ganze Küche bebte. Irgendwann erwachte sie von ihrem Schläfchen und wackelte träge ins angrenzende Wohnzimmer auf ihr abgewetztes Sofa. Dort sah sie sich täglich die Abendnachrichten an und schimpfte in regelmäßigen Abständen über die Blödheit der Menschheit. An guten Tagen schaffte sie es zu später Stunde ins Bett und sägte dort bis vier Uhr früh weiter. Dann war Tagwache angesagt. Körperpflege war nicht Frau Hedis Spezialität, manchmal wurden aber zumindest die Zähne geputzt. Und schon ging es in Richtung Naschmarkt, wo Frau Hedi seit Jahrzehnten ihren Obst- und Gemüsestand hatte und täglich außer Sonntag verkaufte. Das Geschäft ging gut, Frau Hedi war eine begnadete Verkäuferin und hatte meistens keine schlechte Ware. Noch dazu war sie mit einem großen schauspielerischen Talent gesegnet und wirkte dann sogar charmant. Die eigentliche Hedi konnte sie gut verbergen. Sobald sie sich aber unbeobachtet fühlte, gingen ihre Mundwinkel abrupt nach unten und ihr schwerer Körper sackte in sich zusammen. Das Einzige, was wir an Frau Hedi liebten, war ihr Biomüll. Dort gab es alles, was das Herz begehrte. Überreife, fast schwarze Bananen, verfaulte Salatblätter und verschimmelte Weintrauben. Da fällt mir ein, ich habe mich noch gar nicht vorgestellt. Was bin ich nur für ein unhöflicher Zeitgenosse. Mein Name ist Franz Drosophila Melanogaster, Sie kennen mich aber wahrscheinlich eher unter dem Namen Fruchtfliege, im Volksmund auch Obst-, Tau- oder Essigfliege genannt. Ich bin vierzig Tage alt und wurde in Frau Hedis Biomüll geboren. Er ist mein Zuhause, mein Lebensmittelpunkt. Von Samstag auf Sonntag übernachte ich aber gerne in Frau Hedis Küche, dort gibt es immer die übriggebliebenen Köstlichkeiten der Woche zu verspeisen. Obwohl Frau Hedi Fruchtfliegen hasst, schaffe ich es doch immer wieder irgendwie, mich einzuschleichen. Unter der Woche treibe ich mich am Naschmarkt herum und beobachte das wilde Treiben. Ich liebe die Gerüche aus Nah und Fern, die unterschiedlichen Lokale mit feinen Essenresten und die Sonne am Spätnachmittag. Ich konnte mir keinen schöneren Ort zum Leben vorstellen. Und dann passierte etwas, das mein bisheriges Dasein komplett auf den Kopf stellen sollte. Ich flog frühmorgens schlaftrunken vor mich hin und fasste eine saftige Ananas als Frühstückshappen ins Auge. Da sah ich sie zum ersten Mal. Die schönste und begehrenswerteste

Fruchtfliegenfrau meines Lebens. Sie hatte große, rote Augen mit langen Wimpern, nachtblau schimmernde Flügel und eine Taille, von der ich nur träumen konnte. Mein Herz klopfte wie wild. Ich konnte nichts anderes tun, als sie ununterbrochen anzustarren. Irgendwann nahm ich meinen ganzen Mut zusammen und fragte sie nach ihrem Namen. Sie hieß Friederike und war im Lunchpaket eines Duisburger Gourmetkritikers nach Wien gereist. Augenblicklich bot ich mich als professioneller Stadtführer an. Von da an waren wir unzertrennlich. Wir flogen zum Eisessen in die Wiener Innenstadt, zum Bootfahren an die Alte Donau und auf eine Stelze ins legendäre Schweizerhaus in den Prater.

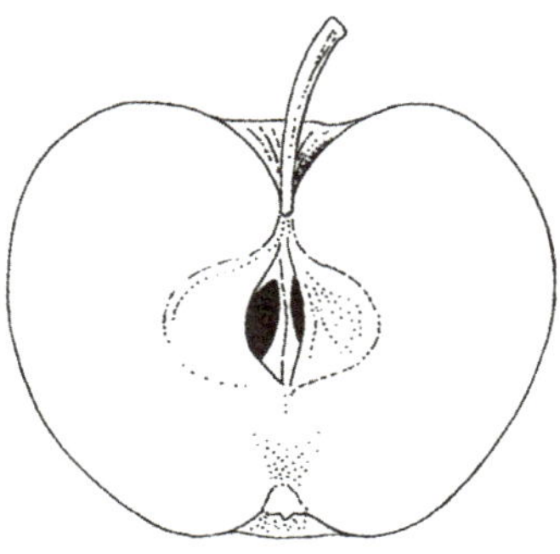

Nachher gönnten wir uns am Naschmarkt die köstlichsten Früchte und verliebten uns unsterblich ineinander. Wir planten unsere gemeinsame Zukunft mit einer großen Familie und schworen uns ewige Liebe. Am Abend kuschelten wir uns gemeinsam zwischen die Radieschen und träumten von unserer Hochzeitsreise nach Paris. Friederike wollte einmal in ihrem Leben den Eiffelturm sehen und einen Rundflug über die große Stadt machen, Schokocroissants verspeisen und in französischem Rotwein baden. Plötzlich wurden wir ruckartig aus unseren Träumen gerissen und wachten in Frau Hedis Küche auf. Was für ein Schock! Frau Hedi wollte sich zu ihrer täglichen Quargelration heute ein paar Radieschen gönnen. Dazu schenkte sie sich ein Glas billigen Rotwein aus dem Tetra Pak ein. Dann geschah das Unglaubliche: Sie ging duschen! Ich hatte Friederike bis jetzt weder Paris noch exklusiven Rotwein bieten können, aber jetzt war meine Chance gekommen. »Friederike, Rickerl, mein Schatz, lass uns gemeinsam im Glück baden«, flötete ich. »Ja, Franz mon amour, mon petit jour, mon plaisir, ich bin bereit«, erwiderte sie selig. Wir stürzten uns gemeinsam in den Rotwein und badeten ausgiebig darin. Unsere Flügel berührten sich leidenschaftlich und unsere Körper verschmolzen. Es war pure Leidenschaft. So etwas hatte ich in dieser Intensität noch nie erlebt. Das vollkommene Glück. Friederike war meine Nomadin der Lüfte, meine Obstkönigin, meine große Liebe, mein Ein und Alles. Doch dann passierte die Katastrophe. Frau Hedi schlurfte, nach billigem Pfirsichparfüm duftend, im rosa Bademantel mit Turban in die Küche und griff ohne Vorwarnung nach ihrem Rotweinglas. Das Ganze ging blitzschnell. Ich war im selben Moment hellwach und flog reflexartig aus dem Glas. Friederike träumte vor sich hin und bemerkte rein gar nichts. Ich versuchte noch, sie wachzurütteln, doch es war zu spät. Frau Hedi hatte sie bereits bemerkt. »Na, du kleine Fruchtfliege, du glaubst wohl, du kannst in meinem Rotwein baden, was für eine bodenlose Frechheit, ihr Fruchtfliegen treibt mich noch in den Wahnsinn, ihr verfolgt mich schon mein ganzes Leben, das muss endlich ein Ende haben.« Sie griff mit ihren dicken, kurzen Fingern ins Rotweinglas. Friederike versuchte verzweifelt, wegzufliegen, aber ihre Flügel waren von dem langen Rotweinbad aufgeweicht. Sie war gefangen, und das Unvermeidliche geschah. Frau Hedi hielt Friederike zwischen Daumen und Zeigefinger fest, beschimpfte sie noch einmal hemmungslos und drückte dann langsam und genüsslich zu, bis meine Liebste keine Luft mehr bekam. Zum krönenden Abschluss spülte sie, begleitet von einem grauenvollen Lachen, Friederike den Abfluss hinunter. Frau Hedi war eine skrupellose Mörderin, ein wildes Tier, das alles zerstörte. Nach vollendeter Tat setzte sie sich seelenruhig an den Tisch und trank genießerisch den restlichen Rotwein. Mir gab es einen Stich in mein liebendes Herz, die Tränen kullerten über meine Wangen. Gleichzeitig stieg eine nie dagewesene Wut in mir hoch. Wie ich diese Frau Hedi verabscheute! Sie sollte elend zugrunde gehen! So eine grauenhafte Tat musste gerächt werden. Als Frau Hedi sich zur Feier des Tages ein riesengroßes Radieschen in ihren Mund steckte, wagte ich den Angriff. Ich nahm meine ganze Energie zusammen und begann wie wild um Frau Hedis Nase zu kreisen. Sie sprang von ihrem

Sessel auf und fuchtelte mit ihren dicken Händen herum. »Aha, noch so eine lästige Fliege, du glaubst wohl, du kannst mich ärgern, na warte nur, du Bastard, bald bist du auch dran!« Es war ein Kampf auf Leben und Tod. Ich kreiste und kreiste immer schneller um Frau Hedis Nase und sie wurde immer wilder, kreischte und keuchte, das Radieschen noch immer in ihrem Mund. Plötzlich verdrehte Frau Hedi die Augen, hustete fürchterlich und versuchte das Radieschen auszuspucken. Doch dieses hatte es sich in ihrer Luftröhre bequem gemacht. Frau Hedi griff mit letzter Kraft zum restlichen Rotwein und versuchte erfolglos das Radieschen runterzuspülen. Es bewegte sich keinen Millimeter. Mit einem Mal sackte sie zu Boden und wurde dabei immer blasser. Frau Hedi lag wie ein Marienkäfer auf dem Rücken, streckte die behaarten Beine in die Höhe und gab keinen Laut mehr von sich, die Augen weit offen und starr auf die Decke gerichtet. Der rosafarbene Bademantel ließ einen überdimensionalen weißen Bauch hervorblitzen. Ich musste meinen Blick abwenden. »Na, Frau Hedi, ab jetzt müssen Sie Ihren Quargel im Himmel mit den Engeln teilen«, fauchte ich triumphierend. Vermutlich würde sie nach ihrer schrecklichen Tat aber ohnehin eher in der Hölle landen.

Ich ließ Frau Hedi eiskalt liegen und wusste augenblicklich, was zu tun war. Nun, da mein Liebling gerächt war, würde ich auf der Stelle meine Reise nach Paris antreten und alles tun, wovon Friederike geträumt hatte. Zum Eiffelturm fliegen und über die große Stadt blicken, mit einem Boot die Seine entlang schippern, Schokocroissants essen und jede Sekunde an meine geliebte Friederike denken. Das AUA-Bordpersonal war sehr entgegenkommend. Die Menüs für die Fluggäste waren steril verpackt, doch ich reiste mithilfe eines privat mitgeführten Apferls. Am Abend nippte ich schon im »Moulin Rouge« an einem Cognac und sang meinem Schatz ein selbst komponiertes Liebeslied. Friederike, Rickerl, du Fruchtfliegenliebe meines Lebens! Adieu, mon amour!

Severin Groebner

Ein demokratisches Abendessen

Eigentlich wollte er ja nur, dass sie was lernen.

Es war mehr so ein Spiel. Nur irgendwann ist es gekippt.

Dabei war es anfangs so schön.

Ein wirklich schönes Abendessen. Nach Corona. Pandemie vorbei und alle haben sich gedacht: endlich wieder zusammenkommen. Sich endlich mal wieder sehen. Nach all diesen Monaten der Isolation. Echter Kontakt mit echten Menschen.

Und die fünf sind auch wirklich gute Freunde. Sie waren schon gemeinsam in der Schule. Und jetzt sind sie Anfang fünfzig und freuen sich, wenn sie sich sehen. Sonst trifft man sich ja in diesem Alter nur noch bei traurigen Anlässen: bei zweiten Hochzeiten.

Erwachsene Kinder bangen dann um ihr Erbe, während sie einem Elternteil dabei zuschauen müssen, wie dieser aller Welt zu verstehen gibt, dass er nichts dazugelernt hat.

Also treffen sich die Freunde lieber so. Ohne Anlass. Denn dass sie befreundet sind, ist schon Anlass genug. Sind die fünf doch sehr unterschiedliche Charaktere.

Erstens: Sebastian, der Gastgeber. Selbstständiger Künstler. Kabarettist. Eigenbrötler. Wohnt alleine. Ist sehr stolz auf sein leicht autistisches Wesen. Lieblingsspruch: »Ich bin von Natur aus schon sehr unterschiedlich. Vor allem zu mir selbst.«

Zweitens: Charlie. Charlie war immer hochintelligent, geschickt, Anfang zwanzig ein bisschen drogensüchtig, aber kaum hatte er Mitte der Neunzigerjahre den Cyberspace entdeckt, war er clean. Heute macht Charlie mit seiner eigenen Firma CyberSecuritySystemSolutions Geschäfte mit dem Innenministerium. Ausgerechnet er, der jahrelang mit Dope in der Hosentasche vor der Polizei davongelaufen ist. Aber er sagt: »Künstliche Intelligenz in der Exekutive … das ist ein Wachstumsmarkt.«

Weiters: Isabella. Isabella wollte immer, dass es gerecht zugeht. Sie hat schon in der Schule immer ihre Pausenbrote geteilt. Auch Pausenbrote, die ihr gar nicht gehört haben. Jetzt ist sie Richterin. Sie liebt die Rechtsprechung, auch weil sie sich dabei selber so gut sprechen hört.

Dann: Gernot. Gernot war früh bewusst gewesen, dass er etwas verändern will. Mitgestalten. Entscheiden. Er war auch der Erste, der sich als Student für das Erasmus-Programm angemeldet hat. Das hieß damals noch »Sokrates«. Böse Zungen meinten schon seinerzeit: das Programm für alle, die wissen, dass sie nichts wissen. Aber es hat ihn weit gebracht: ins Stadtparlament. Nur leider ist sein Veränderungswille auf dem Weg dorthin irgendwo auf der Stecke geblieben.

Und schließlich: Sabine. Sabine hilft den Menschen, damit die was zum Beißen haben. Sie macht Zahnersatz. Sehr erfolgreich. Sabine war immer schon erfolgreich. Klassenbeste, BWL summa cum laude in Mindeststudienzeit, eigene Firma, international aufgestellt, Haus, Garten, Kinder, neuester SUV, immer alles perfekt. Anders gesagt: Sabine ist die perfekte Partnerin für Marathonläufer.

Mit ihr hat man die ausreichende Motivation, um 42 Kilometer zu rennen … von ihr weg. Das hat sich ihr Mann vor ein paar Monaten auch gedacht.

Aber sie geht sehr gut damit um. Sie hasst ihn nicht dafür. Nein, sie hasst die ganze Welt.

Aber vielleicht, denken sich die anderen, kann sie dieses Abendessen aufheitern. Also treffen sie sich. Bei Sebastian. Er kocht. Worauf er auch sehr stolz ist.

Es soll ein schöner Abend werden und es gibt ja eine Grundregel für einen schönen Abend: nicht über Politik sprechen.

Das Problem ist nur, dass es so viele Themen gibt, bei denen man gleich wieder in der Politik landet. Und wenn man die alle vermeidet, kann man gleich übers Wetter reden. Aber übers Wetter kann man auch nicht reden, weil man dann gleich beim Klimawandel ist. Und damit bei der Politik.

Und da sind die fünf mittlerweile. Und bei der Vorspeise – *Crostini di Cavolo nero* mit Tomatensalat – und der dritten Flasche Weißwein – ein leichter Federspiel aus der Wachau – und bei der Frage, ob die Durchschnittstemperaturen wirklich steigen oder die Sonnenwinde den Fön eingeschaltet haben.

Ein wenig später, beim zweiten Gang – *Seppie in*

zimino mit Panzanella – und nach Flasche fünf, sechs und sieben (noch ein Grüner Veltliner, ein Weißburgunder aus der Südsteiermark und ein Silvaner aus dem Eichenfass) ist man bei der Frage, ob Russland grundsätzlich ein demokratisierbares Land ist oder doch demnächst eine chinesische Kolonie.

Ein bisschen später, bei der Hauptspeise – *Entrecôte à la Bordelaise* –, dazu Flasche zwölf, dreizehn und vierzehn – Sauvignon Blanc, Zweigelt Rosé, Blaufränkisch aus dem Burgenland, und also langsam zum Rotwein übergehend –, ist die Abendgesellschaft schon etwas angeheitert.

Und thematisch bei der Verkehrswende und dem islamistischen Terrorismus angelangt.

Und gerade als Gernot sagt: »Wir müssen auf die Taliban einwirken, dass sie das 1,5-Grad-Ziel in die Scharia aufnehmen, wenn wir …«, wird die Sabine, die den vorangegangenen Teil des Abends eher still war, plötzlich laut: »Ach! Ich kann das nicht mehr hören! Dieses ständige ›WIR‹! Wer soll das sein? Wir? ›Wir‹ heißt es immer, wenn es unangenehm wird. Nie heißt es: WIR müssen jetzt die Gewinne verteilen. Echt! Moral-Laberpolitik ist das. Ich möchte Politik, die mal was tut.« Gernot seufzt.

»Ja, die Politik … Wisst ihr, manchmal denk ich mir, ich wäre gern Parlamentarier in … sagen wir mal … Nordkorea.«

»Wieso?«, fragt Isabella. »Weil dort das Essen so ausgewogen ist? Heute nix, morgen nix und übermorgen … auch nix.«

Charlie meint darauf nur: »Na ja, Isa, die nehmen das Wort ›Diäten‹ mal wirklich ernst!«

Gernot seufzt: »Nein. Die haben's leichter. Bei uns musst du unentwegt Interessen ausgleichen. Die einen wollen eine Umfahrungsstraße, die anderen einen Kindergarten, die dritten wollen die Lachse schützen. Und am Schluss hast du einen Kindergarten neben einer Schnellstraße mit Fischtreppe … und alle sind angefressen. Auf dich. Das Problem haben die Kollegen in Nordkorea nicht.«

Weil Charlie zum Rauchen aufgehört hat, spielt er mit dem Zahnstocher in seinem Mund: »Stimmt, die haben eine ganz andere ostasiatische Beschwerdekultur dort.«

»Versteht mich bitte nicht falsch«, versucht sich Gernot zu rechtfertigen, »ich weiß natürlich, dass ein Rechtsstaat …«

»Moment bitte, der Rechtsstaat hat damit nichts zu tun.«

Isabella möchte zeigen, dass sie hier die studierte Juristin am Tisch ist.

»Die DDR war auch ein Rechtsstaat, sogar das Dritte Reich. Rechtsstaat heißt nur, dass man Gesetze beschließt und sich nachher daran hält. Können also auch die Nürnberger Rassengesetze sein. Oder ein Gesetz, dass man Kriege Spaziergänge nennen muss. Oder ein Gesetz, das jeden dazu verpflichtet, täglich drei Kilo Schokolade zu essen.«

»Da weiß man, warum es Dicktatur heißt und nicht Dünntatur«, wirft Sebastian ein, getreu seiner heimlichen Maxime »Wieso immer mit Niveau?«.

»Also, ich bin sehr für die Demokratie«, sagt Charlie, stutzt, schaut in die Runde und fährt dann fort: »Privat. Aber beruflich … für Sicherheitstechnik wäre eine Diktatur schon geiler. Oder hast du schon was vom chinesischen Datenschutzbeauftragten gehört?«

Niemand widerspricht. Im Gegenteil: Isabella ergänzt.

»Man muss auch sagen, dass in Diktaturen das Recht im Allgemeinen viel effektiver umgesetzt wird.«

Sebastian glaubt es nicht. Seine vier besten und ältesten Freunde, die er gerade mit seinen Kochkünsten und den besten Flaschen aus seinem Keller bewirtet hat, outen sich gerade in seinem Wohnzimmer als Antidemokraten. Zumindest als Mitläufer. Das will er nicht so stehen lassen. Nicht in seinem Wohnzimmer. Da braucht er zuerst einmal etwas zu trinken.

Er nimmt einen großen Schluck aus seinem Weinglas: »Also, wenn ich euch so zuhöre, könnte man glauben, ihr sitzt alle im Internationalen Olympischen Komitee.«

»Nie«, sagt Isabella mit leichtem Zungenschlag: »Nur FIFA, die zahlen besser.«

Alle lachen. Sebastian verzweifelt innerlich ein bisschen mehr: »Haha. Jetzt mal ernst. Was heißt denn Diktatur? Krieg, Umerziehungslager, Hungersnöte, andere humanitäre Katastrophen ...«

»Na und?« Sabine schenkt sich nach. »Ich hab schon so viele humanitäre Katastrophen überlebt, vom Völkermord in Ruanda bis zu Ebola in Westafrika. Und? Was soll ich denn machen, mit so einer ›Humanitären Katastrophe‹? Oh, ich bin schuld, weil mein Kühlschrank voll ist! Bitte, schickt mir eine Handvoll aidskranker Kindersoldaten, die meinen Hund schlachten! Das ist doch Heuchelei. Gib mir noch was von dem Wein.«

Sabine lässt sich von Sebastian das Glas füllen und nimmt einen großen, sehr großen Schluck. »Mhmmm ... aber, wenn diesem Winzer etwas zustößt, dann bin ich ehrlich traurig.« Gernot schaut Sebastian an: »Ist das jetzt eigentlich Menschenfeindlichkeit oder Winzerphilie?«

Charlie winkt ab: »Also wenn wir auf dem Niveau diskutieren wollen, hätten wir uns auch auf Facebook treffen können.«

Sabine aber lässt sich nicht beirren: »Oh ja ... ich bin ja soooo gemein und ... na und? Wenigstens bin ich ehrlich. Politik, das ist wie beim Zahnarzt. Der sagt ja auch nicht: ›Also Herr Meier, ich habe mit Ihrem Backenzahn gesprochen und er wird es sich überlegen, ob er weiter schmerzen wird. Deshalb gründen wir jetzt ein Dialogformat und ich denke, wir sind so heute der Lösung ein großes Stück nähergekommen.‹ Nein, die Leute wollen keine Schmerzen und am besten gleich einen neuen Zahn. Ich weiß das! Ich lebe davon. Ganz ehrlich: Ich möchte doch Menschen keine politische

Verantwortung geben, die zu blöd sind, sich um ihre eigenen Beißerchen zu kümmern. Also: Scheiß auf Demokratie. Her mit der Diktatur!«

Dann nimmt sie ihr Glas und sagt: »Prost!« und leert es in einem Zug.

Es herrscht Schweigen.

Sabine schaut in die Runde und das Grinsen auf ihrem Gesicht breitet sich aus wie der Wasserfleck an der Decke, wenn der Nachbar darüber die Waschmaschine selbst angeschlossen hat.

Sebastian atmet tief ein und öffnet die Flasche Nummer fünfzehn. Cabernet Sauvignon, südliches Burgenland. Innerlich brodelt er. Äußerlich ist er freundlich.

»Okay. Ich glaube, das ist eine Überlegung wert. Lasst uns kurz in die Praxis gehen.«

Charlie schaut vom Tisch auf: »Du möchtest mit uns jetzt nach Weißrussland?« Sebastian lacht, so echt er kann: »Nein, Charlie … wir machen das hier. Eine Wohnzimmer-Diktatur.« Fragezeichen breiten sich auf den Gesichtern aus, nur Sabine ruft trotzig: »Verarschen kann ich mich alleine!«

Ein Hauch Verachtung huscht über Sebastians Gesicht: »Erstens, Sabine: Das ist einer der blödesten Sprüche, die ich kenne. Niemand kann sich alleine verarschen. Er braucht immer einen, der danebensteht und ihn auslacht. Und zweitens: Das ist keine Verarschung. Schaut uns doch an. Wir sind perfekt aufgestellt. Wie ein Staat: Gernot ist im Parlament, Legislative. Isabella im Gericht, Judikative, und Charlie mit seinen Aufträgen vom Innenministerium: Exekutive. Alle da!«

»Und was bin ich? Die Lokomotive?« Sabine schenkt sich nach.

Isabella mustert Sabine, während die das Glas in einem Zug leert: »Nein, die Digestive.«

»Nein, Sabine … so eine Diktatur … die braucht ja einen Diktator – oder eine Diktatorin –, nicht wahr?« Sebastian schaut in die Runde.

»Sicher!«, sagt Sabine und plötzlich ist ihre volle Aufmerksamkeit vorhanden.

»Eben«, fährt Sebastian fort. »Und dieser unumschränkte Herrscher – oder Herrscherin –, der oder die muss ja nur Exekutive und Legislative und Judikative auf seine Seite bringen und schon kann er fröhlich diktieren, du brauchst also nur die drei hier …« – Sebastian zeigt auf Charlie, Isabella und Gernot –, »… und schon kannst du richtig schön in meinem Wohnzimmer durchregieren.«

Sabine lässt sich in ihren Sessel zurückfallen: »Ach … Bitte! Das wird doch nie was! Schau dir doch die drei an. Die können doch nicht mal einem Grillhuhn ihren Willen aufzwingen. Mit denen wird das nie eine anständige Diktatur!«

»Dem Stück Rind haben wir es vorher aber ziemlich gezeigt«, sagt Charlie und stochert immer noch zwischen seinen Zähnen herum.

Sebastian lässt Sabine nicht aus den Augen. Mit einem gequälten Lächeln sagt er: »Also ich kann das schon.«

Sabine greift zum Rotwein: »Was? Du? Hahaha … Kleinkunstdiktator!«

»Moment, ich habe einen Vorteil«, versetzt Sebastian: »Immerhin bin ich der, der es gewohnt ist, auf Bühnen zu stehen und realitätsfernen Blödsinn zu erzählen. Das ist diktatorische Kernkompetenz. Und deshalb bin ich auch der Diktator.«

»Aha! Und was bin dann ich bitte?«, fragt Sabine beleidigt und kippt das nächste Glas hinunter. Sebastians Stimme wird zuckersüß: »Du, Sabine, du bist natürlich das Volk. Das sich ständig beschwerende, nörgelnde Volk, dem nie etwas recht ist. Diese Leute, die sich nicht mal die Zähne putzen können. Diese egoistische, dumpfe, selbstmitleidige, unempathische Masse, die sich mit Alkohol betäubt. Du, Sabine, du weißt doch, wie die Leute sind … hast du ja gerade gesagt, oder?«

Sabine schaut Sebastian, der sich ihr langsam nähert, mit glasigem Blick in die Augen: »Ich … bin das Volk?«

Sebastian lächelt: »Bitte.« – »Nur, wenn's noch Wein gibt.« – »Rotwein ist Opium fürs Volk!«, meint Isabella und genehmigt sich selbst einen Schluck. Sebastian grinst Sabine an: »So viel du willst.«

»Okay. Ich bin das Volk! Ich bin das Volk! Ich – bin – das – Volk!«, lallt Sabine und ist schon voll in der Rolle. Während die anderen lachen oder die Augen verdrehen, greift Sebastian behände in seine Esstisch-Schublade, holt etwas heraus und ist in zwei Schritten bei Sabine. Plötzlich macht es RRRRRRATSCH! und Sebastian fesselt Sabine mit dem Allheilmittel aller Bühnenmenschen, dem guten alten Gaffa Tape, an ihren Stuhl.

Sabine sagt noch: »He, aber wie soll ich denn jetzt zum Rotwein …«

Aber da hat sie schon ein Klebeband über den Mund. Dann die Beine an den Sessel. Fertig.

Die anderen drei sind aufgesprungen, aber Sebastian breitet die Arme aus: »Alles gut! Es ist nur ein Spiel. Okay? Ihr könnt euch wieder setzen.«

Charlie, Isabella und Gernot schauen einander an, aber da anscheinend niemand eine bessere Idee hat, setzen sie sich wieder hin.

Sebastian fährt fort: »Also erstens: Herzlich willkommen in meiner Diktatur. Und wir sehen, in einer Diktatur hat das Volk – dargestellt durch Sabine, machst du super, Sabine! – nichts zu sagen. Alle einverstanden?«

Sabine sagt etwas, das sich wie ein bellender Hund unter Wasser anhört.

Gernot betrachtet die gefesselte Sabine. Und ein zartes Lächeln zeichnet sich auf seinen Lippen ab: »Na ja, ich glaube, unser Gastgeber …«

Sebastian korrigiert: »Geliebter Führer, bitte.« – »Natürlich. Unser geliebter Führer hat recht. Wir müssen das Volk erziehen. Es ist nur zu seinem Wohle.« Sebastian applaudiert: »Gute Rede, Gernot. Das Wohl des Volkes! Darf ich dir deine Bezüge erhöhen? Noch Wein?«

Alle trinken auf das Wohl des Volkes und Sabine schaut mit großen Augen dabei zu. Isabella prostet Sabine direkt zu: »Ja, Sabine. Du wolltest es doch. Diktatur! Her damit!«

Sabine möchte etwas sagen, aber man versteht sie immer noch sehr schlecht. Jetzt klingt sie nach einem Schäferhund unter einer Schneelawine.

»Hast du deine Meinung geändert, Sabine?« Sebastian zieht die Augenbrauen hoch. »Das ist schlecht. In einer Diktatur geht das nämlich nicht. In der Demokratie kein Problem. Da darf man heute für die Rettung des Wildhasen sein und morgen für die Ansiedelung von Kampfrobotern im Stadtpark. In der Demokratie geht das immer. In einer Diktatur ist das ein bisschen anders, Sabine. Da hat man zu sagen, was der Diktator hören will. Musst ein braves Volk sein. Also Goschen halten und zahlen. Diktatur ist mehr so wie ... ein Raubüberfall. Apropos ...«

Sebastian schnappt sich Sabines Tasche, die an ihrer Stuhllehne hängt, und holt das Portemonnaie heraus. Jetzt klingt Sabine wie eine Dogge im Schwimmbecken. Sebastian aber fährt fort.

»Und weil du nichts mehr zu sagen hast, sag ich jetzt, was du willst. Denn mein Wille ist dein Wille. Und ich weiß, was du willst, Sabine! Ich kenne den Willen des Volkes! Du willst dein Geld verteilen. Natürlich gerecht ...«

Sebastian öffnet das Portemonnaie und legt vor Isabella einen Schein, dann einen vor Gernot, dann vor Charlie. Dann legt er für sich einen auf den Tisch. Dann wieder für Isabella. Es ist wie Karten spielen. Nur dass man schon vorher weiß, wer verliert.

»Ich will das Geld nicht«, sagt Isabella plötzlich. Und klingt dabei fast nüchtern.

»Was denn Isa? Jetzt keine Kohle mehr?« Sebastian ist irritiert.

Isabella schaut auf das Geld, dann auf Sabine: »Ich find das auch nicht mehr lustig. Macht jetzt die Sabine los.«

Gernot schenkt sich ein: »Aber Isa, das ist ein Experiment. In Staatsrecht.«

Isabella sieht Gernot an, als wäre der ein Außerirdischer: »Ihr habt ja schon ordentlich einen im Tee.« – »Das ist der Rausch der Macht,« lallt Charlie und leert sein Glas. Jetzt wird Isabella wütend.

»Hahaha … sehr lustig. Hört jetzt auf, hier Orbán zu spielen.« – »Bitte … Ich sehe mich mehr als Küchen-Putin«, erwidert Sebastian, während er das leere Portemonnaie wieder in Sabines Handtasche steckt.

Isabella fixiert Sebastian: »Von mir aus auch Wohnzimmer-Hitler. Mach sie los.«

»Isa, bitte!« Charlie versucht sie zu beruhigen. »Das Abendland … das Abendessen war bedroht. Durch das Volk selbst.« Sabine versucht etwas zu sagen, aber es dringt nur ein Geräusch hervor, das klingt, als würde jemand durch ein Kissen hupen.

»Hast recht, Charlie. Jetzt herrscht wieder Ruhe im Land.« Sebastian setzt sich und ist zufrieden mit sich.

»Mir reicht's. Ihr spinnt ja.« Isabella steht auf. Sebastian eilt rund um den Tisch zu ihr: »Okay, okay … Isabella. Ich mach sie gleich wieder los.« – »Jetzt!« Isabella schaut ihm direkt in die Augen. »Sofort … Gleich gibt es die Volksbefreiung. Erst den Nachtisch«, sagt Sebastian und streicht seiner alten Freundin über die Oberarme. »Sieh es als eine demokratische Übergangsphase. Und mein Mousse au Chocolat willst du doch nicht verpassen?«

»Du … Du bist so fies!«, sagt Isabella und lässt sich in den Sessel zurückfallen.

Sebastian kennt Isabella eben schon sehr lange. Und sehr gut. Sie kann vielem widerstehen, aber nicht seinem Mousse au Chocolat.

Heute serviert er es mit einem Fruchtspiegel aus frischen Erdbeeren. Und Flasche sechzehn. Ein Merlot aus dem Sherryfass.

Für einen Moment ist alles wieder friedlich, wenn man davon absieht, dass eine Teilnehmerin an diesem Abendessen unfreiwillig stillhält. Die anderen löffeln wortlos in sich hinein.

Isabella wundert sich plötzlich. »Du nimmst keine Erdbeeren?«

»Darf nicht. Hab mich testen lassen: Erdbeer-Allergie«, antwortet Sebastian und schiebt sich einen Löffel Schokolade-Mus in den Mund.

»Pech für dich«, sagt Gernot und schleckt den Löffel ab.

Allen schmeckt's und Sabine schaut mit großen Augen zu.

Aber auch das ist irgendwie richtig so, sagt sich Sebastian.

In einer Diktatur ist die Versorgungslage für das Volk immer etwas schlechter.

Und kaum sind die Teller leer …, kippt Gernot vom Stuhl. Eingeschlafen.

»Was ist denn mit dem los?«, fragt Charlie.

Sebastian lacht. »Wahrscheinlich demokratiemüde.«

»Du musst sie jetzt losmachen«, gähnt Isabella und … rutscht unter den Tisch.

Ja, dass Legislative und Judikative schlafen, ist ja typisch für autoritäre Regime, sagt sich Sebastian.

In dem Moment will Charlie aufstehen, aber die Beine knicken ihm weg. »Aber ich … wieso? Die Diktatur braucht doch eine Exekutive.«

Sebastians Augen funkeln.

»Schön, dass du wenigstens noch mitdenkst, Charlie. Ja!« Er klatscht in die Hände und doziert triumphierend: »Exekutive immer. Aber dazu auch eine Exekutive, die die Exekutive kontrolliert. Quasi eine Geheimpolizei. Solche Institutionen arbeiten dann gerne im Verborgenen. So wie – sagen wir – Valium in Erdbeeren.«

Alle drei sind eingeschlafen. Nur Sabine ist noch wach. Sebastian grinst sie an: »Siehst du, Sabine, was ich alles für dich tu? Für dich, mein Volk, nur, damit du lernst, was Demokratie ist. Für dich … hab ich auf Erdbeeren verzichtet.«

Sebastian schenkt sich den letzten Rotwein ein und zählt das Geld, das nun am Tisch vor ihm liegt.

»Und? Glaubst du mir jetzt, dass man sich nicht alleine verarschen kann?«

Sebastian sieht sie an. Dann schaut er sich um. Seine Freunde, die da schlafend am Boden liegen. Und ein Gefühl der Traurigkeit ergreift ihn plötzlich. Es ist diese Einsamkeit der Macht.

Was soll er denn jetzt tun? So als Diktator?

Er ist das ja nicht gern. Aber welche Chance hätte er denn im Laufe dieses Abendessens gehabt? Es war doch klar zu sehen, wohin es geht. Und bevor er die ganze Angelegenheit diesen Antidemokraten und Mitläufern überlässt, musste er es eben selber machen.

Das sagt sich Sebastian, während er in die Runde blickt.

Und eigentlich war er ja eh lieb. Er hätte ja auch Zyankali statt Valium nehmen können, um es realistischer zu machen …

Hat er aber nicht.

Dafür muss Sebastian jetzt das ganze Geschirr abspülen. Das vergessen die Leute, die immer sagen: »Es muss mal einer kommen, der ordentlich aufräumt!« Die stellen sich das so einfach vor. Das ist echte Arbeit. Das ganze Besteck, die Gabeln, die Steakmesser, die Dessertlöffel, die Gläser, … man glaubt ja gar nicht, was das für einen Dreck macht, bis man so eine Diktatur errichtet hat.

Sebastian stapelt die Teller aufeinander, während ihn Sabines funkelnde Augen verfolgen.

»Ja«, sagt er zu ihr, »schau nur, was ich tue. Der Diktator ist grundsätzlich ein Vorbild für das Volk. Und das Volk soll zu ihm aufschauen!«

Dann trägt er die Teller in die Küche.

Er öffnet Flasche Nummer siebzehn. Irgendein Weißer. Auch schon egal. Das ist das Schöne an so einer Diktatur, wenn man der Diktator ist: Willkürherrschaft. Da kann man tun, was man will. Er schaut aufs Glas, hört draußen Sabine in ihr Klebeband murmeln. Da kommt ihm eine Idee.

Sebastian schenkt sich ein und trinkt auf sich, weil er diese großartige Idee hat.

Zurück im Wohnzimmer steuert er direkt auf Sabine zu. Seine Hände legt er auf ihre Schultern.

»Sabine, mein Volk! Ich bin gerade draufgekommen … auf … auf …« Langsam merkt er, dass er auch nicht mehr ganz nüchtern ist.

»Auf … das Allerwichtigste. Auf dich, Sabine!«

Er sieht sie an. Direkt in die Augen.

»Du Sabine – mein Volk! Du musst Opfer bringen.

Das ist in jeder Diktatur so. Und natürlich …«, er greift ihr an die Brust, »… deinem Herrn zu Willen sein.« Sabines Augen weiten sich. Sebastian hört ein gurgelndes Geräusch unter dem Klebeband.

Langsam rutscht seine Hand unter ihre Bluse, er schiebt den BH zur Seite und spürt das warme, weiche Fleisch ihres Busens in seiner Hand. »Das ist Diktatur, Sabine, du wirst beherrscht. Das wolltest du! Und weißt du, langsam glaube ich …, ich will es auch.«

Sebastian schleckt ihr genüsslich übers Gesicht, während er ihre Brust massiert. Und er spürt, wie sich das Blut zwischen seinen Beinen sammelt. Da. Ein Geräusch, als ob jemand einen Klettverschluss öffnen würde. Sebastian sagt: »Was …?«

Weiter kommt er nicht. Dafür spürt er einen stechenden Schmerz im Bauch. Und dann noch einen. Und dann dort, wo sich gerade so schön das Blut versammelt hat.

Sabines Augen funkeln jetzt irgendwie anders. In ihrer Hand sieht Sebastian im Augenwinkel etwas blitzen. Ah! Ein Steakmesser.

Dachte mir doch, dass vorher eins gefehlt hat, sagt sich Sebastian und sackt zusammen. Sabines andere Hand reißt sich das Klebeband vom Mund.

Sebastian liegt vor dem Esstisch auf dem Teppich und spürt, wie der Lebenssaft aus ihm hinausrinnt.

Eigentlich wollte er ja nur, dass sie was lernen.

Es war mehr so ein Spiel. Nur irgendwann ist es gekippt.

Dabei war es anfangs so schön.

Da haucht ihm Sabine ins Ohr: »Weißt du, was du vergessen hast, Herr Diktator?« Sebastian kann nur noch röcheln. »Tyrannenmord!«, flüstert Sabine. »Tyrannenmord!«

Sebastian lächelt. Sehr gut, sagt er sich, hat sie es am Ende doch kapiert.

Dann wird es dunkel.

Werner Gruber

Mit feiner Klinge

Michelhausen im Mühlviertel, ein kleines Dorf, bekannt für seine Sauberkeit und seine – zumindest gegenüber Touristen – freundlichen Einwohner. Michelhausen ist dort, wo jeder jeden kennt, wo man sagt, dass die Welt noch in Ordnung ist. Diese kleine Gemeinde wurde mehrfach als der lebenswerteste Ort Österreichs ausgezeichnet, und doch wird sie durch eine grausame Tat erschüttert – der Chefkoch des Kirchenwirts wird tot aufgefunden.

Es war ein kühler Herbstmorgen, als die Reinigungskraft des Gasthauses den leblosen Körper ihres Chefs entdeckte. Konstantin Hügler lag in einer Lache aus seinem eigenen Blut, mit dem Gesicht am Boden der kalten Küche, und in ihm steckte ein Messer. Auf der Anrichte befand sich auf einem Teller ein Stück rohes Fleisch, eine Schweinsschulter, teilweise angeschnitten, gewürzt mit Knoblauch, Kümmel, Koriander und viel Salz. Sein Schweinsbraten hatte ihm sogar einmal eine Fernsehsendung eingetragen. Er wurde als Professor des Bratens bezeichnet, aber das zählte nun nichts mehr. Konstantin Hügler war tot.

Die Reinigungskraft entdeckte die Leiche, binnen weniger Minuten traf die Polizei ein und sperrte den

Tatort ab. Die Nachricht verbreitete sich wie ein Lauffeuer. Der Schock saß tief in der kleinen Gemeinde. Kommissar Mario Riedland, mit kurz geschnittenem Haar, klein, aufmerksam und hochprofessionell, kam gemeinsam mit dem Gerichtsmediziner, der sofort meinte: »Mario, die Tatwaffe hat eine Damastklinge – besonders wertvoll und sehr scharf. Sowas findet man nicht oft – den Täter wirst bald haben, da brauchst du nur herauszufinden, wer ein solches Messer besitzt.«

Der Gerichtsmediziner zog das Messer vorsichtig aus der Leiche und gab es in einen Kunststoffbeutel. Vielleicht ließen sich später noch Fingerabdrücke oder sogar genetische Spuren finden.

Der Souschef betrat die Küche – Michael Trockner war ein enger Mitarbeiter des Mordopfers –, er kannte alle Geschichten, auch die weniger bekannten. Er stellte sich vor: »Mein Name ist Michael Trockner, ich bin – ähm, war die rechte Hand vom Chef.« Man merkte, dass er persönlich betroffen war. Gemeinsam hatten sie viele Rezepte entwickelt und den Kirchenwirt vor dem Ruin gerettet. Riedland fragte: »Könnten Sie mir vielleicht etwas über das Opfer sagen?« Michael runzelte die Stirn und meinte mit belegter Stimme: »Da gäbe es viel zu sagen. Aber wenn sie mich fragen, wer ihn umgebracht haben könnte, ich weiß es nicht. Das Geschäft lief gut, an freien Abenden hielt er noch seine beliebten Kochkurse für die Bevölkerung ab, dort erklärte er seine Rezepte.«

Als der Leichnam abtransportiert wurde, wandte Trockner sich ab, er war wirklich erschüttert. »Mit wem hatte Ihr Chef vielleicht Streit, oder zumindest heftige Diskussionen?«, fragte der Kommissar nach. Der Souschef rollte die Augen, dachte nach und meinte: »Wenn

Sie mich nach einer heftigen Diskussion fragen, dann fällt mir der letzte Dienstag ein. Hügler hatte mit dem Hilfskoch Hannes eine heftige Diskussion. Es ging um eine Beförderung, aber der Chef erklärte ihm, dass er dafür mehr lernen müsste. Das war schon ziemlich laut.« Der Gerichtsmediziner verabschiedete sich und erinnerte an das besondere Messer.

Der Kommissar fragte Trockner nach dem Messer. Die Antwort fiel knapp aus: »Dieses Messer war dem Chef heilig – damit durfte nur er arbeiten. Er meinte immer: Lass das Werkzeug für dich arbeiten. Deshalb empfahl er jedem, sich hochwertige Messer zu kaufen, wenn er es sich leisten konnte. Billig ist es nicht, aber es kann schon etwas. Dieses Messer hatte in der Küche einen ganz besonderen Platz, damit es nicht zufällig von einem Mitarbeiter verwendet wurde. Dieses Messer ist schon was Besonderes, fast einzigartig.«

Der Souschef entschuldigte sich, er müsse nun die Mitarbeiter informieren, dass das Gasthaus die nächsten Tage geschlossen sein würde. Doch der Kommissar wollte noch wissen, wo er den Hilfskoch Hannes finden könne. Der Souschef deutete in die Gaststube. Dort saßen alle Mitarbeiter, es war ruhig, keiner sagte etwas. Alle Anwesenden wussten nur, dass der Chef tot war. Manche machten sich auch Sorgen, wie es mit ihnen persönlich weitergehen würde. Das Gasthaus war schon einmal vor dem Ruin gestanden, vielleicht würde Michael Trockner übernehmen, aber vielleicht wäre das auch der Zeitpunkt für ihn, eine Berghütte zu bewirtschaften – er hatte davon schon mehrmals gesprochen. Die Zukunft war ungewiss.

Während Trockner kurz erklärte, dass die Ermittlungen liefen und das Gasthaus bis zum Begräbnis geschlossen bleiben würde, blickte der Kommissar den Mitarbeitern in die Augen. Oft konnte man den Täter daran erkennen, dass er den Blicken ausweicht oder den Ermittler ganz im Gegenteil anstarrt. Aber der Kommissar bemerkte nur Trauer. Er räusperte sich und sagte ruhig: »Ich möchte Ihnen allen mein Beileid aussprechen.« Dann legte er ein Blatt Papier auf den Tisch, um den die Mitarbeiter saßen, und fuhr fort: »Schreiben Sie bitte Ihre Namen, Adressen und Telefonnummern auf – ich melde mich dann bei Ihnen. Ich würde nun gerne mit Herrn Hannes sprechen.« Der Hilfskoch wurde etwas nervös, stand auf und ging zu dem Kommissar. Beide zogen sich in die Küche zurück. Dort waren sie ungestört, nur noch der Blutfleck legte Zeugnis von dem schrecklichen Verbrechen ab.

»Sie hatten doch mit Ihrem Chef letzte Woche eine heftigere Auseinandersetzung.« Der Hilfskoch war verwirrt und stammelte: »Ja, wir hatten letzte Woche eine gröbere Diskussion, es ging um eine Beförderung. Die habe ich mir verdient! Wahrscheinlich hat mich der Souschef schlecht gemacht, aber der soll selber aufpassen. Wissen Sie, der Chef aß gerne Fleisch, deswegen auch der Schweinsbraten, aber der Souschef tut sich mit Fleisch schwer – er ist Vegetarier. Da gab es schon heftige Streitereien.« Kommissar Riedland entließ Hannes, der rasch die Küche verließ. Nun hatte er zwei Verdächtige. Aber weder ein Konflikt Vegetarier versus Fleischtiger noch eine verweigerte Beförderung waren letztlich Mordmotive.

Beim Kirchenwirt würde er wahrscheinlich keine Antworten finden. Also raus auf die Straße. Eigentlich ist jede kleine Gemeinde gleich strukturiert. Gemeindeamt, Kindergarten, Bank, Wirtshaus und mit viel Glück auch noch eine Bäckerei beziehungsweise eine Fleischhauerei. Hier war es wie überall am Land. Als der Kommissar auf den Hauptplatz trat, bemerkte er ein kleines Plakat. Darauf war der Ermordete abgebildet mit der Ankündigung eines Kochkurses im örtlichen Volksbildungsverein. Das erweckte seine Aufmerksamkeit. Vielleicht wüssten die von der Volksbildung mehr?

Der Kommissar betrat das Gemeindeamt und schon erblickte er die Hinweistafel. Das gesuchte Büro befand sich im zweiten Stock. Riedland wollte schon die Treppen hochsteigen, da kam ihm eine Dame entgegen und stellte sich gleich vor: »Mein Name ist Kunstler, entschuldigen Sie vielmals, ich sollte eigentlich in die Redaktion fahren. Ich bin von den Mühlviertler Nachrichten, ich habe dort eine Kolumne über die Wirtshäuser der Gegend. Ich stelle auch neue Rezepte vor und verrate die letzten Geheimnisse aus den Küchen der Region. Doch einen Mord hat man nicht jeden Tag, und mein Chef erwartet Informationen. Sie sind doch der Kommissar. Ich komme gerade von der Volksbildung, aber die wissen auch nichts. Können Sie mir vielleicht ein Interview über den Tathergang geben? Unsere Leser würden zu gerne mehr erfahren.«

Doch Riedland meinte nur trocken: »Liebe Frau Kunstler, ich stelle hier die Fragen. Wissen Sie etwas über Konstantin Hügler? Sie kennen doch jeden in der Gemeinde. Hatte er eine Beziehung?«

Kunstler hatte in Erwartung eines Interviews schon ihr Handy gezückt und auf den Aufnahmeknopf gedrückt, aber sie antwortete brav: »Was soll ich Ihnen erzählen? Wegen unserem Koch, also wegen seinem Schweinsbraten, kamen sogar Leute von der Großstadt zu uns heraus. Mir gab er sogar privat Kochtipps – da habe ich viel gelernt. Ich musste keine Kurse bei ihm besuchen. Er war ja redselig und erzählte gerne, auch Geschichten aus seinem Leben. Und ja, er hat mit einer Kursteilnehmerin angebandelt – die saßen immer nach den Kursen im Kaffeehaus ›Zum goldenen Gugelhupf‹. Wissen Sie, die Brigitte Bischof leitet eine Marketingagentur, die soll sogar ganz gut gewesen sein, einmal hat sie sogar den Staatspreis für Werbung bekommen! Wahrscheinlich war's ein Eifersuchtsdrama!«

Der Kommissar fragte nach: »Sie besuchten also keinen seiner Kurse?«

»Natürlich nicht, mir erklärte er es persönlich, ich hätte es mir leisten können, also billig waren seine Kurse nicht, wissen Sie, aber ich verdiene nicht so schlecht. Möchten Sie mir nicht doch ein Interview geben, zu dem tragischen Tod von Hügler?«

Der Kommissar schüttelte nur den Kopf und hakte nach: »Wo könnte ich Frau Bischof denn finden?«

»Wenn Sie die Brigitte sprechen wollen, brauchen Sie nur ins Kaffeehaus gegenüber gehen, das sitzt sie sicher.« Die Journalistin packte ihr Handy ein, holte ihre Visitenkarte heraus und überreichte sie dem Kommissar mit den Worten: »Wenn sie vielleicht doch noch ein Interview geben möchten …«

Der Kommissar lehnte dankend ab, nahm aber die Visitenkarte und steckte sie ein. Dann verließ er das Gemeindeamt und schon sah er das Kaffeehaus, wo er hoffte, Brigitte Bischof zu finden.

An einem Tisch saß eine Frau alleine, gut gekleidet, mit einem aufgeklappten Computer vor und einem

Kaffee neben sich. Der Kommissar ging schnurstracks zu ihrem Tisch und stellte sich vor. Bischof blickte auf, stellte sich ebenfalls vor und zeigte mit einer Hand auf den freien Platz. Dann sah sie Riedland geradeheraus an und begann mit ruhiger Stimme zu sprechen: »Herr Kommissar, Sie möchten wissen, wer Hügler umgebracht hat. Ich kann Ihnen sagen, wer es war!«

Riedland hörte aufmerksam zu.

»Einer aus dem Volksbildungsverein war es. Also, um genau zu sein, einer oder eine von diesen Verbrechern. Lassen Sie es mich erklären, woher ich das weiß. Hügler hielt doch viele Kochkurse für den Volksbildungsverein. Das hat unser Bürgermeister eingefädelt, ein kluger Mann, dieser Bürgermeister. Aber das Problem ist der Leiter des Volksbildungsvereins – der Herbert, er hat auch mich getäuscht. Dieser Herbert macht einen gemütlichen Eindruck. Er hat, wie man so schön sagt, einen Schmäh. Er kann gut mit Menschen umgehen. Aber kennt man ihn ein bisschen besser, dann merkt man schnell, dass alles nur Fassade ist. Der Konstantin hatte ihn besser kennengelernt und bemerkte bald, dass er vom Neid zerfressen ist. Er konnte gegenüber seinen Mitarbeitern harte Entscheidungen treffen, buckelte aber nach oben. Bei jeder Entscheidung fragte er bei seinen Vorgesetzten nach.« Dabei deutete Brigitte Bischof in Richtung Rathaus. »Der Bürgermeister wusste alles, und sein Stellvertreter deckte alles zu. Christian, der Vizebürgermeister, sorgte dafür, dass genügend Geld für die Volksbildung zur Verfügung stand. Das ist ja lobenswert. Damit konnten sich viele Menschen Sprachkurse leisten oder auch Computerkurse. Das Problem ist die Geldgier des Vereinsleiters. Für ihn war das Geld immer das Wichtigste, er hat teure Hobbys wie zum Beispiel Golfspielen. Konstantin ist draufgekommen, dass es bei den Abrechnungen Unstimmigkeiten gab – Herbert hatte Geld veruntreut und einen Schaden von über 85 000 Euro verursacht. Hügler konnte es beweisen, und informierte unseren Vizebürgermeister, den Christian. Nach außen tat Christian so, als wollte er das korrupte Konstrukt des Volksbildungsvereins untersuchen, in Wirklichkeit jedoch kehrte er die Vorwürfe unter den Teppich und diskreditierte den Konstantin. Ich bin überzeugt, dass einer der beiden hinter dem hinterhältigen Mord steckt – also der Herbert oder der Christian!«

Der Kommissar fragte nach: »Haben Sie nicht auch von einer Täterin gesprochen?«

Prompt kam die Antwort: »Natürlich, auf die Doris hätte ich fast vergessen. Die Doris ist eine schwere Alkoholikerin, die ist schon lange bei der Volksbildung, und nach langer Zeit hat sie es endlich geschafft, zur Stellvertreterin vom Herbert befördert zu werden. Diese Frau ist richtig dumm, die kann nicht einmal mit dem Computer umgehen. Wegen ihr haben schon einige Mitarbeiter den Verein verlassen, und das, obwohl es hier nicht so leicht ist, einen neuen Job zu finden. Sie ist nur durch Intrigen zu ihrem Job gekommen und das, obwohl sie selber mit dem Geld des Steuerzahlers ziemlich locker umgeht. Einmal ließ sie sich ihre Geburtstagsfeier vom Verein zahlen. Da ging es hoch her. Konstantin war auch eingeladen, er hätte sogar das Buffet stellen sollen und dabei gut verdient, aber da machte er nicht mit. Er war einer der wenigen aus dem Ort, der nicht bei der Geburtstagsfeier waren.«

Damit beendete Bischof ihre Anklage.

Der Kommissar war verwirrt. »Und warum ist diese Doris nun verdächtig des Mordes – eine illegal finanzierte Geburtstagsfeier ist ein schwaches Motiv.«

»Ach ja, Sie wissen ja nicht, dass die Doris viele alte Geschichten über den Bürgermeister, den Vize und auch über den Leiter des Vereins kennt. Sie wäre ja sonst nie Stellvertreterin geworden, das war praktisch eine Erpressung. Würde der ganze Skandal mit der Korruption aufkommen, müsste Herbert den Hut nehmen, Christian genauso und sie als stellvertretende Leiterin wäre am nächsten Tag gekündigt – wegen Unfähigkeit.«

Damit schloss Bischof triumphierend ab. Aber der Kommissar hakte nach: »Und wieso wissen Sie das so genau?«

Prompt kam die Antwort: »Ach, dass der Herbert lügt, weiß man, sobald man ihn ein bisschen besser kennenlernt, dass der Vizebürgermeister nicht besonders

fähig ist, hat er auch schon unter Beweis gestellt – in der Hauptstadt hatte er einmal ein höheres politisches Amt – sehr erfolglos. Aber die Korruptionsvorwürfe habe ich vom Konstantin. Nach einem Kursabend sind wir noch auf einen Kaffee gegangen und da hat er sich mir anvertraut. Er wollte, dass das Ganze in Ruhe und entspannt geregelt wird. Niemand braucht in dieser Gemeinde einen großen Skandal. Herbert ist eh schon älter und könnte in Pension geschickt werden. Wenn er das Geld zurückgezahlt hätte, hätte sich der Rest von alleine geregelt. Aber Konstantin wollte dem Bürgermeister nicht schaden – der hatte es schon schwer genug. Wissen Sie, in der Gemeinde gibt es gerade einen massiven Kampf. Nächstes Jahr wird gewählt und der politische Gegner des Bürgermeisters, der Heinz-Christian, hat sich mehr durch den Konsum von bestimmten Substanzen ausgezeichnet als durch aktive Mitarbeit an Gemeindeproblemen. Er kann nur alles schlecht machen, hat aber keine konstruktiven Ideen. Da ist unser Bürgermeister bedeutend besser. So beschloss der Konstantin, den Mund zu den Korruptionen zu halten. Das fiel ihm nicht leicht, denn es tat ihm im Herzen weh, wie der Volksbildungsverein geführte wurde. Wahrscheinlich hat er im Hintergrund versucht, das Problem zu lösen. Er sprach mit einigen Gemeinderäten, aber die meinten alle, dass Volksbildung oder Finanzen leider nicht ihr Ressort seien und dass sie daher nichts machen könnten.«

Riedland wusste, was er zu tun hatte. Er musste dringend mit dem Bürgermeister, seinem Vize und diesem Herbert sprechen und die Alibis abklären. Also ging er wieder zurück zum Gemeindeamt, dort würde er alle

Verdächtigen finden. Nach ein paar Schritten rüttelte er an der Türe. Ein Schild wies auf die Mittagspause hin. Es ist halt eine kleine Gemeinde. Er wartete auf einer Parkbank und sortierte seine Gedanken. Ein begeisterter Koch mit dem Hang zur Öffentlichkeit ist tot, eine besonders engagierte Journalistin, die ein Eifersuchtsdrama vermutete, der Souschef, der einen Mitarbeiter wegen eines Streites verdächtigte, und die Leiterin einer Marketingagentur, die über einen Korruptionsskandal berichtet – viele Verdächtige, aber wenig Konkretes. Das Handy läutete und der Gerichtsmediziner erklärte, dass er die Todesursache, Mord durch Stichverletzung, bestätigen konnte. Man fand keine genetischen Spuren oder Fingerabdrücke. Als Mario Riedland auflegte, bemerkte er die SMS aus seinem Büro: »Das Messer mit der besonders scharfen Klinge wurde in der Hauptstadt in den letzten Jahren nur zweimal verkauft.« Diese Spur führte also ins Leere.

Der Kommissar überlegte sich Fragen, die er den Verdächtigen aus dem Gemeindeamt stellen würde. Da kam Hannes, der Hilfskoch, vorbei. Der Kommissar winkte ihm zu und der junge Mann setzte sich zu ihm auf die Parkbank. Unvermittelt begann er zu fragen »Wissen Sie eigentlich, ob es ein Testament vom Chef gibt? Wem hat er sein Messer vermacht? Wer dieses Messer hat, der kann einfach besser kochen.«

Der Kommissar lächelte und erklärte dem Hilfskoch, dass dieses Messer bis zum Gerichtsprozess in der Asservatenkammer sicher verwahrt bliebe und längere Zeit nicht benutzt werden könnte. Der Hilfskoch widersprach sofort: »Herr Kommissar, Sie irren, das Messer vom Chef ist an seinem gewohnten Platz.« Er habe es dort noch vor fünf Minuten gesehen, der Chef wurde sicher nicht mit seinem eigenen Messer umgebracht. Die mörderische Tatwaffe musste ein anderes Messer gewesen sein. Der Gesichtsausdruck des Kommissars versteinerte sich – er dachte nach und hörte gar nicht mehr zu, was der Hilfskoch weiter erzählte. Ein zweites Messer – sehr teuer und sehr selten – wer kann sich ein solches Messer leisten? Vielleicht gab es ja eine Rechnung für den Kauf, der nur in einem einzigen Geschäft in der Hauptstadt getätigt worden sein konnte. Kein anderes Geschäft führte Messer dieser Art, das hatten sie schon herausgefunden. Dann hätte man den Täter sofort. Der Kommissar rief im Büro an und fragte, wer denn das zweite Messer gekauft hatte. Eines hatte unzweifelhaft Hügler gehört. Da öffnete das Gemeindeamt, doch dem Kommissar dämmerte schon, dass er den Mörder weder hier noch im Wirtshaus finden würde – die Korruption, die Geburtstagsfeier oder die Nicht-Beförderung waren zwar Motive, aber das waren alles Personen, die wenig Interesse am Kochen hatten oder sich ein solches Messer nicht leistet konnten. Damit wurde der Hilfskoch entlastet und ebenso Brigitte Bischof – sie tauschte mit dem Chefkoch gerne Ideen aus und hatte einmal einen Kurs besucht, aber Kochen war nicht ihr größtes Interesse. Jetzt gab es nur mehr eine Person, die als Täterin übrig blieb. Damit blieb nur mehr die Frage nach dem Motiv offen. Aber das würde sich auch noch finden.

Schon läutete das Telefon – das Kommissariat meldete sich mit dem Namen des Käufers des zweiten Messers. Jetzt war alles klar, und Riedland brauchte nur mehr die Unterstützung der Redakteurin der Mühlviertler Nachrichten. Er rief die Journalistin sofort an und teilte ihr mit, dass er nun doch bereit sei, ein Interview zu geben. Die Journalistin war begeistert und die beiden trafen sich bei der Parkbank. Sie begann ohne Umschweife mit ihren Fragen: »Herr Kommissar, möchten Sie uns erklären, wer diesen abscheulichen Mord begangen hat? War es jemand aus dem Gemeindeamt, vom Volksbildungsheim oder doch jemand vom Gasthaus?«

Der Kommissar blieb ruhig – nun hatte er auch das Motiv. Er antworte mit ruhiger Stimme: »Frau Kunstler, Sie selbst sind die Täterin. Die Beweise sind eindeutig und mit Ihrer Frage haben Sie mir auch Ihr Motiv offenbart. Leugnen wird Ihnen nichts nützen.«

Kunstler blieb ruhig und hielt den Atem an. Der Kommissar fuhr fort: »Konstantin Hügler wurde mit einem ganz besonderen Messer umgebracht. Es gibt im weiteren Umkreis nur zwei dieser Messer, eines befindet sich an seinem gewohnten Platz in der Küche des Gasthauses, das andere haben Sie vor einem halben Jahr erworben. Sie verdienen ja ganz gut – also leisten können Sie es sich. Kommen wir zum Motiv. Warum? Sie haben mir erzählt, dass der Koch Ihnen Privatunterricht im Kochen gegeben hat. Er war ein redseliger Mensch, wahrscheinlich hat er Ihnen unter dem Siegel der Verschwiegenheit von der Korruption im Gemeindeamt erzählt. Sie haben mich gerade nach möglichen Tätern aus dem Gemeindeamt gefragt – also wussten Sie etwas über die Korruption.«

Die Redakteurin blieb stumm, der Kommissar wartete etwas und hakte nach: »Sie sind überführt! Machen Sie es sich selber leichter!«

»Ja, ich war es«, schluchzte Kunstler nun und fuhr fort: »Wir waren am Abend noch in der Küche und er erklärte mir, wie man mit dem Messer Fleisch richtig schneidet. Er fragte mich nach meinen Recherchen zu den Korruptionsvorwürfen. Er wollte damit nicht in Verbindung gebracht werden. Leider hatte ich mich beim Chefredakteur verplappert. Ich sollte diese Geschichte sofort zusammenschreiben, es sollte der große Aufhänger der Wochenendausgabe werden. Damit würde auch sein Name aufgedeckt werden. So kam es zu einem heftigen Streit, er schrie mich an und ich bekam es mit der Angst zu tun und habe zugestochen. Es war im Affekt, ich hatte Angst und ein schlechtes Gewissen.« Kunstler sank in sich zusammen und weinte bitterlich.

Der Fall war geklärt – effizient und eindeutig, so wie es Mario immer machte.

Michael Trockner, der Souschef, übernahm das Wirtshaus und führte es als erstes vegetarisches Haubenlokal sehr erfolgreich weiter.

Hannes, der Hilfskoch, durfte hin und wieder mit dem Messer seines ehemaligen Chefs hantieren – und die Mühlviertler Nachrichten hatten am Wochenende einen dramatischen Aufhänger. »Mit feiner Klinge: Eine Redakteurin als Mörderin des bekannten Haubenkochs« – das gab es nicht oft. Über die Details und Hintergründe breitete man den Mantel des Schweigens – zu viele lokale Prominente seien darin verwickelt …

Christian Klinger

Immer Kummer mit dem Hummer

Den ganzen Tag war der Dunst über Triest gehangen wie der Dampf am Plafond einer Küche, wenn das Wasser in allen Töpfen zeitgleich zu brodeln und zu blubbern beginnt. Abends dann hatte sich ein granitener Himmel darübergestülpt, und der schluckte jetzt alles Licht. Lediglich der Leuchtturm warf einen hellen Streifen auf das schwarze Meer bei der *Sacchetta* drüben. Die Stadt hatte endlich zur Ruhe gefunden. Sie waren fast allein, der andere hatte ihn bislang nicht bemerkt, weil er zu sehr damit beschäftigt war, heimliche Liebespärchen aufzuspüren, zu beobachten und dabei seine Hand in die Hose wandern zu lassen. Der Rest war einfach. Er zog das Fläschchen hervor, und nach wenigen Sekunden lag ein menschlicher Körper auf den Steinplatten aus hellem, fast weißem Karstmarmor. Er schleifte ihn zu einem nahen Fischerboot, wo er ihn mit einem der Netze zu einem Bündel verschnürte. Dann ruderte er vor zur *Diga*. Der Tod würde nicht gnädig sein, aber das war der andere zu seinen Opfern auch nie gewesen. Doch es ging ihm nicht darum, Schmerz zuzufügen, nein, er wollte sein eigenes Leiden loswerden. Mit einem Glucksen versank das Bündel in den dunklen Fluten.

Familie Lamprecht schlenderte entspannt die *Contrada del Corso* entlang, bis sie das Restaurant Steinfeld erreicht hatte. Zur Linken lag der *Palazzo della Borsa* mit den markanten vier dorischen Säulen, davor wandte ihnen die Figur des Neptunbrunnens ihren Rücken zu. Es war der Tag von Lamprechts Geburtstag, der 19. Mai, und zum Glück hatte morgens eine leichte Bora, von den Einheimischen verkleinernd »*Borino*« genannt, die Gassen durchgeblasen und die Schwüle vertrieben. An solchen Tagen war es, als wäre ein Titan mit einem Staubtuch durch die Gegend gezogen: die Luft klar, das Meer blau, die Dächer glänzten im Sonnenlicht.

Die Damen hatten ihre Sonnenschirme aufgespannt, zu viel Farbe im Gesicht, noch vor dem Juni, wäre auch in Triest ein Lapsus, den frau nicht begehen sollte. Gaetano und sein Vater wurden von den Krempen ihrer Hüte beschattet.

»Wir sind etwas zu früh. Wollen wir zuvor noch einen Aperitif einnehmen?«, fragte Gaetano und deutete auf die Bar Venezia an der nächsten Ecke, doch sein Vater schüttelte den Kopf. »Wir nehmen den Aperitif im Restaurant, da hat deine Schwester ausreichend Zeit, die Speisekarte zu studieren.«

»Aber ich dachte, wir haben für alle Hummer vorbestellt«, sagte Adina, doch der Vater brummte nur, wie sehr er dieses Getier doch hasse.

Als die Gesellschaft das Lokal betrat, wurden sie an der Tür von einem der Oberkellner begrüßt, der den Herren die Hüte abnahm und sie an ihren Tisch führte. Das Restaurant Steinfeld war der Kompromiss zwischen den unterschiedlichen kulinarischen Vorlieben der Familie. Während Franz Lamprecht wie der verehrte Kaiser am liebsten Rindfleisch aß, war die Mutter als gebürtige Italienerin, wie auch die Kinder Gaetano und Adina, eher für Meeresfrüchte und Fisch zu gewinnen. Das Steinfeld warb mit »*cucina all'italiana e cucina tedesca*«, also italienischer wie deutscher Küche. Das Angebot wurde abgerundet durch istrische Weine, Terrano und Bier der Brüder Reininghaus aus Graz. Davon bestellte der Vater ein Krügel, während Gaetano gleich zum Punkt kam: »Haben Sie heute Hummer? Wir haben drei Mal vorreserviert.«

Der *Cameriere* begann von einem Bein auf das andere zu treten und sich mit seinem Bleistift hinter dem Ohr zu kratzen. Dann schnippte er und flüsterte dem eilig herbeigelaufenen Piccolo etwas ins Ohr. Nach dessen Antwort fand er zurück zu einem festen Stand und antwortete: »*Certo*! Wir hatten gestern zwar eine größere Runde, die alle *Astice* bestellt haben, aber unser Lieferant hat uns heute Morgen mit Nachschub versorgt.« Er notierte die Speisenfolge, dann sagte er: »Dürfen wir Sie zu einem Aperitif einladen? Unser Koch müsste jede Minute kommen, dann wird er sich *subito* Ihres Mahls annehmen.«

Gaetano nickte zufrieden und schielte zum Vater.

»Widerlich«, vermeldete der kopfschüttelnd. »Die Hummer krabbeln da nebenan über den Küchenboden, bevor sie in den Topf mit siedendem Wasser gesteckt werden.«

»Hummer muss ganz frisch zubereitet werden«, warf Adina ein, und während die Mutter einen Schluck vom eben servierten Cinzano nahm, stand Gaetano seiner Schwester zur Seite. »Weißt du, wie viele Menschen wegen verdorbenem Hummer im Krankenhaus landen?«

Nach dem *Antipasto*, das aus *Sardoni in Savór* bestand – vom Vater gleich weggeschoben –, wurde die Pasta serviert. Als der *Primo Piatto* beendet war, hatte die Unruhe wieder vom Kellner Besitz ergriffen. Seine Bewegungen wirkten fahrig und beim Abtragen der Teller schepperte es laut.

»Was ist denn los?«, erkundigte sich Gaetano.

»Es tut mir leid, aber unser Koch verspätet sich offenbar und der Hilfskoch weigert sich, den Hummer zuzubereiten. Ihm fehle dazu die Fertigkeit.«

»Keine Sorge, wir werden hier nicht verhungern«, sagte Gaetano und schenkte sich etwas vom Ribolla Gialla nach.

»Aber das Fleisch hätte er doch servieren können«, meinte der Vater konsterniert.

Doch bevor jemand darauf eingehen konnte, baute sich vor Gaetano eine uniformierte Wache auf und salutierte mit zusammengeschlagenen Hacken. »*Ispettore* Lamprecht? Es tut mir leid, aber Ihre Person wird dringlichst beim Hafen erwartet. Es wurde eine Leiche angespült.«

Als Lamprecht in Begleitung des Polizisten beim Molo San Carlo ankam, hielten andere Uniformierte Schaulustige fern. Entfernt war das Klingeln der Straßenbahn zu hören, die sich vom Teatro Verdi näherte. In der Mitte der Mole sah Lamprecht den in ein Netz gewickelten Toten mitten in einer Wasserlacke liegen. *Dottor* Tripcovich, der Pathologe, hatte sich für eine erste Examination über ihn gebeugt. Als der Inspektor sich näherte, machten ihm die Wachen Platz.

»*Salve*. Können Sie schon etwas sagen, *Dottore*?«

»*Buongiorno Ispettore*. Nicht allzu viel. Aber eine Vermutung habe ich.« Er hob ein paar Laschen des Fischernetzes an und sprach weiter: »Ich nehme an, er hat sich darin verfangen und ist dabei ertrunken.«

»Für mich sieht es eher so aus, als wäre der Mann darin eingewickelt worden.«

»*Mi scusi*, *Ispettore*, aber das kann auch von der Strömung kommen oder von den Wellen, die die Dampfschiffe hier im Hafen auslösen. Mein Bruder ist Fischer und manchmal fahre ich mit ihm raus und er ärgert sich immer, weil sich die Netze verwickeln.«

»Danke, Marianich«, sagte Lamprecht zu dem Polizisten, »wenn ich auf Ihre Expertise zurückkommen will, lasse ich es Sie wissen.«

Nachdem der Fotograf seine Fotos im Kasten hatte, sagte der Pathologe: »Wir sind hier fertig, ich werde den Leichnam im *Ospedale* einem gerichtsmedizinischen Verfahren unterziehen. Ich melde mich telefonisch in der Polizeidirektion, wenn ich fertig bin.«

»Übrigens, wir haben diesen Ausweis in seinem Anzug gefunden.« Wieder war es Marianich, der sich dem Inspektor in den Weg stellte.

Lamprecht nahm das feuchte Papier entgegen. »Ein Fahrradausweis vom *Club-Veloce* AVANTI?«, fragte er verwundert.

»Sie meinen, weil er so fett war, *vero*? Er war Koch.«

»Etwa im Restaurant Steinfeld?«

»Sie kennen ihn?«

Lamprecht las den Namen ab. »Filiberto Napp? Nein, ich kenne ihn nicht, aber dort geht ein Koch ab, also scheint es naheliegend, dass …«

»Ja, er arbeitet dort als *cuoco*.«

Lamprecht zwirbelte seinen Schnurrbart, dann kehrte er zum Restaurant zurück. Das hatte er ohnehin vorgehabt. Zunächst hatte er seiner Familie erklären wollen, dass das Mahl beendet war. Ein weiteres Warten hatte wenig Sinn. Dem Hummer wurde eine Schonfrist gewährt. Doch als er das Steinfeld erreichte, erklärte man ihm, dass seine Familie das Lokal bereits vor geraumer Zeit verlassen hätte. »Aber auf die Getränke haben wir die Herrschaften natürlich eingeladen«, schob der Kellner schnell nach. Der Bursche kam Lamprecht genau recht. Er zog den Mann zu sich. »Wann sperrt das Restaurant zu?«

»Gar nicht, mein Herr. Wir haben durchgängig Küche.«

»Ja, aber keinen Koch. Also Sie machen jetzt für eine halbe Stunde Pause, und ich will mit allen Bediensteten des Lokals sprechen. In der Küche.«

»Aber wir arbeiten in verschiedenen Schichten. Es sind nicht alle Beschäftigten anwesend.«

Lamprecht ließ den Mann los. »Mir reichen vorläufig die, die da sind.«

Keine zehn Minuten später hatte sich ein Grüppchen von fünfzehn Personen beiderlei Geschlechts und aller Altersklassen in der Küche eingefunden. Nach Filiberto Napp befragt, schüttelten die meisten nur den Kopf. Man hatte den Mann als Koch geschätzt. Die Gäste hätten immer sein Ossobuco gelobt oder auch die *Spaghetti alle seppie*, vom Hummer ganz zu schweigen, doch privat wusste man wenig zu berichten.

»Er war ein verschlossener Kerl, ein Eigenbrötler, wie es Künstler oft sind«, sagte der Zahlkellner.

»Künstler war der Mann also auch?«, fragte Lamprecht.

»Ich meinte seine Kochkünste.«

Ein anderer wollte ihn beim Pferderennen in Montebello gesehen haben. Lamprecht horchte auf. Das war doch was, Spielschulden waren ein gutes Motiv, jemand unter Druck zu setzen. Aber umbringen? Damit war nicht nur der Schuldner beim Teufel, sondern auch die Aussicht, jemals wieder an sein Geld zu kommen.

»Gestern hat er mit dem Lieferanten gestritten«, sagte der Hilfskoch.

»Wissen Sie auch weswegen?«

»Der Händler hat den Preis für den Hummer kurzfristig erhöht und Napp wusste, dass es für heute einige Vorbestellungen gegeben hat.«

»Wurde er handgreiflich?«, fragte Lamprecht und machte sich Notizen.

Der Hilfskoch, ein gewisser Gualterio Brenner, wie Lamprecht in seinen Aufzeichnungen nachlesen konnte, schüttelte den Kopf. »Alles Mögliche hat er ihn geheißen, aber die Hand hat er nicht erhoben.«

Napp war unverheiratet, hatte keine Beziehung, und nicht einmal von Bordellbesuchen wusste jemand zu berichten, als Lamprecht offen danach fragte. Er sah auf die Uhr an der Wand und fragte sich, ob Tripcovich in der Zwischenzeit etwas mehr herausgefunden hatte. Nach wie vor war ein Unfall nicht auszuschließen, und wenn Napp keine Feinde hatte, war das sogar naheliegend.

Er setzte seinen Hut auf. »Sie halten sich zur Verfügung, sollten sich weitere Fragen ergeben«, ordnete er an.

Als er das Lokal verließ, hörte er auf der Straße leichte Schritte hinter sich. Er stoppte und drehte sich um. Es war der Piccolo. Ein einsames Auto zog an ihnen vorbei den Corso hinunter. Eine schwarze Wolke aus Auspuffgasen hüllte sie für einen Moment ein.

»Was ist mit dir?«, fragte Lamprecht. »Hast du mir noch etwas zu sagen?«

Der Piccolo zog den Polizisten zu sich hinab und flüsterte ihm ins Ohr. »Nur, wenn Sie niemandem sagen, dass sie es von mir haben. Es ist mir peinlich, müssen Sie wissen.«

Lamprecht schlug zur Bestätigung die Augenlider nieder. »Schon gut, ich werde dich da raushalten.«

Der Piccolo erzählte, dass er nach der Sperrstunde Napp öfters nachgegangen sei. »Ich wollte bei ihm in der Küche arbeiten und dachte mir, vielleicht ergibt sich auf der Straße zufällig eine Gelegenheit, ihn darauf anzusprechen. Also, Feuer geben, wenn er sich eine Zigarre anzündet oder so.«

»Und?«

»Einmal ist er in den *Giardino Pubblico*, aber das hat er auch hier bei den Rive gemacht.«

»Was hat er gemacht?«

Der etwa fünfzehnjährige Junge sah Lamprecht mit seinen dunklen Augen im gebräunten Gesicht an und seufzte. »Ich kann das nicht sagen …«

Lamprecht zog ihn zu sich und ging in die Knie. »Na los!«

»Hm, also er hat offenbar Ausschau nach heimlichen Liebespärchen gehalten, die miteinander, wenn sie sich unbeobachtet fühlten, unzüchtige Handlungen vollzogen haben.« Der Junge machte eine Pause, Lamprecht drückte ihn an der Schulter, damit er weitersprach. »Und wenn er so ein Paar heimlich aus der Ferne beobachtet hat, dann hat er auch unzüchtige Handlungen an sich vorgenommen.«

Der Junge drehte sich um und lief davon.

Lamprecht schlug den Weg zum *Ospedale Maggiore* ein.

»Wann werden Sie und Ihre Kollegen endlich lernen, dass Tote nicht in Eile sind«, sagte Tripcovich und wischte sich seine Hände in einem Baumwolltuch ab.

»Die, deren Aufgabe es ist, Verbrechen zu klären, sind es aber«, erwiderte Lamprecht. Tripcovich lächelte. Er sagte:

»Sie haben recht. Es liegt vermutlich ein Verbrechen vor.«

Dann erklärte er, dass der Mann zwar ertrunken sei, dass er aber vermutete, dass er bereits wehrlos gewesen war, als er in das Netz gewickelt im Wasser versank.

»Sie meinen, er war bewusstlos?«

»Das muss ich noch untersuchen. Ich sagte ja, Sie sind zu früh, aber was mir aufgefallen ist: Der Mann hatte unter den Nägeln keine Reste des Garns, aus dem das Netz gewoben ist.«

»Sie meinen, hätte er um sein Leben gekämpft, dann hätten Sie Spuren davon gefunden. Womit könnte er kampfunfähig gemacht worden sein?«

Tripcovich hob das Leichentuch an. Der gedunsene, bleiche Körper kam zum Vorschein. Mit den blauroten Flecken, die den voluminösen Leib übersäten, sah er aus wie ein verdorbener Käse, der zu lange an der Luft gelegen hatte. »Hier hat er zwar eine kleine Wunde am Kopf«, der Arzt deutete auf eine Schwellung, »aber die stammt nicht von einem Schlag, ich vermute, er hat sie sich beim Sturz zugezogen, was meine These, wonach er betäubt wurde, untermauert.«

»Betäubt? Womit?«

»Äther, oder vielleicht auch Chloroform.«

Lamprecht verabschiedete sich mit dem Ersuchen, auf dem neuesten Stand gehalten zu werden.

Lamprecht trommelte in der Polizeidirektion seine Leute zusammen. Wenn es sich um Mord handelte, rechtfertigte das einen größeren Untersuchungsaufwand.

»Mollieri, Salich und Weißkopf! Sie nehmen sich jeder ein Foto und hören sich in Montebello beim *Ippodromo* um, ob der Mann dort aufgefallen ist. Wegen Spielschulden, aber auch wegen Unzucht.«

Pirona und Vukich schickte er zum Molo, sie sollten sich umhören, ob Napp dort aufgefallen war, etwa weil er nach Pärchen gespannt hatte.

»Aber so etwas gibt es doch bei uns nicht«, wandte Pirona ein.

»Bei allem Respekt vor dem Frieden und der Ruhe, die Triest unserem verehrten Kaiser zu danken haben, so etwas gibt es überall. Und das Cavana-Viertel mit den einschlägigen Häusern ist nah.«

Und weil es ein schöner Tag war und weil es sein Geburtstag war, verließ Lamprecht seine Dienststelle ungewöhnlich früh. Keine Stunde später saß er auf seinem Bianchi-Rennrad und genoss den Fahrtwind, als er in Roiano die Fabrik von Camis und Stock hinter sich ließ, um den Aufstieg nach Prosecco in Angriff zu nehmen.

»*Ispettore, Ispettore*!«, wurde er am nächsten Morgen aufgeregt von Mollieri empfangen. Er verstand die Aufregung nicht, denn am Vorabend hatte ihn Pirona noch aufgesucht und zusammenfassend festgehalten, dass sie leere Kilometer gemacht hätten. »Niemand kann sich an ihn erinnern, keiner hat ihn gesehen. Und in dem Zimmer, das er in Gretta zur Untermiete bewohnte, war auch nichts zu finden.«

Doch das sollte sich nun ändern, denn Mollieri hatte tatsächlich etwas Interessantes zu berichten: »Eben kam ein Anruf rein. Im Restaurant Steinfeld gab es einen weiteren Angriff auf jemand vom Personal. Der Küchenjunge, der die Töpfe und Teller zu putzen hat, wurde beim Rausbringen der Abfälle angegriffen.«

»Na, dann los«, sagte Lamprecht und nahm seinen Hut vom Ständer.

Im Restaurant wurden die anrückenden Polizisten bereits erwartet. Der Chef stürmte auf sie zu. »Gut, dass Sie endlich da sind, Herr Inspektor. Sonst bringt mir so ein Irrer noch das ganze Personal um.«

Lamprecht begab sich in die Küche, um Daniele zu befragen. Die Aushilfe war zwar etwas älter als der Piccolo, der sich ihm gestern anvertraut hatte, aber nach seinen weichen Wangen zu schließen, hatte er den Militärdienst noch vor sich.

»Sag, wo bist du überfallen worden.«

Daniele deutete auf die Tür, die in den Hof führte. Er sagte: »Nachdem ich das ganze Besteck gewaschen und in den Kisten verstaut hatte, bin ich mit dem Müll hinaus, und als ich mich über die Tonne beuge, will mir von hinten jemand ein Tuch ins Gesicht drücken. Ich hab mit dem Ellenbogen ausgeschlagen. Ich muss getroffen haben, denn er hat von mir abgelassen, doch dann bin ich selbst kurz umgekippt.«

Lamprecht legte Daniele die Hand auf die Schulter, dann ging er in den Hof, Mollieri im Schlepptau. Als der *Ispettore* sich zu Boden beugte und hinter die Mülltonne spähte, fragte Mollieri: »Wonach suchen Sie denn?«

»Genau danach«, sagte Lamprecht und holte hinter der Mülltonne ein Fläschchen aus braunem Glas hervor. Er erhob sich wieder und betrachtete den Innenhof. »Wer wohnt hier?«, fragte er den Lokalbesitzer, der ihn durch die halboffene Tür beobachtet hatte.

»Warum? Im ersten Stock wohnt *Signor* Cosich, ihm gehört das Haus, Sie werden doch nicht …?«

Keine Minute später klopfte Lamprecht an der Tür von Callisto Cosich. »Wer sind Sie? Was wollen Sie?«

Lamprecht zückte seine Kokarde. »Kann ich kurz reinkommen? Ich hätte ein paar Fragen an Sie.«

Cosich führte Lamprecht in den *Salotto,* wo vor einem Kamin zwei Fauteuils Platz für die Befragung boten. Der Raum war abgedunkelt, Lamprecht wunderte sich über die zwischen die Fenster gestopften Pölster, die die Außenwelt aussperren sollten.

»Sie hatten doch früher die Apotheke bei der Piazza Giuseppina?«, eröffnete Lamprecht das Gespräch.

»Ja, warum fragen Sie?«

»Wissen Sie vielleicht, worum es sich hier handeln könnte?« Er reichte Cosich das gefundene Fläschchen, dabei musste er sich erheben. »Aber seien Sie vorsichtig«, schob er nach.

»Keine Sorge. Ich rieche schon von hier, dass es sich um Chloroform handelt.«

Als Lamprecht sich wieder setzte, rutschte der Sessel nach hinten und die Lehne schlug gegen ein Bronzegefäß, das klirrte. Ihm entging nicht, wie die Gesichtszüge seines Gegenübers plötzlich schmerzverzerrt wirkten, als hätte man ihm Nadeln unter die Fingernägel gesteckt.

»Warum?«, fragte Lamprecht.

»Warum was?«

»Warum haben Sie den Koch getötet und den Küchenjungen angegriffen?«

»Was erlauben Sie sich? Wie können Sie es wagen …?«

Lamprecht beugte sich zum Beistelltisch vor und kratzte mit seinen Fingernägeln über die Platte. Cosich traten die Augäpfel vor. »Hören Sie sofort auf, sonst …«

»Geht es mir wie Napp?« Dann begann Lamprecht seine Theorie auszubreiten. »Sie hatten die Gelegenheit, Napp von hier auszuspionieren. Nach Dienstschluss sind Sie ihm gefolgt, und als Sie hinter sein Laster gekommen sind, war es leicht für Sie, zuzuschlagen. Aber warum? Was hat der Mann Ihnen getan oder der Küchenjunge?«

»Die bringen mich um! Ich bin hochsensibel, habe ein absolutes Gehör. Aus zwanzig Geigen höre ich die mit der verstimmten G-Saite heraus. Aber jedes Geräusch ist für mich eine Qual. Wenn der kleine *Bastardo* das Besteck geputzt hat, hat er es danach immer in die Holzkassetten geworfen. Das hat sich für mich jedes Mal wie ein Stich in den Schädel angefühlt. Das Küchenfenster geht in den Hof, und es steht immer offen.«

»Und der Koch?«

»Der Fettwanst hat den ganzen Tag Hummer gekocht. Wissen Sie, wie die beim Sterben schreien? Nein, Leute wie Sie bekommen das gar nicht mit. Aber mir haben die armen Tiere ins Ohr gebrüllt. HILFE!«

»Sie wollen mir also erklären, Sie haben Napp umgebracht, weil Sie die Küchengeräusche nicht ertragen konnten? Warum haben Sie das Fenster in den Hof nicht auch abgedichtet?« Lamprecht deutete auf die verstopften Fenster, die auf den Corso gingen.

»Irgendwo brauche auch ich Luft zum Atmen. Und vorne mit den ganzen Fuhrwerken, der Trambahn, diesen Autos, die auch mehr werden, da ist es einfach viel zu laut.«

Lamprecht schüttelte den Kopf. »Warum haben Sie dem Restaurant nicht gekündigt?«, fragte er.

»Ich brauche die Einnahmen aus der Miete für die Erhaltung des Hauses.«

»Aber dann hätten doch Sie umziehen können, in ein Haus, wo es ruhiger ist.«

Zum ersten Mal trat ein Lächeln in Cosichs Gesicht. »Sie verstehen nicht. Ich bin der Hausherr. Der Hausherr zieht nicht um. Niemals.«

Lamprecht zwirbelte seine Bartspitze. Er erwiderte das Lächeln. »Ich fürchte, diesen Grundsatz werde ich brechen müssen. Aber keine Sorge, Ihren Umzug wird der Staat organisieren.«

Dann holte er seine Leute herein, die Cosich in Gewahrsam nahmen. »Ich bin doch der Hausherr«, murmelte er kleinlaut, als sie ihn abführten.

Tatjana Kruse

Wem die Eisbombe tickt …

»Voilà!«

Frotto lächelte siegesbewusst in die Kamera, öffnete die Backofentür und zog vorsichtig, nachgerade zärtlich das Soufflé heraus. Es war prachtvoll aufgegangen, ein verführerischer Turm aus Schokolade mit schmelzendem Bitterschokoherz.

»So muss Soufflé«, lobte er sich selbst. Das Studiopublikum applaudierte.

»Bravo! Bravissimo!«, juchzte Gast-Köchin Stella, schob sich ebenfalls vor die Kamera, klatschte in die Hände und vollführte nicht einen, sondern gleich mehrere Freudenhüpfer. Weil Stella keine fragile Elfe, sondern eine äußerst kompakte Mittfünfzigerin war, löste das ein kleines Erdbeben aus.

»Nein!«, gellte Frotto noch …

… da sackte sein Soufflé auch schon in sich zusammen.

Ein kollektives Raunen lief durch das Aufnahmestudio.

»Huch, das wollte ich nicht«, log Stella, schaute zerknirscht in die Kamera und presste sich die Hand aufs Herz.

»Du altes Schrappnell, das hast du doch absichtlich gemacht!« Frotto lief krebsrot an.

Nachdem er sie im Laufe der Sendung schon als kochende Nullnummer und adipöse Schnitzelschänderin bezeichnet hatte, war das ihrerseits – meiner Meinung nach – reine Notwehr.

»Es tut mir leid, aber es ist doch wie im Leben«, flötete Stella, »nicht aufs Aussehen kommt es an, sondern auf den Geschmack.«

»Du alte Fregatte, du neidest mir doch nur meinen Erfolg! Ich schwöre, ich bring dich noch um!«, donnerte Frotto – so laut, dass wir es alle hören konnten: die komplette Crew, ich, die Regieassistentin, das Studiopublikum und – weil's eine Live-Sendung war – mehrere zigtausend Menschen draußen vor ihren Bildschirmen.

Hotte, der Regisseur, schob mich vor die Kamera.

»Und damit sind wir auch schon wieder am Ende angelangt. Wie Frotto immer zu sagen pflegt: Kochen Sie wohl!«

Das rote Aufnahmelicht erlosch.

Stella zeigte Frotto den Stinkefinger und marschierte in Richtung Garderobe.

»Hörst du, ich bring dich um!«, kreischte Frotto ihrem entschwindenden Rücken hinterher.

Im Nachhinein ist es da schon ein bisschen ironisch, dass tags drauf nicht Stella tot war, sondern Frotto.

True Crime Kitchen mit Frotto fing als YouTube-Kanal an: Frotto – Sohn aus gutem Hause – besuchte bekannte Restaurants, machte sich anschließend mit ätzender Häme über deren beliebtestes Gericht lustig und kochte es nach. Besser, wie er behauptete.

Weil Frottos Sarkasmus ankam, und er die angesagtesten und gehyptesten Köche völlig respektlos in die Pfanne haute, knackte er schnell die Fünfzigtausend-Followys-Schwelle, und ein TV-Sender sprach ihn an. Wir reden hier nicht von Primetime-Fernsehen, aber Frotto hob trotzdem völlig ab und betrachtete sich fortan als der neue Jamie Oliver oder Anthony Bourdain. Sogar seine Mama kam zu jeder Aufzeichnung und rief voller Stolz: »Mein Bub, mein Friedrich-Ottokar!«

Frotto stand längst auf einer Blacklist und in die meisten Restaurants wurde er schon gar nicht mehr eingelassen, darum musste ich als seine Vorkosterin die Runde machen, Fotos schießen und mir ein Doggy-Bag packen lassen.

Irgendwann bestand der Fernsehsender auf mehr »Prickel« – aus dem Nachkochen der von Frotto gnadenlos verrissenen Gerichte wurde daher ein Kochwettbewerb. Eingeladene Hobbyköche brutzelten und buken und brûléeten mit Frotto um die Wette. Frotto, der immer und in allem der Beste sein musste, sonst bekam er die Krätze, rastete regelmäßig aus, wenn es den Anschein hatte, dass beispielsweise das Dessert eines Gastes dessertiger war als seine eigene Kreation. Und wenn Frotto ausrastete, dann grundsätzlich unter der Gürtellinie. Kein einziger Gast war je ein zweites Mal gekommen. Hinter den Kulissen tobte Frotto nicht minder – meistens ließ er seine cholerischen Schübe an mir aus, weil ich so eine kleine Nummer war. Ich war nur das Mädchen für alles.

Nach dem Soufflé-Vorfall mit Stella stürmte er in die Regie und brüllte: »Ich will, dass die Schabracke rausgeschnitten wird.«

»Aus einer Live-Sendung?« Hotte, unser Regisseur, sog schlürfend die Reste seines Iced Coffee durch seinen Glasstrohhalm. Er hatte die Ruhe weg. In seinem Job musste er das auch.

»Es ist meine Sendung, und ich bestehe darauf…« Frottos Stimme schraubte sich in die Höhe.

»Telefon!«, unterbrach ich ihn. Neben all meinen anderen Pflichten musste ich auch das Studiotelefon beantworten, und in diesem Moment hatte sich ein Sternekoch gemeldet, der damit drohte, Frotto zu verklagen, weil er von ihm als *Blindgänger am Herd* und *Totalversager* bezeichnet worden war.

»Wenn du mich noch einmal mitten im Satz unterbrichst, kündige ich dir fristlos, du lächerlicher Abklatsch einer Assistentin!«

»Wenden Sie sich bitte an unsere Rechtsabteilung«, sagte ich in den Hörer und legte auf.

Meinen Ärger schluckte ich hinunter. Wie immer. Weil ich das Geld brauchte. Mein Vater war schon lange tot, meine Mutter seit einiger Zeit ein Pflegefall, und jetzt lag es an mir, meine kleinen Geschwister groß zu kriegen, den Haushalt zu führen und die Kohle zu verdienen. Ich war gelernte Köchin, und viele Restaurants hätten mich mit Handkuss genommen, aber nirgends in der Gastro verdiente man so viel Geld wie bei Frotto, dem Spross aus reichem Hause. Den die Frau Mama nach Strich und Faden verwöhnt hatte, sodass er glaubte, sich alles erlauben zu können. Konnte er ja auch. Wenn er mich mal wieder als »hirnlose Amöbe« bezeichnet hatte, steckte er mir jedes Mal einen Hunderter zu und gut. Da kam im Laufe des Monats einiges zusammen. Seine Mutter hatte keine Einwände gehabt, als er das Erdgeschoss der elterlichen Villa in eine schalldichte Studioküche hatte umbauen lassen, mit vier Kühlschränken von amerikanischen Ausmaßen, zwei riesigen Backöfen und einer Hightech-Arbeitsinsel. Sie freute sich einfach, ihren Buben immer um sich zu haben. Alle jungen Frauen, die auf Frotto aufmerksam wurden – mehrheitlich wegen seines Vermögens –, biss seine Mutter weg. Mich hielt sie nicht für eine Gefahr. Bei unserem ersten Kennenlernen war ich nicht zum Haarewaschen gekommen, weil die Pflegerin meiner Mutter gestürzt war und ich sie in aller Eile vertreten und meine Mutti versorgen musste. Darum hatte ich damals auch mein Hemdblusenkleid falsch geknöpft und trug zwei verschiedene Sneaker. Deswegen hielt mich Frottos Frau Mama für dick, dumm und hässlich.

»Meine Eisbombe morgen muss der absolute Hammer werden, verstanden?!«, röhrte Frotto jetzt in meine Richtung. Aus gutem Grund. Frotto kochte nicht selbst. Nie. Konnte er gar nicht. Er schnitt allenfalls die Zutaten klein und warf sie in einen Topf. Sämtliche Gerichte, die er »zauberte«, waren von mir vorab zubereitet worden. Und auch für morgen würde ich vier Eisbomben basteln – zwei in unterschiedlichen Stadien der Fertigstellung und zwei fertige. Eine für die Schlusseinstellung. Und eine Reserve. Wie Prinz Harry.

Frotto stob davon.

»Gute Abmoderation«, sagte Hotte. »Falls er jemals den Kochlöffel abgibt, setze ich mich dafür ein, dass du seine Nachfolgerin wirst.« Er zwinkerte mir zu.

Ich glaube, in diesem Moment nahm die Idee in mir Gestalt an.

Als ich am darauffolgenden Mittag zur Arbeit kam, war Frottos Villa weiträumig abgesperrt. Überall Streifenwagen und ein Löschzug der Feuerwehr.

Ich holte tief Luft und marschierte auf einen wachestehenden Beamten zu.

»Ich arbeite hier«, sagte ich. »Was ist denn passiert?«

»Frau Pichler?«, rief da eine hochgewachsene Frau im grauen Hosenanzug und winkte mich zu sich.

»Schweik, LKA Wien«, sagte die Hosenanzugträgerin. »Wir haben schon auf Sie gewartet. Ihr Chef ist tot. Ermordet.«

»Nein!«, hauchte ich fassungslos. Hatte ich extra vorm Spiegel geübt.

»Wir haben ein paar Fragen an Sie.«

»Natürlich.«

Wir gingen in die Lobby der Villa. Die Tür, die zur Studioküche führte, war geschlossen.

Ich setzte mich auf einen mir angebotenen Stuhl. Mein Atem ging regelmäßig. Mein Gesichtsausdruck war angemessen verstört. Liv, unsere Kamerafrau, saß zwei Hocker weiter. Hotte lehnte sich an das Geländer der Wendeltreppe.

Die nächtliche Umsetzung meiner Idee war weiter nicht schwer gewesen. Mein verstorbener Vater, Pyrotechniker aus Leidenschaft, hatte viel mit mir gebastelt. Nach seinem Tod hatte ich seine Schubladen und seinen Browserverlauf aufgeräumt – und war dabei auch auf eine einfache Methode zum Bau einer Bombe gestoßen. Die hatte ich gestern gebaut und in eine der fertigen Eisbomben eingearbeitet. Ich sah die Schlagzeilen vor mir: *Tod durch explodierende Eisbombe.* Frotto hatte sich bestimmt über diese Art des finalen Abgangs gefreut.

Ich hatte keine Ahnung, wie viel Wumms Papas Bombenrezept hatte, aber jetzt war ich doch erleichtert, dass es nur Frotto erwischt hatte und es keine größeren Gebäudeschäden gab.

Meine aufgesetzte Fassungslosigkeit hielt auch dann noch stand, als die Hosenanzugträgerin mich ins Gebet nahm. »Sie haben gestern Abend als Letzte die Villa verlassen?«

Ich nickte. »Ja. Da war Frotto aber noch am Leben. Ich habe ihn oben im ersten Stock mit seiner Mutter reden hören.«

Die beiden stritten sich oft. Das war mir gestern mehr als recht gewesen, so hatte ich mich unbemerkt davonschleichen, die Bombe bauen, zurückkommen und die Bombe in aller Ruhe in einer der Eisbomben verstecken können.

»Sie haben beim Verlassen der Villa niemanden gesehen?«

»Nein.« Das entsprach der Wahrheit. Aber ich hatte extra die Hintertür so bearbeitet, dass es aussah, als habe sich ein Unbefugter daran zu schaffen gemacht. Das würden Kommissarin Schweik oder einer ihrer Subalternen sicher noch herausfinden. Verdächtige gab es zuhauf – gewissermaßen alle Köche der Stadt und des Umlands. Ich konnte nur hoffen, dass die alle ein Alibi hatten.

»Wer macht so was?« Ich schüttelte scheinbar ungläubig den Kopf. »Eine Bombe …«

»Wie meinen?« Frau Schweik sah mich stirnrunzelnd an.

Mist! Ich hatte mich verplappert. »Na, wegen der Feuerwehr …«

»Die Feuerwehr ist vor Ort, weil wir ein Sprungtuch brauchten. Frau Fellinger hängt oben aus einem der Dachfenster und droht, zu springen.« Sie lauschte.

Ich lauschte mit. Und ja, jetzt hörte ich es.

»Mein Bub, mein Frottischatzi, mein Lebensinhalt!«, hörte man sie wie in weiter Ferne gellen. So wahnsinnig hoch war die Villa nicht. Vermutlich würde sie sich nur die Beine brechen. Ich blieb unbesorgt.

»Vorsicht!«, brüllte da eine Männerstimme von draußen. Ich sah vor dem Fenster zum Garten etwas vorbeifliegen.

In diesem Moment wurde Hobbyköchin Stella von zwei Streifenbeamten hereingeführt. »Ah, die Verdächtigen sind jetzt komplett.« Frau Schweik nickte.

»Die Liste der Verdächtigen ist deutlich länger«, rief ich rasch, weil ich nicht wollte, dass man Unschuldige zur Schlachtbank führte. Doch als ich das ausführen und noch weitere Namen nennen wollte, unterbrach mich Stella mit einem gekreischten »Ich bereue nichts!«.

Alle drehten sich entsetzt zu ihr. Auch ich.

Stella pustete sich eine Locke aus dem Gesicht, verschränkte die Arme und erklärte: »Ich würde ihn sofort wieder erdolchen!«

Jetzt verstand ich gar nichts mehr.

»Erdolcht?«, hauchte ich. Das wäre jetzt total verdächtig gewesen, aber auf mich achtete in diesem Moment keiner.

»Ich wollte ihn heute Früh zur Rede stellen. Niemand – niemand! – blamiert mich vor laufender Kamera. Aber als ich eintraf … die Hintertür war offen … da lag er ohnmächtig auf dem Küchenboden. Offenbar hatte er seine Eisbombe anschneiden wollen und ist ausgerutscht. Ich nahm das Messer, das ihm aus der Hand gefallen war, und stieß zu!«

»Herr Fellinger wurde nicht erstochen«, klärte die Kommissarin uns alle auf. »Er wurde vergiftet und war schon seit Mitternacht tot.« Dann wandte sie sich an Stella. »Sie haben eine Leiche erdolcht.«

»Vergiftet?« Mir klappte der Unterkiefer auf. »Keine Bombe?« Wie gesagt, gut, dass die Aufmerksamkeit aller gerade auf Stella gerichtet war.

In mir dachte es lichtgeschwindigkeitsschnell nach. Wenn er erstochen beziehungsweise vergiftet worden war, dann war die Bombe im Kühlschrank womöglich noch scharf. Und konnte jeden Moment explodieren. Ich hatte einen Sensor eingebaut. Wenn wir eine Dessertsendung hatten, schlich sich Frotto nachts immer zu einem der Kühlschränke und naschte. »Der Pfirsich Melba war unrund, den hätten wir ohnehin nicht in die Sendung nehmen können«, verteidigte er sich dann immer. Deshalb hatte ich in die Eisbombe mit der Bombe extra eine Delle gemacht. Und falls der Sensor nicht aktiviert würde, dann sollte sie dank eingebauter Zeitschaltung um exakt zwölf Uhr hochgehen. Ich sah auf meine Armbanduhr. Elf Uhr zweiundvierzig. Ich schluckte schwer.

Ein Feuerwehrmann führte Mutter Fellinger herein. Ihre Haare standen in alle Richtungen ab, ihr Etuikleid war in der Armbeuge zerrissen, ihr fehlte ein Schuh, aber ansonsten wirkte sie wohlauf. Sie schluchzte nur leise in sich hinein. Aus dem Schluchzen wurde lautes Jaulen, als jemand die Tür zur Küche öffnete und zwei Männer eine Trage heraustrugen. Darauf ein Leichensack, nur ganz leicht ausgebeult. Frotto war ein Hungerhaken gewesen. Ich persönlich fand ja, wer mit Leidenschaft kochte, dem musste man ansehen, dass er auch gerne aß. Aber jeder tickt ja anders. Apropos ticken: elf Uhr fünfundvierzig. Ich wurde nervös.

Unsere elfengleiche Kamerafrau Liv brach beim Anblick des Toten hemmungslos schluchzend in sich zusammen.

»Gibt's hier einen Weinbrand?«, erkundigte sich Kommissarin Schweik.

Ich nickte. »Links unter der Arbeitstheke.«

Ein Streifenbeamter brachte gleich darauf die Flasche und mehrere Gläser.

»Hier, das wird Ihnen guttun.« Die Kommissarin musste der heulenden Liv den Weinbrand regelrecht einflößen. Was sie bestimmt zeit ihres Lebens bedauern würde, denn gleich darauf fing Liv an zu röcheln, zu husten und am Mund zu schäumen … Bis der noch anwesende Gerichtsmediziner nur Minuten später bei ihr eintraf, war sie schon tot.

Frottos Mutti lachte gehässig auf. »Das geschieht ihr recht! Sie hat meinen Sohn auf dem Gewissen!«

Ich verstand gar nichts mehr. Und aus den Gesichtern der anderen zu schließen, ging es ihnen genauso. Selbst Frau Schweik stand mit offenem Mund da.

»Diese Schlampe hat sich meinen Frotto gefügig gemacht. Er wollte sie heiraten. Gott weiß, mit welchen Mitteln sie ihn sich gefügig gemacht hat!«

»Deswegen der Streit?«, mutmaßte die Kommissarin, die sich wieder gefangen hatte.

Frau Fellinger guckte grimmig. »Friedrich-Ottokar war mein Leben. Was sollte ich ohne ihn tun? Er wollte einfach nicht auf mich hören. Da habe ich seinen Lieblings-Weinbrand vergiftet. Mit einem rasch wirkenden Gift. Mein Frottischatzi sollte nicht lange leiden.«

»Immerhin sind die beiden jetzt im Tod vereint«, sagte Hotte, der alte Romantiker.

»Was? NEIN!«, gellte die Fellinger. Das hatte sie nicht bedacht. »Lasst mich sterben, ich will zu ihm!«

»Abführen!«, befahl Kommissarin Schweik kopfschüttelnd.

Die Ereignisse hatten mich einen Moment lang abgelenkt. Jetzt sah ich aber wieder auf die Uhr. Elf Uhr neunundfünfzig und dreißig Sekunden.

Ich hielt die Luft an.

»Danke, Sie können gehen«, sagte Frau Schweik zu Stella, Hotte und mir.

Plopp, machte es da aus der Küche.

»Was war das?«, fragte die Kommissarin stirnrunzelnd.

»Ich habe nichts gehört«, sagte ich.

Und lächelte.

René Laffite

Mamies kleinster Coup

Jetzt

Ein Knurren, ein Krachen, Totenstille für den Bruchteil einer Sekunde. Dann heulte die Alarmanlage los. Ein ohrenbetäubender Sirenenton. Die Gäste sprangen kreischend auf. Stühle wurden umgeworfen, Gläser umgeschmissen, Blumenvasen zerbrachen – pures Chaos. Nur Olivia Morel saß seelenruhig auf ihrem Stuhl und wartete.

Zuvor

Olivia Morel, vom Rest der Familie nur liebevoll *Mamie* genannt, entstieg der schwarzen Limousine vor der Bastille hoch über Grenoble. Sie hätte auch die kugelförmige Seilbahn nehmen können, die seit 1934 tagtäglich Heerscharen von Touristen und Einheimischen aus der Stadt hinauf auf den Mont Rachais, einen der südlichsten Ausläufer des Chartreuse-Massivs, brachte.

Aber die Seilbahn, wegen ihrer kugelförmigen Kabinen auch als *Bulles* bezeichnet, war etwas für den Pöbel.

Wozu sich Olivia Morel nicht zählte. Sie war die Matriarchin einer der einflussreichsten Kunstsammler-Familien des Landes. In Wirklichkeit war das Hauptgeschäft der Familie ein anderes. *Ars est nostra ars* – so stand es im Morel'schen Familienwappen. *Kunst ist unsere Kunst.* Wobei die Betonung auf »unsere« lag. Die Morels waren nämlich seit Generationen auch als Kunstdiebe zugange und hatten so ein erkleckliches Vermögen angehäuft. Das Geschäft brummte nach wie vor. Und während der Rest der Familie zur Tarnung dem Jetset-Leben in Cannes an der Côte d'Azur frönte, hatte es Olivia Morel in der Rente zurück nach Paris gezogen, wo sie schon ihre Jugend verbracht hatte.

Sie war der Einladung des *Centre d'Art Bastille* in Grenoble gefolgt, das kurz vor Weihnachten eine Charity-Gala gab. Es war eine Selbstverständlichkeit, dass auch sie als eine der wichtigsten Sammlerinnen und Kunstmäzeninnen des Landes eingeladen worden war. Die Einladung war in doppelter Hinsicht praktisch: Erstens wollte *Mamie* die Weihnachtszeit wie jedes Jahr mit dem Rest der Familie in Cannes verbringen, und Grenoble lag mehr oder weniger am Weg. Wenigstens, wenn Geld keine Rolle spielte und man mit dem Privatjet der Familie einen Zwischenstopp im Isère-Tal einlegen konnte. Zweitens, weil bei der Charity-Gala mit der *Red Lady* auch einer der wertvollsten Diamanten der Welt ausgestellt wurde. Olivia Morel war keine Kostverächterin: Für sie war schöner (und vor allem sündteurer) Schmuck ebenso Kunst wie ein Gemälde von Picasso oder Dalí. Wer war sie also, dass sie eine solche Einladung ausgeschlagen hätte?

»*Merci*, Lorenzo.« Sie bedankte sich beim Chauffeur, der ihr die Limousinentür aufhielt. Lorenzo war einer der wenigen Außenstehenden, der in das kriminelle Familiengeheimnis eingeweiht war. Er war am Vormittag von Cannes gestartet, um *Mamie* vom Flughafen eine halbe Stunde außerhalb von Grenoble abzuholen.

»Soll ich mich in der Zwischenzeit um Aramis kümmern?« Lorenzo griff bereits nach der Leine des Cockerspaniels, der gesittet auf der Rückbank der Limousine saß und darauf wartete, aussteigen zu dürfen.

Olivia Morel schüttelte vehement den Kopf. »Nein. Aramis kommt mit.«

»*Comme vous le désirez.*«

Mamie nahm die Leine, worauf der Hund aus dem Auto sprang und sich dicht an die Beine seines Frauchens drückte. Olivia Morel sah sich um. Es war kurz vor 20 Uhr, und der Großteil der Ehrengäste war bereits im Inneren der imposanten Festung aus dem 19. Jahrhundert, die mit ihren schweren, grauen Steinen wunderbar ins Landschaftsbild passte. War an der Côte alles leicht, beschwingt und pastellig, so war hier in den Alpen alles schroff, grau und zerklüftet. Daran änderten auch die schier endlosen Wälder in den Tälern und Schluchten nichts. Gebirgsmassive dominierten die Region, und jetzt im Winter hatte sich auch noch jede Menge Schnee dazugesellt.

Es war eisig kalt, aber Olivia Morel fror in ihrem schwarz-silbernen Vintage Fuchspelz-Mantel von Dior nicht. Alles an ihr schrie Reichtum. Angefangen beim Fuchspelz – *Mamie* pfiff auf politische Korrektheit, schließlich war das Tier bereits seit Jahrzehnten tot – über das Chanel-Kostüm bis hin zu dem teuren und personalisierten Luxus-Bleistift, mit dem sie ihre Haare zu einem Dutt hochsteckte und fixierte. Hinzu gesellte sich ein Diamanten-Collier, dessen kleine Schwester Aramis als Hundehalsband trug.

»Ich wünsche Ihnen einen schönen und erfolgreichen Abend«, merkte Lorenzo mit einem Zwinkern an. Dann setzte er sich in den geheizten Wagen.

»Aber ganz sicher«, murmelte Olivia Morel. »*On y va*«, sagte sie zu ihrem Hund. Über einen roten Teppich ging es einige wenige Stufen hinauf zum Eingang des *Centre d'Art Bastille*, der wenig spektakulär, dafür umso bunter war: eine kleine rosa Tür. Der einzige Farbtupfer in der sonst grauen Festung.

Vor der Tür wurde sie von einem Concierge empfangen. Sie zeigte ihm ihre Einladung und ignorierte seinen Einwand, dass Hunde bei der Veranstaltung nicht erlaubt waren. Aramis durfte selbst in die feinsten Pariser Restaurants. Nachdem der Concierge den Namen auf der Einladung nochmals gelesen hatte, stotterte er: »Aber natürlich, Madame Morel. Selbstverständlich darf Ihr Hund hinein. Verzeihen Sie die Umstände.«

Mit einem leisen Schnauben drängte sie sich an dem jungen Mann vorbei und durch die niedrige Tür. Innen schlug ihr sofort warme Luft entgegen. Ein weiterer Concierge nahm ihr den Pelzmantel ab, eine Kellnerin bot ihr sofort ein Glas Champagner an, das *Mamie* kühl entgegennahm. Schließlich galt es, hier eine Rolle zu spielen. Die der abgehobenen Dame der noblen Pariser Gesellschaft.

Das Museum befand sich in einem Nebenflügel der Festung und bestand aus mehreren großen Gewölbesälen. Auch hier dominierte roher, unbehandelter Stein.

Die Festung war im Großen und Ganzen so belassen worden, wie sie erbaut worden war. Natürlich mit Ausnahme der modernen Annehmlichkeiten wie Strom, Heizung und fließendem Wasser. Für Klimatechnik war auch gesorgt, schon allein wegen der kostbaren Exponate.

Einige der Ausstellungsstücke waren in den zahlreichen Nischen und Alkoven der Festungsanlage untergebracht. Hauptsächlich moderne Kunst. Nicht Olivia Morels Fall, wenigstens nicht, wenn es darum ging, ein gestohlenes Kunstwerk zu behalten. In dieser Hinsicht war sie stockkonservativ. Sie bevorzugte alte Meister, Gemälde und Skulpturen, deren Inhalt und Sinn man nicht erraten oder sich erklären lassen musste.

Sie flanierte durch die Ausstellungsräume, grüßte links und rechts jene Promis, die sie kannte (also einen Großteil der Anwesenden), und bemühte sich, ob der in ihren Augen belanglosen Schaustücke nicht zu gelangweilt zu wirken.

Schließlich erreichte sie den Hauptsaal. Zehn runde Tische, die jeweils zwölf Personen Platz boten, bildeten einen Kreis um das eigentliche Schaustück: Der *Red Lady*-Diamant wurde in einer röhrenförmigen Glasvitrine ausgestellt, die auf einem schwarzen Granitsockel ruhte. Spots waren direkt auf das wertvolle Schmuckstück gerichtet. Das künstliche Licht wurde von dem seltenen roten Diamanten tausendfach reflektiert und zurückgeworfen. Die restlichen Lichter des Raums waren gedimmt, schließlich wollte man dem Star des Abends nicht die Show stehlen.

Um den Raum wärmer wirken zu lassen, waren Perserteppiche ausgelegt worden, an den Mauern hingen mittelalterliche Wandteppiche, die perfekt in das Setting passten.

Der Veranstalter hatte Olivia Morel am Ehrentisch platziert. Manche VIPs waren eben noch mehr VIP. Mit *Mamie* saßen noch Grenobles Bürgermeister, die Direktorin des Museums, eine bekannte Schauspielerin aus der Region, ein weltberühmter Modedesigner und der französische Innenminister am Tisch. Klar, dass die Aufmerksamkeit der anwesenden Fotografen ganz auf ihren Tisch gerichtet war. Das war Olivia Morel durchaus recht. So würde später kein Verdacht auf sie fallen. Aus sicherer Quelle wusste sie, dass der einzigartige Diamant kriminelle Elemente auf den Plan gerufen hatte. Ebenso sicher wusste sie auch, wer als Einziger diesen Abend erfolgreich abschließen würde. *Einzige*, natürlich. Bei dem Gedanken lächelte sie süffisant und prostete dem Bürgermeister zu. »*C'est un honneur de faire votre connaissance.*«

»Die Ehre ist ganz meinerseits, Madame Morel. Sie unterstützen unser Museum seit Jahren sehr großzügig, aber leider hatten Sie noch keine Zeit, uns zu besuchen.«

»*Au contraire, Monsieur*«, entgegnete Olivia Morel geschliffen. »Ich war schon einige Male hier. Vor Ihrer Amtszeit.«

»Dann freut es mich umso mehr, dass ich Sie heute endlich persönlich kennenlernen darf.« Sie stießen an, danach versank die Konversation in langweiligem Small Talk, den *Mamie* professionell ausblendete. Sie konzentrierte sich auf ihre Konkurrenz. Sie wusste, wie sie selbst den Diebstahl anlegen würde.

Noch war es dafür ein wenig zu früh. Zunächst kamen die Ansprachen.

Der Bürgermeister erhob sich und ging zu dem kleinen Pult, das neben der Diamantenvitrine stand. Er richtete das Mikrofon, räusperte sich und begann seine Ansprache. Alle Augen waren auf ihn gerichtet. Bis auf jene von *Mamie*, die den spärlich beleuchteten Raum mit ihren Augen absuchte. Von den potenziellen Dieben keine Spur.

Nein, sie würden es anders angehen. *Mamie* hatte das Buch über raffinierten Kunstraub nicht geschrieben. Aber sie hatte es redigiert und perfektioniert. Irgendwie schade, dass sie dafür nie den ihr zustehenden Ruhm ernten würde.

Nach dem Bürgermeister trat die Direktorin des Museums ans Rednerpult, danach noch andere Prominente aus der Region, die mehr, meist jedoch weniger stark in den Kunstbetrieb involviert, aber bei jedem Gratis-Dinner mit dabei waren. Das Schlusswort hatte der Innenminister, dem während der nicht enden wollenden Festansprachen mehrmals die Augen zugefallen waren. Sie mochte ihn. Er hielt seine Rede kurz und knackig und schloss mit einem launigen: »Genug der gesalbten Worte, ich bin hungrig. Sie doch auch, *Mesdames et Messieurs*?«, was begeistertes Klatschen zur Folge hatte.

Wie aufs Stichwort kam nun die Serviergarde in den Saal. Kredenzt wurde ein Schaumsüppchen von der gelben Tomate mit gebratenen Jakobsmuscheln. So wie es *Mamie* veranlasst hatte. Die Cateringfirma war eine der vielen Scheinfirmen der Familie Morel, die in erster Linie einen Zweck hatten: das Geld aus den Kunstdiebstählen weißzuwaschen. Gut versteckt hinter Strohmännern, aber instruiert von den wirklichen Inhabern.

Im Hintergrund begleitete ein vierköpfiges Streicherensemble das Gala-Diner mit klassischer Musik. Das Licht blieb gedämpft, lediglich die *Red Lady* strahlte weiterhin im Scheinwerferlicht.

Nach der Suppe kam ein wahrhaft kleiner Gruß aus der Küche, der auf einem Amuse-Gueule-Löffel serviert wurde. Olivia Morel genoss das Lachs-Tartar.

Unter dem Tisch ließ Aramis ein kurzes Jaulen los. *Mamie* schnippte mit den Fingern, eine vorbeieilende Servierkraft blieb gehorsam stehen. »Wenn Sie so gut wären, eine etwas größere Portion für meinen Hund vorbeizubringen, Mademoiselle. Das Tier ist am Verhungern.« Ihre Stimme war zuckersüß, der Vorwurf dennoch nicht zu überhören. Die Kellnerin warf der Museumsdirektorin einen hilflosen Blick zu, verschwand nach einem zustimmenden Kopfnicken der Direktorin aber rasch in der Küche, um wenige Minuten später mit einer Porzellanschüssel voller Leckereien für den Hund zurückzukehren. *Mamie* tätschelte der jungen Frau wohlwollend die Hand.

Weiter ging es mit gerösteten Auberginen-Stückchen in einer wunderbar schmackhaften Miso-Honig-Glasur, gefolgt vom Hauptgang: Entenbrust-Streifen auf Blumenkohl-Nougat-Püree, Thymianjus und Zimtschaum. Absolut delikat. Auch die Auswahl der Weinbegleitung war zu jedem Gang ausgezeichnet. *Mamie* musste dem Koch des Abends im Nachgang auf jeden Fall ihr Kompliment aussprechen.

Trotz des Genusses blieb *Mamie* aufmerksam. Würde der Coup auf die von ihr vermutete Art durchgezogen werden, wäre es jetzt bald so weit. Die Gäste waren abgefüttert und müde, die leise Musik tat das Ihrige, und nur mehr das Dessert fehlte. Der perfekte Zeitpunkt, um zuzuschlagen.

Wie auf Kommando ging das Licht mit einem Schlag völlig aus. *Dinner in the Dark* einmal anders. Einige der Gäste schnappten hörbar nach Luft, andere kicherten ob des vermeintlich technischen Defekts, das Streicherensemble verspielte sich spektakulär.

Mamie wusste es besser. Unter dem Tisch knurrte Aramis leise. Selbst durch das hektische Gemurmel der anderen Gäste konnte Olivia Morel hören, wie die Gauner die beiden Security-Männer am Eingang zum Saal überwältigten. Ein kurzes Knistern, ein ebenso leises wie überraschtes Stöhnen der Securitys, als Taserpistolen 50 000 Volt durch die Körper der Getroffenen jagten.

Im Dunkeln nickte Olivia respektvoll. Lediglich das Geräusch, das das Aufschlagen der bewusstlosen Securitys am Boden machte, verriet, dass etwas nicht in Ordnung war. Die anderen Gäste bekamen nicht einmal das mit.

Jetzt kam es aufs Timing an. Bis sich das Notstromaggregat einschaltete und die Notbeleuchtung wieder lief, würden einige Momente vergehen. In dieser Zeitspanne konnten die Räuber, die – so war sich *Mamie* sicher – mit Nachtsichtgeräten ausgestattet waren, ihren Coup ungestört durchziehen.

Es war auch der Moment, auf den Olivia Morel gewartet hatte.

Sie beugte sich zu Aramis und flüsterte ihm ein Wort ins Ohr: »*Allez*!« Der Hund bellte einmal zustimmend und wuselte unter dem Tisch hervor. *Mamie* lehnte sich zufrieden zurück. Irgendwie hatte sie Mitleid mit den Gaunern, wo sie sich doch so viel Mühe gegeben hatten.

Es dauerte nur wenige Sekunden, dann war ein Krachen zu hören, ein Knurren, und die Alarmanlage, die an einen eigenen Stromkreis angeschlossen war, heulte los. Es war ein ohrenbetäubender Sirenenton. Die Gäste sprangen kreischend auf. Stühle wurden umgeworfen, Gläser umgeschmissen, Blumenvasen zerbrachen – es war pures Chaos. Nur Olivia Morel saß seelenruhig auf ihrem Stuhl. Nicht, dass es im Finstern jemand hätte sehen können.

Jetzt

Wenige Momente später nahm das Notstromaggregat seine Arbeit auf und leuchtete den Saal hell aus. Es war ein Anblick wie nach einer Bar-Schlägerei. Umgestürztes Mobiliar, gestolperte, am Boden kauernde VIPs und mittendrin drei von Kopf bis Fuß schwarz gekleidete Männer, die im Begriff waren, die umgestürzte Vitrine mit dem Diamanten an sich zu nehmen.

Wenn diese nicht von einem knurrenden und zähnefletschenden Aramis bewacht worden wäre. Auf das Kommando seines Frauchens war es der Hund gewesen, der die Säule mit der *Red Lady* umgeworfen und so die Alarmanlage ausgelöst hatte.

Ein paar Sekunden später stürmte die Police Nationale, die zeitgerecht einen »anonymen Tipp« bekommen hatte, in den Saal und nahm die Diebe fest. Das Timing war perfekt gewesen. Olivia Morel hatte auch nichts anderes erwartet. Immerhin hatte sie die Sache ausgetüftelt.

Die Diebe ergaben sich der polizeilichen Übermacht ohne Widerstand. Innerhalb weniger Minuten war die Show vorbei. Die Gäste wurden gebeten zu bleiben, um ihre Aussagen zu machen. Ein sinnloses Unterfangen, da niemand etwas gesehen hatte. Vielleicht hatte die Polizei ja beim Personal mehr Erfolg.

»*Mesdames et Messieurs*«, wandte sich die Museumsdirektorin in Tränen schließlich an ihr Publikum. »Ich bin untröstlich, dass dieser Abend ein solches Ende nimmt.« Nach einer kurzen Pause, in der sie sich geräuschvoll die Nase putzte, fuhr sie fort: »Ich bitte um Entschuldigung für die Umstände, aber die Polizei würde noch gerne Ihre Personalien und Aussagen aufnehmen. Offiziell ist der Abend hiermit beendet.«

Sicher nicht für Olivia Morel. »Madame«, meldete sie sich zu Wort, »es wäre doch schade, wenn die Küche das ganz sicher hervorragende Dessert entsorgen müsste.«

Nicht nur die Direktorin sah *Mamie* fassungslos an. Dem Großteil der anderen Gäste war der Appetit gründlich vergangen. Die Direktorin rang sichtlich nach den passenden Worten. Aber vor ihr stand nicht irgendwer. »Sind … sind Sie sicher, Madame Morel?«

Olivia Morel nickte. »Wenn es keine zu großen Umstände macht, könnten Sie mir das Dessert gerne einpacken, damit ich es später im Hotel genießen kann.« Die Bitte sorgte für noch mehr empörtes Getuschel, aber die Meinung anderer war *Mamie* seit jeher egal gewesen.

Fünf Minuten später wurde ihr das Dessert – Mousse au Chocolat im Glas – in einem kleinen weißen Karton überreicht. »Danke, mein gutes Kind«, meinte *Mamie* gönnerhaft zu der Servierkraft, die ihr das verpackte Dessert überreicht hatte.

Ohne Rücksicht auf die anderen Gäste drängelte sich *Mamie* vor, um bei der Polizei die geforderte Aussage zu machen. Selbstredend, dass sie nichts bemerkt hatte. Ganz im Gegensatz zu ihrem Hund. Der Polizei müsste doch bitte schön klar sein, dass er der eigentliche Held des Abends war. Nur seinem instinktiven und beherzten Einschreiten war zu verdanken, dass der wertvolle Diamant nicht gestohlen werden konnte.

Vor der Bastille wurde sie wieder von ihrem Chauffeur erwartet. Wohlige Wärme umhüllte sie, als sie es sich auf der geräumigen Rückbank der Limousine gemütlich machte. Für Aramis war eine kleine Schüssel mit Leckerlis vorbereitet. Die hatte er sich heute redlich verdient.

»Alles zu Ihrer Zufriedenheit verlaufen?«, fragte Lorenzo über die Schulter.

Olivia Morel nickte. »Absolut. Aber jetzt *vite*, ich möchte mein Dessert in Ruhe genießen.«

In ihrem Hotel im Süden Grenobles ließ sie sich von Lorenzo galant aus dem Wagen helfen und auf ihr Zimmer begleiten. Er übernahm Aramis und ließ die Matriarchin des Morel-Clans allein.

Wenige Momente später klopfte es an der Tür. Es war *Mamies* Schwieger-Enkelin.

»Letitia!«, wurde sie von ihrer Großmutter euphorisch empfangen.

»*Mamie!* Ist alles gut gelaufen?« Letitia stellte die kleine Papiertasche, die sie in der Hand getragen hatte, ab. Ein Blick verriet *Mamie*, dass sich darin Letitias Kellnerinnenkostüm befand.

»Alles gut gegangen, wie geplant«, bestätigte *Mamie*. Sie ging zu einem kleinen Servierwagen, auf dem eine eisgekühlte Flasche Champagner wartete, öffnete diese und schenkte zwei Gläser ein. »Lass uns darauf anstoßen.« Nach dem ersten Schluck stellte Olivia Morel das Glas wieder ab. »Und jetzt endlich das Dessert!«

»Der wirkliche Hauptgang«, meinte Letitia mit einem Augenzwinkern.

Vorsichtig hob *Mamie* das Gläschen mit Mousse au Chocolat aus dem Karton. Mit einem Teelöffel stach sie hinein. Als sie den Löffel wieder herauszog, lagen darauf zwei diamantene Ohrringe.

»Raffael und Michelangelo – die teuersten Ohrringe der Welt«, sagte Letitia stolz.

»In Wirklichkeit unbezahlbar. Und so wunderschön.«

»Eine Schande, dass die Welt diese Kunstwerke jetzt nicht mehr bestaunen wird können.«

»*Chérie*, wie lautet unser Familienmotto nochmal?«, seufzte *Mamie*.

»*Ars est nostra ars.* Kunst ist *unsere* Kunst.«

»Exakt. Aber erzähl, ist bei dir alles glatt gelaufen?«

Letitia nickte. »Wie du vermutet hast, hatten sich unsere Diebe als Kellner eingeschlichen. Als sie nach dem Hauptgang auf einmal weg waren, bin ich hinauf in den ersten Stock ins Büro der Direktorin. Der Safe war genau dort, wo du es gesagt hast. Ich musste nur noch warten, bis die Alarmanlage im Saal unten losging. Dann habe ich den Safe mit etwas C4 aufgesprengt.«

Mamie nickte zufrieden. Über den Lärm der einen Alarmanlage war der zweite Alarm nicht mehr zu hören gewesen.

»In der ganzen Hektik war es ein Einfaches, die Ohrringe im Mousse zu versenken und dir zu geben. Die Idee, die Ohrringe so hinauszuschmuggeln, war genial, *Mamie*!«

Olivia Morel schmunzelte. »Genießen wir den Abend. Der Rest der Familie erwartet uns schon in Cannes. Weihnachten steht vor der Tür.«

Gudrun Lerchbaum

Falsches Fleisch

War da was? Marlene späht durch den Spion in der Wohnungstür, doch der Hausflur ist leer. Seit fast zwanzig Minuten lauert sie nun schon in ihrem Vorzimmer. Nicht auszudenken, wenn er vor ihrer Tür stünde, den Finger vielleicht schon am Klingelknopf, doch seine Stimmung mit einem Mal gedrückt, die Last täglich neuer Begegnungen ihm zu schwer würde und er die Hand wieder sinken ließe. Sie hat sich den Tag extra freigenommen, hat den ganzen Vormittag geputzt, dekoriert, vorbereitet.

Ihr kann er nichts vormachen. So entschlossen und laut er in der Öffentlichkeit auftritt – sie sieht die Traurigkeit hinter seinem Lachen, spürt seine Einsamkeit und die Bürde der Verantwortung, wenn er im Bierzelt durch die jubelnde Masse zum Podium schreitet. Bei ihr soll er sich gleich zu Hause fühlen. Er soll sich an ihren Tisch setzen und aufatmen, Kraft schöpfen für seine Mission. Sie hat die Bilder von sich und der Wohnung so sorgfältig ausgewählt wie jedes einzelne Wort, das sie in das Formular für die Online-Bewerbung getippt hat. Seit Jahren wartet sie auf die Gelegenheit, ihm zu begegnen, wirklich zu begegnen, und jetzt – unter zahllosen anderen hat er sie erkannt, wie sie ihn erkannt hat.

Schnell noch ein Blick in den Garderobenspiegel, das kornblumenblaue Blusenkleid zum hundertsten Mal zurechtgezupft, die Haare mit den Fingern gelockert. Ihr Mund ist immer noch zu breit, doch auf Äußerlichkeiten wird es ihm nicht ankommen. Er sieht den Menschen ins Herz. Sie öffnet noch einen Knopf.

Und dann – endlich! – dringt von draußen ein Scharren und Tapsen herein. »Aufstellung!«, hört sie jemanden flüstern. »Fertig? Los!« Es klingelt.

Wie dumm von ihr zu denken, er würde allein kommen. Einen Fotografen wird er mitgebracht haben. Natürlich, es wird Bilder geben von ihm mit ihr, für alle! Wenn ihr Herz nur nicht vor Glück zerspringt. Sie atmet tief durch, strahlt ihr Spiegelbild ein letztes Mal an und öffnet die Tür.

»Frau Kubek?«, knurrt der linke der beiden Muskelmänner im dunklen Anzug, die ihre Sicht blockieren. »Sie gestatten.« Er drängt sich an ihr vorbei, gefolgt von seinem Kollegen, stürmt durch die Wohnküche und weiter in ihr Schlafzimmer, während der zweite die Türen zu Abstellraum und Klo aufreißt und mit einem piepsenden Gerät über die Wände streicht.

Marlene schlägt eine Hand vor den Mund, hält gerade noch rechtzeitig inne, um den Lippenstift nicht zu verschmieren. »Was …?« Verwirrt sieht sie den Mann und die Frau in trachtigen Leinensakkos an, die jetzt in der ersten Reihe draußen stehen, hinter ihnen fünf weitere Personen. »Ich …?« Die Luft bleibt ihr weg.

»Reine Routine!« Die Frau im Trachtensakko lächelt gestresst. »Wir müssen sicherstellen, dass Sie allein sind, keine feindlichen Agitatoren versteckt, keine Kameras … Sie wissen schon.«

»Feindliche …?«

»Clear!«, ruft Muskelmann 2 und knallt die Klotür zu. »Clear«, brüllt es aus Marlenes Schlafzimmer zurück. Das Paar vor der Tür teilt sich und zwischen ihnen tritt Felix Fluch ins Licht, der Kandidat des Volkes. Er ist kleiner, als sie ihn sich vorgestellt hat, dafür sitzt die Frisur noch besser. Breit lächelnd streckt er ihr die Hand entgegen, sieht ihr in die Augen und die Wachsamkeit in seinem Blick weicht herzlicher Freude. Warm umschließen seine Hände ihre rechte.

»Liebe Frau Kubek, herzlichen Dank, dass Sie mich heute auf unserer Tour bewirten!« Seine Stimme, der leichte Dialekt – Marlene atmet auf, lächelt. Natürlich muss er auf seine Sicherheit schauen, zu ihrer aller Wohl. »Ich seh schon, wir haben die Richtige ausgesucht! Geh, Peter, mach gleich ein Foto von mir und der Frau Kubek, wie wir uns begrüßen!« Noch immer hält er ihre Hand zwischen den seinen. »Darf ich Marlene sagen?«

Beladen mit Taschen und Rollkoffern drängen die restlichen Leute herein, teilen sich auf. Ein Wink mit dem Kinn schickt Muskelmann 2 vom Klo ins Stiegenhaus. In sein Headset murmelnd schließt er die Tür von außen. Der Fotograf dirigiert Marlene und den Kandidaten in ein günstiges Licht, blickt trotzdem skeptisch auf sein Display.

»Schuhe ausziehen«, kommandiert er. »Sie sind zu groß. Gehen Sie ein bisserl in die Knie, lächeln Sie zu ihm hinauf. Jetzt ist der Moment, auf den Sie Ihr Leben lang gewartet haben!«

Und genauso kommt es ihr ja wirklich vor, wenn sie ihn anschaut. Gehorsam streift sie die blauen Pumps ab, legt all ihre Bewunderung in ein Lächeln, klick, die

Dankbarkeit für seinen Einsatz, klickklick, ihre Sehnsucht nach einer Welt, die er geordnet hat, und eine Ahnung von dem, was sie ihm dafür schenken möchte, klickklick klick klick.

»Sehr schön!«, lobt der Fotograf.

»Wollen wir dann weiter?«, fragt Felix. So weich, zärtlich fast, kennt sie seine Stimme nicht. Wohlig schmiegt Marlene sich an seine Hand, die über der Taille in ihrem Rücken liegt, als wollte er sie zum Tanz führen. Nie wird sie diesen Tag vergessen.

Als sie die Tür zur Wohnküche öffnet, setzt ihr Herz aus, plötzlicher Schwindel wirft sie fast um. Alles kaputt! All ihre Arbeit umsonst!

Wie Ungeziefer ist die Bande Fremder über ihre Einrichtung hergefallen, hat die in jahrelangen Volkshochschulkursen entstandenen großformatigen Schwarz-Weiß-Fotos abgehängt und durch ölige Landschaften in Schlammfarben ersetzt. Die Tischdekoration mitsamt dem Tischtuch liegt zusammengeballt in einem Zimmereck am Boden. Statt grauen Damasts verbreitet jetzt blumenbesticktes Leinen provinziellen Charme, darauf in einem verschnörkelten Zinnkrug Forsythienzweige. Forsythien! Zinn! Als wäre sie ihre eigene Oma. »Ich hasse Forsythien«, flüstert sie schwach.

»Aber, aber, ich bitte Sie, Marlene, gelb wie die Sonne, Heiterkeit, zukunftsfroh«, stammelt Felix. »Gelb ist meine Lieblingsfarbe.«

Sie atmet tief durch. Sie kann nicht alles mit ihm gemeinsam haben. Ihren Versuch, nach seiner Hand zu greifen, vereitelt er, indem er sich mit verschränkten Armen an die Wand lehnt, sein Blick fast erschrocken. Ist es Schüchternheit ihr gegenüber oder überrumpelt auch ihn der Übereifer seiner Mitarbeiter? Es wird ja alles wieder in Ordnung gebracht, will sie sagen.

Beim Rattern der Bohrmaschine schnellt sie herum. Putz und Ziegelstaub rieseln auf das Regal mit den Fotobüchern. Die nicht mehr dort stehen. Ein Mitarbeiter verschwindet soeben mit einem Stapel durch die Schlafzimmertür, lässt sie achtlos auf Marlenes Bett fallen, auf dem bereits ein Mann liegt und telefoniert. Selbst aus einigen Metern Entfernung erkennt Marlene die Schmutzspuren, die seine Schuhe auf der hellen Tagesdecke hinterlassen haben. Tränen brennen in ihren Augen. Wieder jault die Bohrmaschine auf, an der fensterseitigen Wand diesmal. Marlene sucht Halt an der Rückenlehne eines Sessels und schreckt zurück wie verbrannt. Das Eschenholz ist überzogen von einer orangen Husse aus Synthetiksamt. Haken werden in die Wände geschraubt. Eine Assistentin öffnet einen Plastikköcher und entrollt ein Transparent.

Dem Volk aufs Maul schauen steht in zwanzig Zentimeter hohen Buchstaben darauf, weiß auf leuchtendem Blau. Darunter kleiner und orange wie die Hussen: *Felix Fluch zu Gast in heimatlichen Stuben.*

Jemand tippt ihr auf die Schulter, ein Mann mit Schnauzbart in einer weißen Baumwolljacke. »Zeigen Sie mir, was Sie vorbereitet haben!«

Marlene versteht nicht gleich, weil hinter ihr der Staubsauger losheult. Sie hatte ja alles vorbereitet, die ganze Wohnung und jetzt …

»Das Essen!« Der Mann schreit ihr ins Ohr, als wäre sie taub oder schwer von Begriff. »Die besprochene Mahlzeit! Ich bin Koch und für die Qualitätssicherung zuständig.«

Felix legt Marlene die Hand auf den Arm. »Jaja, wir wollen nicht ganz vergessen, warum wir gekommen sind.« Sein Blick schmilzt mitten in ihr Herz. Könnte, wofür er gekommen ist, zu etwas werden, was ihn bei ihr bleiben lässt?

Marlenes Kopfhaut prickelt vor Aufregung. Sie holt eine weiße Plastikschüssel und einen Kopf Endiviensalat aus dem Kühlschrank. »Meine Spezialität.« Ihre Stimme zittert ein wenig. »Hausmannskost neu gedacht, Hausfrauenkost quasi.« Sie lacht unsicher. »Aber für alle wird es leider nicht reichen.«

Während sie nach dem Topf mit den gekochten Kartoffeln greift, nimmt der Koch zielsicher einen Löffel aus der Lade, steckt ihn in die Schüssel, in der die Masse für die Bratlinge zieht. Mit alarmiertem Gesichtsausdruck kostet er. Seine Augen weiten sich. »Was zum Teufel ist das?«

»Mein Spezialrezept!« In zahllosen Versuchen hat sie es verfeinert. »Schmeckt besser als Fleischlaberl und kein Tier muss dafür sterben. Aus Zwiebel, Kidneybohnen …«

»Kein Fleisch?«

»Ich bin Vegetarierin.«

»Eine Katastrophe!« In die schlagartig eintretende Stille hinein fordert er Marlene auf: »Sagen Sie das noch einmal!«

»Ich bin Vegetarierin«, flüstert sie.

Einen Moment lang starren alle sie an. »Verrat!«, flüstert jemand. »Auf wessen Konto geht das?«, ruft ein anderer. »Wer fragt, war's selber! Wer sucht denn aus?« Immer lauter die Stimmen. »Nichts wie weg!« »Das waren die Grünen!« »Wenn das auf Social Media landet, sind wir geliefert!« »Cui bono?«

Als Felix Fluch die Hand erhebt, verstummen seine Leute. Er schreitet auf Marlene zu, unendliche Enttäuschung im Blick. Sein Unterkiefer bebt. »Was glauben Sie, wer Sie sind?«, zischt er. »Sie sind eine von diesen Ökofaschistinnen, ja, ja? Ein Wolf im vegetarischen Schafspelz. Stehlen mir meine kostbare Zeit mit Ihren …«

»Nein!«, fleht Marlene. »Bitte! Ich stehe voll hinter der Bewegung, hinter jedem Ihrer Worte, das schwöre ich! Wie hätte ich denn wissen sollen …«

»Wollen Sie mir weismachen, dass Sie aus reiner Dummheit unsere Ziele torpedieren?«

Von der Seite rückt ihr der Koch bedrohlich nahe. »In Ihrer Bewerbung konnten Sie unter drei zur Auswahl stehenden Gerichten auswählen. Welche waren das?«

»Www… Wie …« Kein klarer Gedanke mehr möglich.

»Welche! Waren! Das!«, schreit der Koch und schlägt ihr mit dem Handballen gegen den Hinterkopf.

Felix Fluch hebt beschwichtigend die Hand. »Keine Gewalt jetzt! Wir brauchen noch Bilder. Also, Marlene, welche Gerichte stehen auf der Liste?«

»Wiener Schnitzel mit Erdäpfelsalat«, haucht Marlene, »Schweinsbraten mit Knödel und Kraut.« Sie senkt den Kopf. »Und Fleischlaberl mit Erdäpfelpüree.«

»Und was wollen Sie mir heute vorsetzen?«, fragt er streng.

Marlene schluckt. »Es schmeckt wirklich, versprochen.«

»Die gesamte Kampagne *Dem Volk aufs Maul schauen* dreht sich um das Recht auf Fleisch am Teller! Unsere

Gegner wollen uns um unser Schnitzel betrügen, wollen uns zu grasfressenden Schafen machen, zu pazifistischen Hasenfüßen, zu Schweinsverächtern! Es ist Zeit sich zu bekennen, Marlene! Hat das Volk ein Recht auf Fleisch?« Die Härte in seiner Stimme ist heiligem Ernst gewichen. Gütig legt er ihr eine Handfläche an die Wange.

Wie er das Wort Fleisch sagt, dreht ihr fast den Magen um. »Ja«, flüstert sie dennoch und sinkt unter dem Druck seiner Hand, die jetzt auf ihrem Scheitel liegt, in die Knie. »Ja.«

»Na bitte! Dann mach jetzt in Gottes Namen deinen Endiviensalat, das ist ja wirklich was Feines, und der Koch läuft inzwischen zum Fleischer und besorgt ein paar saftige Fleischlaberl.«

Fleisch, Fleisch, Fleisch. Kann er nicht aufhören, das Wort auf diese obszöne Weise zu betonen? Ganz automatisch hat sie die Hände gefaltet, blickt zu ihm auf. Einen Augenblick lang wartet sie, dass er ihr ein Kreuzzeichen auf die Stirn malt. Doch er greift sie nur am Oberarm und hilft ihr aufzustehen.

Während der Koch sich auf den Weg macht und alle anderen mit ihren Verrichtungen fortfahren, als sei nichts geschehen, eilt Marlene ins Bad und übergibt sich. Dann putzt sie sich die Zähne, frischt ihr Make-up auf, bürstet die Haare und betrachtet ihr Spiegelbild, das ihr fremder erscheint als noch vor einer Stunde. »Zum Wohl des Volkes«, flüstert sie. Ihr Lächeln reicht nicht bis in die Augen.

Außerordentlich gelungen findet der Fotograf die Bilder von Marlene im trauten Gespräch mit dem Kandidaten beim bodenständigen Mittagstisch. Sogar die Sonne hat im rechten Moment ihre Strahlen akkurat durch das Fenster geschickt, sich in Marlenes blonden Locken verfangen und den Kartoffelsalat mit den grünen Endivienstreifen zum Glänzen gebracht. Und das Fleisch. Fleisch für das Volk. Nur das Fleischlaberl auf Marlenes Teller liegt unangetastet.

»Jetzt kostest aber schon noch!«, fordert Felix Fluch. »Das ist das Mindeste, was du tun kannst nach den Unannehmlichkeiten, die du uns bereitet hast. Wirst sehen: So gut schmeckt nur Fleisch!«

Marlene schüttelt den Kopf.

»Es ist zu deinem Besten.« Felix Fluch winkt den Koch an den Tisch. »Sorg dafür, dass sie den Teller leer isst!«

Der Koch setzt sich neben Marlene, legt einen Arm auf ihre Rückenlehne. Sein Knie bohrt sich in ihren Oberschenkel. »Also!«

Marlene schneidet ein kleines Stück ab und hebt die Gabel zum Mund. So schlimm kann es nicht sein … vor ein paar Jahren noch hat sie regelmäßig … es schmeckt nicht einmal schlecht, nur so … tot. So, jetzt ist es unten.

»Weiter!«, fordert der Kandidat des Volkes. Wie fleischig seine Lippen sind, fällt Marlene jetzt erst auf. Sie öffnen sich und schließen sich, doch sie versteht kein Wort. Ihre Konzentration gilt einzig und allein ihrem Magen, in dem der faschierte Leichenteil gärt. Sie würgt.

»Weiter!« Der Koch nimmt die Gabel und sticht in das Fleisch auf ihrem Teller.

Von der Sonne geblendet hebt Marlene das Messer, ein Wirbel in ihrem Kopf wie eine Vision, und sie lacht, weil sie endlich begreift, und sie sticht in das Fleisch, das falsche. Blut spritzt aus der Hand des Kochs. Schreie aus vielen Kehlen und wieder sticht Marlene zu und wieder, in den Arm und in den Bauch und in den Hals des Kochs, bis sie von hinten gepackt und ihr Kopf in den Nacken gerissen wird. Sie lässt das Messer fallen. »Fleisch«, zischt sie erleichtert, »Fleisch.«

Felix Fluch schüttelt lächelnd den Kopf und dann nickt er. Der Koch röchelt ein letztes Mal, rutscht vom Sessel und schlägt am Boden auf.

Es ist still. Alle Blicke sind auf den Kandidaten gerichtet.

»Was machen wir denn jetzt?«, fragt endlich jemand flüsternd.

Der Kandidat des Volkes seufzt. »Weiterziehen, was sonst? Wir sind noch im Plan.« Er erhebt sich und klatscht in die Hände. »So ein Missgeschick kann uns nicht aufhalten.« Er winkt einem Mitarbeiter deutet auf das blutige Fleischlaberl und den toten Koch. »Einpacken!« Er schwenkt den Arm. »Alles einpacken.«

Jemand greift Marlene unter die Achseln, hebt sie kurz an, während ein anderer die orange Husse unter ihr vom Sessel reißt und dann auch von den anderen. Zwei Leute hieven den leblosen Körper des Kochs auf eine grüne Kunststoffplane und verpacken ihn sorgsam. Das quer durch den Raum gespannte Transparent wird abgenommen und eingerollt, die Haken aus der Wand geschraubt, die Löcher verspachtelt, die Bilder ausgetauscht, die Bücher eingeräumt, das Blut aufgewischt und alles hinausgetragen, was nicht in ihre Wohnung gehört. Kaum zehn Minuten später ist alles im ursprünglichen Zustand.

Fast alles.

Den Geschmack des Fleisches noch im Mund starrt Marlene auf den Straßenschmutzfleck auf der Tagesdecke, senkt den Blick auf die Blutspritzer, die ihr kornblumenblaues Kleid ruinieren und würgt.

»Verrückt, diese Vegetarier!« Der Kandidat verlässt den Raum als Letzter. »Hauptsache, die Bilder sind gut geworden.« Die Wohnungstür schlägt zu.

Beate Maxian

Thea

Frieda sah auf ihre Armbanduhr. Es war sieben, und der Abend, der nun schon acht Monate zurücklag, begann von vorne. Zum Gedenken an Thea, die eine von ihnen gewesen war und deren herzhaftes Lachen nie wieder erklingen würde. Nach ihrem Tod hatte Frieda ein halbes Jahr gebraucht, um wieder klar denken zu können. Doch in den letzten Wochen hatte sich in ihrem Kopf ein deutliches Bild zusammengesetzt und dank ihres fotografischen Gedächtnisses hatte sie schließlich den Fehler in der Abfolge der Ereignisse aufgespürt.

»Zeit für den Gruß aus der Küche«, vermeldete Frieda und stellte kleine Teller mit Tomaten-Melanzani-Tatar auf kreisrunden, mundgerecht zugeschnittenen Nussbrötchen vor ihren fünf Freundinnen ab, die um den ovalen Holztisch versammelt in ihrem Esszimmer saßen.

Adele lächelte nachsichtig. »Wir essen pünktlich und dank unserer detailbesessenen Frieda ist alles so wie an Theas Abend.« Adele hielt mit spitzen Fingern die weiße Stoffserviette in die Höhe. »Du hast sogar die gleichen Servietten.«

»Hab ich extra für den heutigen Abend gekauft.« Frieda stellte den letzten Teller ab und zog das Haargummi fester, das ihre tizianroten Haare im Nacken zusammenhielt. »Ebenso die Gläser, Teller, Kerzen und die Tischdecke. Ich will, dass einfach alles so ist wie damals, als Thea unsere Gastgeberin war.« Sie sah ihre Freundinnen reihum an. »Deshalb hab ich euch auch gebeten, euch genauso um den Tisch zu setzen wie vor acht Monaten.«

»Und du reichst Prosecco zum Aperitif, wie Thea es getan hat«, merkte Isa an und nippte an der Sektflöte.

Thea, die Sechste in ihrem Bunde, war vor acht Monaten von der Terrasse ihrer Dachgeschosswohnung vierzig Meter in die Tiefe gestürzt und auf dem Betonboden aufgeschlagen. Frieda und die anderen hatten ihr fünfundvierzig Minuten zuvor noch beim Aufräumen geholfen und waren dann nach Hause gefahren. Zum Zeitpunkt des Unglücks war Thea allein in ihrem Apartment gewesen.

»Wir müssen sogar dasselbe anziehen wie beim damaligen Treffen.« Adele zupfte am Ärmel ihrer hellblauen Bluse, die sie zu der beigen Palazzohose trug.

Frieda ignorierte Adeles Gemaule. »Pauline, wärst du so lieb und würdest deine gelbe Jeansjacke von der Garderobe holen und über die Rückenlehne deines Stuhls hängen.«

»Weshalb?« Pauline war die Modeikone in ihrer Runde und stets darauf bedacht, dass auch jeder ihre Designerkleidung wahrnahm.

»Weil das damals auch so war. Stimmts?« Isas Blick wechselte von Pauline zu Frieda und kehrte wieder zurück. »Du hast sie uns ganz stolz vorgeführt und dann über die Stuhllehne gehängt.«

»Ja, damals war sie auch nagelneu«, beschwerte sich Pauline, erhob sich dennoch missmutig und holte die Jacke aus dem Flur.

Den Abend von damals genau zu wiederholen, würde nicht einfach werden. Das war Frieda schon davor klar gewesen. Doch sie war es ihrer toten Freundin schuldig, die Wahrheit ans Licht zu bringen.

»Du bist komisch«, merkte Leonore an.

Pauline kam zurück, hängte die Jeansjacke über die Lehne und setzte sich wieder.

»Nur beim Wetter hast du dich vertan. Damals hatten wir einen frühlingshaften März.« Adele zeigte mit vorwurfsvoller Miene zum Fenster. »Heute schneit es. Zudem sind wir heute in deinem kleinen Häuschen am Stadtrand und nicht in Theas feudaler Dachwohnung in der Innenstadt. Es ist also nicht alles so wie vor acht Monaten, als unsere liebe Thea starb.«

»Starb«, echote Leonore anklagend und fuhr sich angespannt durch die dunklen Locken. »Thea ist nicht einfach gestorben, sie ist gesprungen. Schon vergessen? Es war Selbstmord. Und keine von uns hat es kommen gesehen.« Sie fingerte ein Taschentuch aus der Tasche ihrer grauen Strickjacke und tupfte sich die Tränen ab. Sie hatte damals als Erste von dem Unfall erfahren. Ihr Mann war Notarzt und hatte am Unglücksort Theas Tod festgestellt. Woraufhin sie die anderen verständigt hatte und alle wieder zurück zu Theas Wohnhaus gefahren waren. Geschockt waren sie auf der Straße gestanden und hatten nach oben zur Terrasse geblickt.

»Ich fühl mich wohl in der Kleidung von damals. Außerdem finde ich es schön, dass Frieda ein Gedeck für unsere liebe Thea aufgelegt hat.« Leonore zeigte auf den leeren Stuhl neben Isa.

»Das hast du schön hinbekommen, Frieda«, merkte Isa leise an. Mit einer scheuen Geste strich sie sich eine

Strähne ihrer braunen Haare hinters Ohr. Sie war die Versöhnlichste von ihnen, immer auf Harmonie bedacht.

»Wir sind jetzt aber nur mehr fünf und nicht mehr sechs«, sagte Adele. »Bringt das unsere Perfektionistin nicht durcheinander, wenn Theas Platz leer bleibt?«

Die Spitze perlte an Frieda ab wie Regenwasser an der Fensterscheibe.

»Halt einfach mal den Mund, Adele«, murrte Pauline. »Deine blöden Sprüche nerven langsam.«

Sie waren seit zwei Jahrzehnten Freundinnen, alle waren mittlerweile zwischen Ende vierzig und Anfang fünfzig. Im Laufe der Jahre hatten sie sich verändert, waren nachdenklicher, umgänglicher, versöhnlicher oder, wie Adele, mürrischer geworden. Nur die Liebe zu gutem Essen war gleich geblieben. In regelmäßigen Abständen trafen sie sich zum Gourmet-Mädelsabend, immer war eine andere fürs Kochen zuständig. Leonore bereitete gerne spanische Gerichte zu, Isa asiatische, Pauline italienische, Adele arabische und Frieda brachte zumeist Französisches auf den Tisch. Heute wäre wieder Thea an der Reihe gewesen. Ihre Vorliebe galt der bodenständigen österreichischen Küche. Frieda war an ihre Stelle getreten und hatte jene Speisenfolge vorbereitet, die Thea vor acht Monaten kredenzt hatte. Frieda sah erneut auf die Uhr. Wenn sie sich an den Plan halten wollte, musste in exakt vier Minuten die Vorspeise aufgetragen werden. Sie linste auf die kleinen Teller. Die Nussbrötchen lagen unberührt auf den Tellern. Demonstrativ nahm sie ein rundes Stückchen und schob es sich in den Mund. Die anderen folgten intuitiv ihrem Beispiel.

»Das hier fühlt sich für mich irgendwie an, als würde unsere gewissenhafte Freundin etwas im Schilde führen.« Adele fixierte Frieda.

»Vermutlich will sie die Erinnerung an Theas meisterhafte Kochkunst hochhalten«, mutmaßte Pauline. »Ich bin gespannt, ob du den Erdäpfel-Vogerlsalat und die Wiener Schnitzel auch so hinbekommen hast wie Thea.«

Leonore nickte zustimmend. »Thea war schon eine besondere Köchin. Die Schnitzel waren immer hauchdünn, die Panier goldgelb und die Erdäpfel noch lauwarm, wenn sie den Salat serviert hat.«

»Der Gruß aus der Küche hat schon mal genau wie Theas geschmeckt«, beteuerte Isa und erhob sich, um die kleinen, mittlerweile leer gegessenen Teller abzuräumen.

»Bleib sitzen«, befahl Frieda. Ein Blick auf die Uhr verriet ihr, dass sie wieder im Zeitplan waren. »Ich will, dass Leonore abräumt, wie an dem Abend vor acht Monaten, als Thea gekocht hat.« Die Angesprochene erhob sich und tat wie ihr befohlen.

Es klingelte.

»Erwarten wir noch jemanden?«, fragte Isa verwundert.

Den anderen war die gleiche Frage ins Gesicht geschrieben.

»Ja«, antwortete Frieda.

»Das weicht jetzt aber vom Abend vor acht Monaten ab«, merkte Leonore an. »Da kam nämlich kein Überraschungsgast.«

»Das ist der einzige Unterschied.« Frieda zeigte auf den Flaschenkühler aus Ton. Auch der sah aus wie Theas. »Adele, öffnest du jetzt bitte die Flasche Veltliner.«

»Wie vor acht Monaten«, spöttelte Adele. »Was passiert, wenn ich es nicht tue? Explodiert dann dein vollkommenes Gehirn?«

Frieda ignorierte die Bemerkung und ging zur Haustür. Sie alle wussten, dass sie perfektionistisch veranlagt war und Planabweichungen hasste.

»Jetzt tu ihr halt den Gefallen«, hörte Frieda Leonores Stimme beim Hinausgehen.

Kurz darauf öffnete Frieda einer Mittvierzigerin die Tür. »Gloria, schön, dass du da bist.«

»Ich bin gerne gekommen.« Gloria zog die Winterjacke aus und nahm ihre Haube ab. Blonde kurz geschnittene Haare quollen hervor.

Frieda führte sie ins Wohnzimmer. »Darf ich vorstellen, das ist Gloria«, sagte sie, nachdem sie eingetreten waren. »Sie nimmt heute den Platz von Thea ein.«

Ihre Freundinnen starrten Frieda mit offenen Mündern an.

»Warum?« Adele hatte als Erste ihre Stimme wiedergefunden.

»Sie ist Theas Cousine und übernimmt heute deren Platz.« Frieda zeigte auf den leeren Stuhl.

Gloria begrüßte die Runde, zog aus der Gesäßtasche ihrer Jeans einen Zettel und setzte sich. Friedas Blick wanderte zu Pauline. »Und du hilfst mir bitte beim Auftragen der Suppe.«

Pauline erhob sich. »Natürlich, genauso wie ich vor acht Monaten Thea geholfen habe«, merkte sie an.

»Wisst ihr noch, worüber wir gesprochen haben, während wir die Nudelsuppe gegessen haben?«, fragte Frieda, als alle den Suppenteller vor sich hatten.

Einen Moment herrschte Stille. »Über Paulines neue Handtasche von Prada«, erinnerte sich Leonore. »Wir mussten sie alle bewundern.« Sie verdrehte die Augen. Die anderen grinsten schief.

»Neid ist grauslich«, knurrte Pauline.

»Du willst jetzt aber bitte nicht, dass wir die unglückselige Diskussion wiederholen«, stöhnte Adele.

»Doch«, bestätigte Frieda.

»Warum?«, fragte Leonore.

»Weil sie uns genau dorthin führt, wo der Abend vor acht Monaten hingeführt hat«, antwortete Frieda kryptisch.

»Drehst du jetzt komplett durch?«, fragte Adele.

»Das ist doch absurd«, sprang ihr Pauline zur Seite. »Ich kann mich gar nicht mehr richtig an das Gespräch erinnern.« Sie aß weiter, als ob damit die Diskussion beendet war, bevor sie begonnen hatte.

Leonore gab sich verwundert, ließ sich aber nicht beirren, sondern löffelte ebenfalls weiterhin die Suppe.

»Du kannst dich aber sicher noch daran erinnern, dass du sie uns gezeigt hast und keine von uns sie berühren durfte«, entgegnete Frieda. »Mach das doch nochmal.«

Pauline zögerte. Dann griff sie nach der Tasche, die neben ihrem Stuhl stand, und präsentierte sie, wie damals. Wenngleich auch verhaltener.

»Okay«, rief Isa in dem Moment und legte den Löffel zur Seite. »Mir ist wieder eingefallen, was ich damals zu dir gesagt hab, Pauline.« Sie machte ein ebenso erstauntes Gesicht wie vor acht Monaten. »Du hast für dieses Ding wirklich 3000 Euro ausgegeben?«

»Ich glaube nicht an den Wert von teuren Modeartikeln«, warf Leonore wie aufs Stichwort ein.

»Das sieht man an deiner grauen Strickjacke«, blaffte Pauline, wie vor acht Monaten. »Außerdem verstehst du das nicht. Du sitzt den ganzen Tag in der Bibliothek, da ist es wurscht, wie du ausschaust. Doch ich steh in der Parfümabteilung eines großen Kaufhauses, da muss man repräsentieren.«

»Vor allem die teure Prada-Handtasche«, spottete Leonore.

»Manche definieren sich halt ausschließlich über ihr Aussehen«, merkte Frieda an.

Isa sprang Pauline bei. »Jetzt lasst sie halt, wenn sie eine Freude damit hat.«

»Du hättest wohl auch gerne so eine edle Handtasche? Dann könntest vielleicht mal aus Paulines Schatten hervortreten«, giftete Adele und heimste einen bösen Blick von Isa ein.

»Tja, wer sich vom Schein täuschen lässt, weil er sonst nichts zu bieten hat«, las Gloria vom Blatt jenen Satz ab, den Thea an diesem Abend gesagt hatte. »Auch wenn sie es sich in Wahrheit nicht leisten kann.«

»Rutscht mir doch alle den Buckel runter«, fauchte Pauline.

Gloria erhob sich. »Zeit für die Hauptspeise«, wiederholte sie die Worte ihrer toten Cousine.

Als die Wiener Schnitzel samt Erdäpfel-Vogerlsalat auf den Tellern lagen, wiederholten sie erneut das Gespräch, das sie damals während der Hauptspeise geführt hatten. Das Thema war Theas Vorliebe für bodenständige Speisen, obwohl sie diejenige unter ihnen war, die ein kleines Vermögen besaß und sich anderes leisten hätte können.

»Wie wäre es mal mit Austern und Champagner?«, fragte Isa Richtung Gloria.

»Manche leben über ihre Verhältnisse, andere darunter«, antwortete diese an Theas Stelle.

Leonore merkte an, keine Austern zu mögen. Pauline pflichtete ihr bei. Adele zuckte gleichgültig mit den Achseln. Gloria las Theas Worte von damals vom Blatt ab. Ihre Cousine hatte eine Diskussion über die Sucht nach Anerkennung angeregt. Allgemein über Menschen gesprochen, die mehr sein wollten, als sie in Wahrheit waren. Frieda war das Thema damals eigenartig erschienen, doch jetzt, wo sie das letzte Puzzleteil in ihrer Erinnerung gefunden hatte, machte das Gespräch Sinn.

Isa stand auf, räumte die Teller ab und ging in die Küche. Frieda folgte ihr, um einen Kaiserschmarrn mit Zwetschkenröster zuzubereiten.

Nachdem sie die Nachspeise gegessen hatten, lehnte sich Frieda in ihrem Stuhl zurück. »Ich bin überzeugt, dass Thea ermordet wurde.« Nun war die Katze aus dem Sack.

Leonore verschluckte sich am letzten Bissen, hustete und nahm einen großen Schluck Wein. Pauline und Adele starrten Frieda aus großen Augen an. Gloria blieb gelassen.

Isa war blass geworden. »Das glaub ich nicht.«

»Was hat dir dein fotografisches Gedächtnis verraten? Haben wir einen möglichen Einbrecher übersehen, als wir gegangen sind?« Diesmal lag weder Spott noch Bosheit in Adeles Tonfall.

»Hatte Thea einen Stalker, der nur darauf gewartet hat, dass wir endlich verschwinden?«, mutmaßte Isa, als wäre das hier nichts weiter als ein Rätselabend.

Noch ehe Frieda etwas erwidern konnte, meldete sich Leonore zu Wort. »Augenblick! Bezichtigst du etwa eine von uns, Theas Mörderin zu sein?«

»Ist das wahr?«, fragte Adele mit zornrotem Gesicht.

»Nein, das meint sie nicht«, beschwichtigte Isa sofort.

»Hör auf, ständig die ganze Welt versöhnen zu wollen«, knurrte Adele und zischte: »Deshalb das ganze Tamtam hier, die exakte Wiederholung des Abends samt Tischdeko und Servietten und eine Statistin, die Theas Rolle spielt.«

»Ja, ich bezichtige eine von euch.« Friedas Worten folgte tödliches Schweigen.

»Du bist doch verrückt«, knurrte Pauline dann.

»Und wer von uns soll sie ermordet haben?«, fragte Leonore, mit unüberhörbarer Schärfe in der Stimme.

Isa schloss für einen Moment die Augen. Sie fühlte sich sichtbar unwohl.

»Ich habe lange gebraucht, bis ich bemerkt habe, was nicht stimmt«, begann Frieda »Ich bin den Abend in Gedanken immer und immer wieder durchgegangen. Hab mir jedes noch so kleine Detail in Erinnerung gerufen.« Sie sah ihre Freundinnen reihum an. Ihr Blick blieb bei Pauline hängen. »Du warst es.«

»Das kann nicht sein«, protestierte Leonore sofort. »Sie hat gemeinsam mit uns die Wohnung verlassen und ist erst wiedergekommen, nachdem ich sie angerufen habe.«

»Ist sie nicht«, widersprach Frieda.

»Blödsinn«, blaffte Pauline. »Welches Motiv hätte ich denn?«

»Geld«, antwortete Frieda. »Du hast dir 6000 Euro von Thea geborgt. Um dir eine Superior-Make-up-Artist-Ausbildung in einer exklusiven Visagistinnenschule zu finanzieren.«

Die anderen erinnerten sich und nickten.

»Darüber haben wir bei unserem Treffen im Februar gesprochen. Das war bei Adele«, sagte Isa. »Du hast den halben Abend darüber gejammert, wie gerne du das machen würdest und wie teuer die Schule ist, bla bla bla.«

»In Wahrheit hast du aber die gesamte Summe für Kleidung und Handtaschen ausgegeben.« Frieda zeigte auf die gelbe Jeansjacke. »Thea ist dir draufgekommen und wollte ihr Geld zurück. Nur gab es kein Geld mehr. Stimmt doch?«

Pauline sprang von ihrem Stuhl auf und warf wütend die Serviette auf den Tisch. »Das ist eine verdammte Lüge.«

Gloria bat Pauline, sich wieder zu setzen. »Ich bin in der Tat Theas Cousine«, fuhr sie dann fort, nachdem Pauline der Bitte nachgekommen war. »Aber ich bin auch Ermittlerin beim Landeskriminalamt.« Sie wandte sich an Pauline. »Frieda kam vor drei Wochen zu mir und hat mir ihren Verdacht geschildert. Wir haben sofort überprüft, ob du, Pauline, dich auf der besagten Visagistinnenschule angemeldet und die Gebühr für die Ausbildung bezahlt hast. Es gab keine Anmeldung. Woraufhin wir andere derartige Schulen kontaktierten, aber deinen Namen auf keiner Anmeldeliste entdecken konnten. Dafür haben wir ermittelt, dass du, kurz nachdem dir Thea das Geld gegeben hatte, mehrere Boutiquen aufgesucht und Kleidung eingekauft hast.« Sie legte eine Liste mit den Namen der Geschäfte auf den Tisch. Am Rand standen die jeweiligen Summen, die Pauline dort ausgegeben hatte.

Paulines Schultern sackten nach unten. »Thea hat doch mehr als genug. Die 6000 Euro wären ihr nicht abgegangen.« Tränen schwammen in ihren Augen.

Frieda erwiderte nichts.

Pauline sah sie unglücklich an. »Was zum Teufel hat dich auf die Idee gebracht, dass ich sie umgebracht haben könnte?«

»Deine nagelneue gelbe Designerjeansjacke hat dich verraten«, sagte Frieda. »Du hattest sie nicht an, als wir alle Theas Wohnhaus verlassen haben. Du hast sie wohl bei ihr vergessen. Aber du hast sie getragen, als wir uns nach Theas angeblichem Selbstmord wieder vor dem Haus eingefunden haben. Dieses kleine Detail hab ich anfangs übersehen. Doch als es mir wieder einfiel, war mir klar, dass du zurückgekommen sein musst. Deine Wohnung liegt keine fünf Gehminuten entfernt.«

Pauline schnaubte. »Dein verdammtes fotografisches Gedächtnis.« Sie schüttelte den Kopf. »Ich wollte mit Thea nochmal reden, ihr sagen, dass es mir leidtut. Aber sie hat gedroht, mich anzuzeigen und euch zu erzählen, welch verdammte Heuchlerin und Lügnerin ich bin, wenn ich nicht die gesamte Summe bis zum nächsten Tag auf ihr Konto überwiesen habe. Das konnte ich nicht und ich konnte nicht zulassen, dass sie unser aller Freundschaft zerstört.«

»Wie konntest du nur?«, pfauchte Adele.

»Mörderin«, knurrte Leonore.

Isa weinte bitterlich.

»Es passierte im Affekt«, beteuerte Pauline. »Wir standen auf der Terrasse. Ich hab sie nur ganz leicht geschubst. Das müsst ihr mir glauben.«

Ungläubigkeit stand den anderen ins Gesicht geschrieben.

Gloria erhob sich. Sie gab Pauline ein Zeichen aufzustehen. »Komm, meine Kollegen warten bereits auf uns vor der Tür.«

Lydia Mischkulnig

Ossobuco

Nachdem so viele Morde in Küchen stattfinden, habe ich mich mit meinem Team entschlossen, diesen Tatort abzuschaffen. Darauf haben die Kritiker gemeint, dass Mord nie aussterben würde, solange es Menschen gäbe. Wir könnten den Tatort aber in andere Räume verlegen, damit etwas Schwung in die Bude kommt. Mit Räumen meine ich auch Außenräume, heterotope Räume, Bahnhöfe, Casinos, Lobbys und Raumschiffe. Gerne auch zukünftige Habitate im All. Die Küche als Schauplatz wird auf jeden Fall gestrichen und bleibt ausradiert, bis uns der Mord in der Küche aus dem inneren Skript, das wir alle in unserer DNA tragen, ausgetrieben ist. Bis dahin ernähren wir uns meinetwegen nur mehr aus Tuben. Ich ersuche Sie, all Ihre Mordfantasien noch einmal dahingehend zu prüfen und meine Ideen zu ventilieren. Verzeihen Sie meine Expertise, auf die ich nun zurückgreifen muss, aber was Sie mir hier liefern, muss besser werden, denn Ihre Skripten reichen an meine Erwartung nicht heran. Sie können meine Vorschläge gerne verwerfen, wenn Sie glauben, es besser zu wissen als ich. Auf Papier, das wissen Sie so gut wie ich, können Sie üben und alles schreiben, denn Papier ist geduldig. Sie müssen dazu die Raffinesse der

Perspektive bedenken und die Diskrepanz Ihrer Darstellung und Ihrer Haltung erwägen. Denn stellen Sie sich bitte nur einmal vor: Es geschah ja wirklich, was Sie da schreiben, und vergessen Sie nicht, auch Ihr Text ist ein Schauplatz. Was Sie mir eingereicht haben für den Auftrag Ihrer Schilderung des Mordes bedarf einer Recherche Ihrer Empathiefähigkeit für Kaltblütigkeit. Ich habe Ihnen das Material geliefert, aber ich kann nicht dauernd Leute umbringen, bis Sie kapiert haben, wie ein Mord spannend wird. Ich verbiete Ihnen auch die Tief- und Hochgaragen, die zu Verfolgungsjagden einladen. Es ist auch an der Zeit, der Verfolgungsjagd ein neues Gesicht zu geben. Auch den Wald als Schauplatz möchte ich gerne abschaffen, denn es ist immer die gleiche Stereotypie damit verbunden, jemand verirrt sich, jemand wird heimlich beerdigt oder verwest als Leiche im Gestrüpp. Ich finde auch, dass Leichen abgeschafft gehören in unserem neuen Format. Sie sind so üblich bei Mord! Das klingt daneben, aber es stimmt. Man kann den menschlichen Körper als Tatort begreifen und diesen Körper in der Küche mit der Küche abschaffen. Wovon ernähren sich dann unsere Darsteller? Wovon handeln dann unsere Geschichten? Von der Liebe, würde ich vorschlagen. Die Eifersucht, die den Menschen umwickelt, die Habgier, die den Menschen durchdringt, das wird meistens den männlichen Mördern zugeschrieben, den weiblichen dient die Befreiung davon zum Mord. Ich rede von einem Zeitungsartikel, in dem gestern wieder eine Küche vorkam, in der eine Schottin ihren Mann beseitigt hat. Praktisch en passant. Strafausmaß: neun Jahre. Es bleibt das Thema Mord als äußerste Eskalationsstufe aktuell. Damit bleiben auch die narzisstischen Kränkungen aller Art erhalten, da müssen wir uns keine Sorgen machen. Mörder können immer und überall entstehen, sie sind ja nur die Früchte eines unterirdisch wuchernden Myzels aus Trieben und Frustration im stets dünner werdenden Humus.

Meine Damen und Herren, Sie dürfen sich weiter austoben, aber bitte nicht in der Küche, schon gar nicht, wenn sie aussieht wie bei Ikea, oder einem anderen Möbelkonzern, oder wie in Ihrer Fantasie. Da die Küche uns strukturell die Rollen zuschreibt, nämlich die Kochende, Essende, Helfende, die Im-Weg-Stehende, die Herumsitzende, die Putzende, die Schmutz-Machende, ist sie nicht nur ein Ort der Klischees, sondern erzeugt diese auch. Mannigfach werden Frauen und Männer in die Bewegungsmöglichkeiten gedrängt, die nun einmal die Einrichtung und die Küchengeräte erzwingen. Die Gerätschaften sind speziell einladend, man kann ihnen rasch in die Falle gehen, wenn die Handlung der eingeführten Person praktisch wie auf Schiene gesetzt läuft. Sie geht zur Besteckladе, nimmt das Fleischermesser und wird ein bisschen vom Partner beschimpft und zack. Die Küche ist ein Ort der Wandlung, da wird aus Rohstoff ein Gericht fabriziert. Im Prinzip müssen Sie für Gerechtigkeit sorgen, für die literarische Gerechtigkeit, finde ich. Essen wird sich genauso erhalten wie das Morden, das können wir unserem Publikum nicht enthalten. Auch ein Salat muss geköpft werden. Welchen Wert schreiben wir diesen Elementen zu? Haben Sie schon einmal mit einem Salat mitgefühlt? Einmal muss er getötet werden, um gegessen zu werden. Einmal muss er auch geliebt werden.

So auch der Mörder! Einmal muss er sich verfolgt fühlen, wie ertappt schaut er sich angstvoll um, und er befindet sich vielleicht in einer Garage, diese dann bitte nicht aus dem Skript streichen, denn der Mörder atmet hier auf, als der Lichtkegel des Security-Personals ihn nicht aufspürt! Einmal muss auch ein ganz normaler Sonntag für den Mörder zu erleben möglich sein, wo er einen Spaziergang durch den Wald macht und in einem Dickicht einen verwesenden Iltis riecht und dann wegrennt. Ganz langweilig sind kaltblütig berechnende Mörder nämlich nicht, sie ziehen ihre Taten eiskalt durch und unterscheiden sich dadurch von uns, doch gibt es einen Punkt der Gemeinsamkeit. Wer soll sich denn fürchten vor einem Mörder, wenn er nur ein Monster ist und nichts bietet, womit wir uns identifizieren können. Zum Beispiel mit dem Ekel vor Gestank. Wer alles nach Strich und Faden erledigt, wie ich es getan habe, ist trotzdem berührbar. Und so jemand soll keine menschlichen Gefühle haben? Dann wäre er ja nur eine Killermaschine. Das erzeugt keinen Grusel, das ist nur billiger Effekt und ist so langweilig wie eine Bibelstunde, das kann ich Ihnen sagen. Ich brauch mich ja nicht zu verstellen, ich selbst habe ein Wohnzimmer zur Küche meines Mordes gemacht. Und ich habe in meiner Haft viele Morde ausgerichtet, aber im Kopf mithilfe der Bibel, wie Sie es sich vorstellen können. Ich habe unendlich viel über die dramaturgischen Kniffe der Bibel nachgedacht, in meiner Zelle, um nun, in Freiheit, eine Firma zu gründen und dort anzuknüpfen, worin ich Experte bin: Denn nur wenige haben derart brutal erfahren – wenn auch selbstverschuldet –, welche Höhen und Tiefen das Leben für einen bereithalten kann. Mein tiefer Fall vom Sonnyboy der Gesellschaft zum Mörder hat ganz Österreich bewegt.

Kaltblütigkeit ist eine Sache, aber bei unseren Sehern und Seherinnen muss das Blut kochen. Die Gefahr, meine Damen und Herren, geht von uns aus! Wir sind Mörder der Langeweile und das müssen wir rüberbringen, das Publikum fesseln. Ich schwöre, dafür stehe ich mit meiner neuen Firma. Ich kann Ihnen das Blut in den Adern gefrieren lassen. Ihre Drehbücher, die mein Leben verfilmen wollen, eignen sich zur Weltverbesserung für Werbefilmchen von NGOs. Das machen wir dann auch, aber zunächst mal will ich, dass Sie mir mein Leben liefern. Bitte nicht zu vergessen, dass ein Mörder auch seine zarten Seiten hat, die das Verlangen nach Harmonie ganz sanft unterstreichen. Wenn ich nur nach Keulowitsch fahre, um mein Opfer mit einem Schuss niederzustrecken, dann mit dem Fuchsschwanz zu zersägen und in Plastiksäcke zu stecken, ist das nicht menschlich. In Keulowitsch die Leichenteile zu verteilen, das ist, bitte, bitte mich nicht falsch verstehen, keine Kunst. Stellen Sie sich vor, die Kamera bleibt nur auf der Zersägung der Leiche, was hätte das für einen Wert? Schaulustige Eindimensionalität. Man müsste zeigen, wie ich die Waffe besorgt habe, wie ich sie liebevoll streichelte und spürte, sie ist die richtige. Man müsste mich zeigen, wie meine Finger zärtlich den Fuchsschwanz betasteten, mit aller Vorsicht, um mich nicht zu schneiden, wie ich das Sägeblatt umbog und losließ und wie es zurückschnalzte und sich wieder geraderichtete. Wie ich eine Schweinshaxe kaufte und die Säge ansetzte und das Knochensägen übte, ohne dass die Kinder sich schreckten. Man müsste mich als liebevollen Vater zeigen, mit meinen ausgesprochen zärtlichen Seiten. Auch wie ich den Kindern Ossobuco kochte, sorgfältig würzte und abschmeckte. Meine Frau aß ja kein Schwein. Also übte ich mich auch am Oberschenkel eines Rindes. Nachdem ich die Haxe eines Rindes in der Küche zerteilt hatte, band ich das Fleisch mit einem Faden fest um den Knochen. In diesem Fall, darf die Küche ein Schauplatz bleiben, allerdings mit mir drin am Herd und mit all meiner menschlichen Wärme, die ich dem Gericht widmete und den Kindern. Vielleicht machte ich sogar einen Witz, als die Kinder mich fragten, was es zu essen gäbe, und ich ihnen statt mit Rind, mit Kind antwortete. Aber nein, lassen wir meine Kinder draußen. Sie wollen mit mir seit meiner Verurteilung nichts mehr zu tun haben. Ich habe auch die Rind-Kind-Geschichte von einer anderen Familie schon gehört, die keinen Mörder zu vergessen hatte, wie meine Familie. Sie will mich vergessen und sie muss es ja auch, da ich zu vergessen bin. Ich würde mich selbst auch gerne vergessen, nicht erst, wenn ich sehr alt bin, aber es ist besser, dass ich mich nicht vergesse, weil ich sonst ausraste. Ausrasten – dieses Wort ist doppeldeutig und Sie verstehen meine Gefangenschaft. Auch deshalb bin ich für den Film. Das könnte ich zur Verstärkung des Grusels im Film tatsächlich anbringen, dass ich die Rind-Kind-Geschichte geraubt habe. Aber das funktioniert erst, wenn ich meinen Plan schon offenbart haben werde im Film, damit man schon weiß, was für eine teuflische Bösartigkeit in mir steckt, nachdem ich das Rezept für einen Mord geschrieben habe, ganz unschuldig koche.

Wenn ich mich dann auf den Weg mache, darf man mich schon in der Parkgarage zeigen, auch dass ich im Wald die Autos wechsle, um die Spuren zu verwischen. Meinetwegen darf es dämmerig werden und der Uhu darf kreischen und die zu Bette gehenden Hirsche dürfen röhren. Auch ein Wanderer darf den Weg queren und ich würde mich sogar verstecken und hoffen, dass der Wanderer kein Mörder ist. Vielleicht aber ladet er eine Pistole und verzieht sich. Aufatmen würde ich erst, wenn ich seinen Schuss in weiter Ferne hörte und auch darüber, dass er mein Auto nicht entdeckt hätte. Die Regenwolken über mir und über dem Wald kündigten schon den sintflutartigen Regen an, der alle meine Spuren verwischen würde. Irgendwann befinde ich mich auf der Autobahn und meine Hände stecken schon in Handschuhen und liegen auf dem Steuer. Vielleicht pfeife ich ein Liedchen. Ich glaube, ich könnte ein Kinderlied pfeifen. Für den Film, der Ihnen unter die Haut gehen soll, ist es nötig, auf Kontraste zu achten, ein Mörder, das haben wir schon bei Stanley Kubrick gelernt, lebt den Sadismus im Kontrast aus. Sein Sadismus wird sichtbar durch seine Gewalt mit für uns sonst lustigen Sachen, wie ein Stepptanz zur Weise von Singing in the Rain mit Fred Astaire und Ginger Rogers, während in Clockwork Orange jemand zu Tode getrampelt wird. Wenn ich jetzt von Sadismus rede, meine ich mich, also den kontrollierten Mörder, der plant und ausführt, aber emotional bewegt. So ist es. Das Opfer muss man nicht einführen, es muss nur da sein, am richtigen Ort zum richtigen Zeitpunkt, aber bitte nicht in der Küche. Außer es ist dramaturgisch lebensnotwendig! In meinem Fall war es eine Behausung, eine notdürftig eingerichtete Wohnung, in der schon ein Lockvogel auf den menschlichen Körper und ein zukünftiger Tatort meines Schaltens und Waltens wartete. Ich parkte das Auto, meinetwegen im Parkhaus, mit einer irreführenden Verkleidung meinerseits. Das Opfer, so nenne ich meinen Kontrahenten, meinen Gegensatzpartner, ich Täter, er Opfer, hat in allem bisher gut mitgespielt. Er hat sich in den Lockvogel verliebt, wie ich es geplant hatte. Er ging seiner Sehnsucht in die Falle. In der Wohnung war es unauffällig ruhig und schäbig. Er war blind vor Liebe. Keine Hast, nichts, ich näherte mich in Verkleidung dem Tatort Opfer und wie abgemacht, ist die Tür nur angelehnt. Hübsch ist, wenn die Kamera mich beim Eintreten noch erfasst. Ich würde nur die Schuhe an meinen Füßen zeigen, keine Küche, das passt nicht zu mir, oder doch, da ich ja zu Hause Ossobuco liebevoll zubereitet habe, und jetzt gehe ich kaltblütig an ein Osso hominis. Das überlasse ich Ihnen, ob Sie mich über einen Küchenboden schreiten lassen oder über ein Parkett, und dann erwarte ich mir einen Schnitt.

Der Schnitt ist eine filmtechnische Errungenschaft, in der wir Platz haben für unsere Vorstellung. Das gibt Raum für den Mord, ohne ihn zeigen zu müssen! Eigentlich habe ich jetzt auch gar nichts mehr gegen eine Küche als Schauplatz für einen Mord, weil diese Küche im Kopf des Publikums sitzt und somit gedanklich individuell eingerichtet ist. Individuell, da steckt schon das Duell drin. Das Publikum muss gegen sich selber antreten, mithilfe der Vorstellungskraft etwas zu exekutieren, was man sich gar nicht vorstellen will. Wir geben ja nur die Impulse. Oder ich zumindest Ihnen. Lassen Sie den Zufall aus dem Spiel. Mein Fall unterlag dem Zufall. Vieles wäre anders gekommen, wäre es nicht so arschkalt geworden. Die zersägte Leiche war schon verteilt. Die Reinigung der Wohnung war auch eine Geschichte für sich. Da hätte man mich schrubben sehen müssen und dann mit Gaze den ganzen Boden auftupfen. Die Plane, auf der ich den Körper weiterer Tätigkeit unterzog, warf ich auf einem Parkplatz weg, bevor ich wieder im Waldstück mein Auto bestieg. Es war scheiße, weil es arschkalt geworden war, und die Spuren waren verdammt deutlich. Sie werden verstehen, dass ich nicht ganz realistisch meinen Fall erzähle, sondern in filmische Sprache übersetze, um Ihre Vorstellung von Küchenmord zu inspirieren. Den Rest können Sie ja in der Zeitung nachlesen, mein Fall ist gut recherchiert.

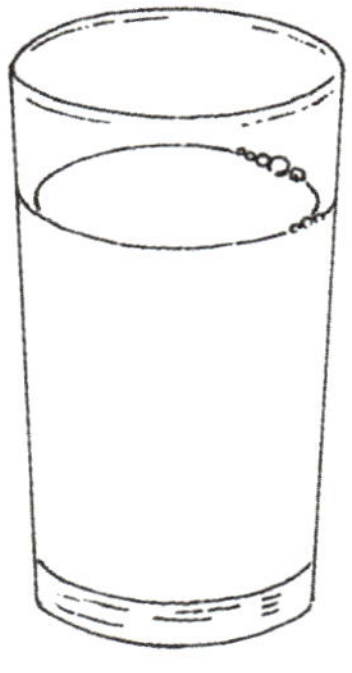

Ein Homeless kam vor, wie er durch die eiskalte Winternacht streunte, auf der Suche nach einem Schlafplatz. Da sah er die Mülltonne und schnurstracks, vergrabt sich im Müll, um sich gegen die Kälte zu schützen. Er schüttelt sich einen Plastiksack wie eine Daunendecke auf und kriecht drunter. Plötzlich fühlt er sich berührt. Er tastet die Stelle ab und erstarrt, als er die menschliche Hand entdeckt. Stellen Sie sich vor, wie der Zufall mitspielt. Nicht nur einmal. Erst das Wetter, dann der Homeless und zu guter Letzt noch eine Putzfrau. Sie hat die Rekonstruktion des Gesichtes der zersägten Leiche in der Zeitung gesehen. Das kann man nicht erfinden, sie hat mein Opfer gekannt, bei ihm in Wien die Wohnung geputzt. Der echte Kopf, meine Damen und Herren, den hat die Säure bearbeitet, Sie können sich vorstellen, dass das leichter war, den Bottich zu entsorgen, als das Blut wegzuwischen. Nun denn. Ich habe Fehler gemacht. Mit dem Homeless konnte ich nicht rechnen und genauso wenig mit der Putzfrau. Sie ist rührig geworden. Stellen Sie sich ihre Erregung vor. Wie sie versucht, sich wichtig zu machen. Es hat trotzdem gedauert, mich zu schnappen. Ich bin geläutert. Mit dem Geld verlief alles rechtens. Ich säße nicht hier vor Ihnen, wieder in Freiheit, aber nicht befreit aus meiner semantischen Falle, doch mit einer Perspektive, das Leben zu meistern. Filmagenturen ködern mit mir das Interesse der TV-Anstalten, die derzeit alles für meine Geschichte bezahlen. Ich will also neu anfangen. Heiraten und einen Strandurlaub machen, nach jahrelanger Enge einer Zelle in den Horizont schauen. Dieses Glücksgefühl müssen Sie sich erst einsickern lassen. Das müssen Sie beherzigen, wenn Sie einen guten

Film aus mir machen wollen, die Ambivalenz des Mörders macht ihn erst glaubwürdig. Dafür zahle ich Sie gut und habe Sie aufgeklärt zur Stärkung für Ihr neues Drehbuch. Da aber der Mensch aus Fleisch und Blut besteht, lade ich Sie nun zu Ossobuco ein. Ich darf Sie in die Küche bitten? Oder mögen Sie es vegetarisch? Dann gibt es Salat.

Martina Parker

Das heißkalte Mädchen

Das Schlimmste ist die Kälte. Sie ist kaum zu ertragen. Sie lähmt mich, macht mich müde und kraftlos, bleischwer. Ich habe Angst, dass sie mich töten wird. Wie lange bin ich schon in meinem Gefängnis? Ich weiß es nicht. Es ist dunkel. Ich habe jedes Gefühl für Zeit verloren. Manchmal kommen Erinnerungsfetzen hoch. An eine andere Zeit. Früher. Luftige Leichtigkeit. Freiheit. Unbeschwertheit. War das wirklich ich? Ich weiß es nicht mehr.

»Als medizinische Maßnahme ist Kälte ein Segen.« Dr. Markus Riebenbauer räusperte sich und klickte auf seinem Laptop zum nächsten Bild seiner PowerPoint-Präsentation. »Wir setzen sie ein, um Menschen zu retten, um Gehirnzellen nach einer Wiederbelebung zu schützen. Kälte macht sogar große Operationen wie den Ersatz einer gerissenen Hauptschlagader möglich …«

Seine Studenten und Studentinnen machten sich eifrig Notizen. Die Seminare von Dr. Markus Riebenbauer zählten zu den beliebtesten. »Weil er so lebendig vorträgt. Er hat einfach ein Herz für seine Studenten«, sagten die einen. »Er hat ein besonders großes Herz für fesche Studentinnen«, sagten die anderen. Unzählige Affären hatte man dem Dr. McDreamy von Innsbruck

– der Spitzname stammte aus einer US-amerikanischen Arztserie – schon nachgesagt. Die meisten Gerüchte stimmten. Aber derzeit war er offiziell vergeben.

Lexi Lion war die Glückliche. Im echten Leben Alexandra Löwinger. Influencerin aus St. Ulrich am Pillersee. Eine Berufsbezeichnung, die klang wie eine Krankheit. Dabei hatte sie sich in den letzten Jahren »gsund gstessn«, wie man so schön sagt. Lexi Lion hatte mit Instagram-Posts und -Storys in zehn Monaten mehr verdient als andere in zehn Jahren. Mit regelmäßiger Berichterstattung, in der es oft um Marken und Produkte, meist aber um sie selbst ging. Und weil auch der Markus zu Lexis Welt gehörte, wussten die Studierenden der medizinischen Fakultät in Innsbruck, was Dr. Markus Riebenbauer und seine berühmte Freundin in ihrer Freizeit trieben. Canyoning im Ötztal, Kaffee in Triest, Camping – pardon: Glamping! – in Kroatien. Zum Insta-Husband hatte sich der Herr Doktor freilich noch nicht degradieren lassen. Das Filmen und Fotografieren übernahm Lexis Assistentin. Die gab keine Widerworte.

Wurde es ganz privat, musste Markus dennoch schon mal einspringen – und er hasste es. »Nein Schatz, du musst Hochformat nehmen, das ist für Instagram. Nicht von unten, da habe ich ein Doppelkinn.« Immer diese Angst, auf Bildern zu fett rüberzukommen. »Wenn du fett bist, bist du als Influencerin erledigt, außer du machst body positivity, und das ist so last season«, lästerte Lexi.

Ich habe schrecklichen Hunger. Neben der Kälte ist der Hunger das Schlimmste. Er verzehrt mich. Ein Häufchen Elend, in mich zusammengefallen. Ob ich so dünn werde, dass ich durch den Spalt da oben passe? Vielleicht, aber dazu müsste ich da hochkommen. Unmöglich, die Wand ist so glatt. Ich kann nicht mehr denken. Hunger. Fastenkuren oder Diäten sind etwas ganz anderes. Ich habe nie gewusst, was Hunger ist. Bis jetzt.

»Therapeutische Hypothermie«, dozierte Dr. Markus Riebenbauer und klickte die nächste Folie an. »Sie wird auch eingesetzt, um stark unterkühlte Personen wiederzubeleben. Dazu muss man wissen, was bei einer starken Unterkühlung passiert.« Er ließ seine schlanken Finger über die Tastatur seines noch schlankeren Laptops wandern. »Erinnern Sie sich an das ›Wunder von Kärnten‹? Es gab sogar einen Film dazu. Eine Vierjährige stürzte in 8–9 °C kaltes Wasser. In so einem Fall kühlen innerhalb weniger Minuten erst das Blut in den Beinen und dann auch die Muskeln aus. Das Herz schlägt immer langsamer, der Herzrhythmus entkoppelt, schließlich bleibt das Herz stehen.

Nun, in besagtem Fall in Kärnten wurde das Mädchen noch rechtzeitig gefunden. Das Kind wurde zunächst von der Familie, in der Folge von dem herbeigeeilten Notarzt reanimiert. Die Körpertemperatur betrug bei der ersten Messung 18 °C. Die Vierjährige wurde dann an der Herz-Lungen-Maschine sehr langsam erwärmt. Trotz einiger Komplikationen konnte das Kind letztendlich ohne Residuen, das heißt ohne sichtbare, neurologische Folgeschäden entlassen werden.« Markus schaute prüfend in die Runde. Es war ihm wichtig, dass er immer die volle Aufmerksamkeit seiner Zuhörerschaft hatte. »Wo sind wir stehengeblieben? Also ja, therapeutische Hypothermie nach einer Wiederbelebung ist ein Beispiel dafür, wie wir Kälte in der Medizin nutzen.«

Dr. Markus Riebenbauer blickte kurz auf seinen Chronografen. Das Wort Uhr wäre für das exklusive Geschenk von Lexi zu profan gewesen. Dann klappte er seinen Laptop zu. »Noch Fragen?«

Niemand meldete sich zu Wort. »Ich hätte schon eine Frage«, sagte eine Studentin im Flüsterton zu einer anderen, die neben ihr saß. »Was ist mit seiner Freundin los? Die war die ganze Woche nicht online.«

Das Licht ist so gleißend, dass ich erschrecke. Er hat die Tür geöffnet. Er ist zurück. Was wird passieren? Wird er mich wieder in Stücke reißen? Ich spüre, wie er mich hochhebt. Zittere unter seinen Händen. Was passiert jetzt? Werde ich sterben? Aber dann passiert etwas Schönes. Etwas, mit dem ich gar nicht mehr gerechnet habe. Er füttert mich. Er stillt meinen Hunger. Er streichelt mich. Seine Hände berühren mich. Wird jetzt alles gut?

Ich habe mich zu früh gefreut. Denn nachdem alles vorbei ist, wirft er mich wieder in mein kaltes, dunkles Gefängnis.

»Digital Detox, sie macht Digital Detox.« Dr. Markus Riebenbauer konnte es nicht fassen, dass da tatsächlich zwei Vertreter der Kriminalpolizei in seinem Wohnzimmer saßen und ihn zum Verschwinden seiner Ex befragten. Seit wann suchte die Kripo Erwachsene, die sich in irgendeinen Ashram oder in ein Fastenkloster vertschüssten?

»Die Mutter Ihrer Lebensgefährtin, Susanne Löwinger, hat eine Vermisstenanzeige aufgegeben. Sie chattet mit ihrer Tochter jeden Tag um 10 Uhr auf Facetime. Sie hat seit Tagen nichts von ihr gehört«, sagte Chefinspektor Alfred Bayer. Der schicke Freischwingersessel begann zu schaukeln, als er versuchte, seine hundert Kilo in eine bequemere Sitzposition zu bringen.

Du bist ein klassischer Herzinfarktkandidat, dachte Markus. Der feiste, untersetzte Polizist war ihm auf Anhieb unsympathisch gewesen.

Der Arzt zog mit der rechten Hand an den Fingern seiner linken, bis die Knöchel knackten. Eine Angewohnheit, die ihn immer überkam, wenn er sich aufregte. »Warum glauben Sie, dass ihr was passiert ist?«, fragte er.

»Warum machen Sie sich keine Sorgen um Ihre Freundin?« Die große hagere Polizistin mit dem Pferdegesicht schaute den Schönling, der seine Knöchel knacken ließ, durchdringend an.

»Es ist kompliziert. Wir sind nicht mehr zusammen.« Markus verzog den Mund zu einem Lächeln, aber was dabei herauskam, wirkte wie eine Grimasse. Er war nicht dumm. Wenn er den Beamten erzählen würde, dass er und Lexi sich nach einem wilden Streit getrennt hatten, würden die ihn erst recht für verdächtig halten. Aber sie hatten Lexi auch nicht gekannt. Nicht gewusst, wie anstrengend sie sein konnte, wie neurotisch, wie divenhaft.

Er räusperte sich: »We are on a break, wie es auf Englisch so schön heißt. Und sie hat schon seit Monaten davon geredet, mit Instagram aufzuhören. Weil es sie fertigmacht. Wenn die Befindlichkeit nur mehr von den Klicks abhängt. Wenn einem die ganze Welt beim Leben zusieht …«

Gruppeninspektorin Irmgard Treibinger sah ihr Gegenüber skeptisch an. »Es gibt Zeugen«, stellte sie fest. »Diese haben ausgesagt, Sie beide hatten einen Streit in der Öffentlichkeit. Genau an dem Tag, an dem Ihre Freundin endgültig ›offline‹ gegangen ist.«

Markus sah die Beamtin an. Er fand auch sie unsympathisch. Wie ein Pferd sah sie aus. Das Pferd grinste überlegen. Gefletschte Pferdezähne. Große, gelbe Zähne. Er konnte ihr dickes Zahnfleisch sehen.

Die Polizistin blätterte in ihren Unterlagen. »Hier haben wir es ja. Lautstarke Auseinandersetzung. Am Freitag, den 13.8., um 14 Uhr 20 in einer Bäckerei am Mitterweg 75. Laut Zeugen ist Ihre Freundin in Tränen ausgebrochen. Ein Fan hat ein Handyfoto gemacht.«

Oberinspektor Irmgard Treibinger hielt ihm den Ausdruck des Bildes vor die Nase. Querformat, nicht Story-tauglich. Das musste ein Instagram-Banause gemacht haben. Eine in Tränen aufgelöste Lexi war zu sehen.

»Was hat Ihre Freundin denn so aufgebracht?«

Markus starrte Alfred Bayer an. Der kleine Dicke machte jetzt auf ungemütlich und beugte sich so weit vor, dass Markus die schwarzen Poren auf seiner Knollennase sehen konnte.

Er musste lachen. Er wusste, dass ihn dieses Lachen noch verdächtiger machte. Aber die Sache war einfach lächerlich. »Lexi ist nicht verschwunden«, stellte er klar. »Lexi zieht wieder einmal die Lexi-Tour ab. Sie ist spontan. Das war sie schon immer.« Deswegen hasse und liebe ich sie, dachte er. Und was sie geärgert hatte? Wie sollte er das am besten erklären? Alles hatte Lexi geärgert. Das war ja das Problem.

»Das Brot hat sie geärgert«, sagte er schließlich kurz angebunden.

»Das Brot?« Das Pferd schaute ungläubig.

Markus Riebenbauer nickte. »Ich habe ihr versichert, dass die dort in der Bäckerei ohne künstliche Zusatzstoffe, Farbstoffe und Emulgatoren backen, aber es hat sie trotzdem aufgeregt, weil Brot Kalorien hat.«

»Brot ohne Kalorien ist noch nicht erfunden«, stellte das Pferd fest.

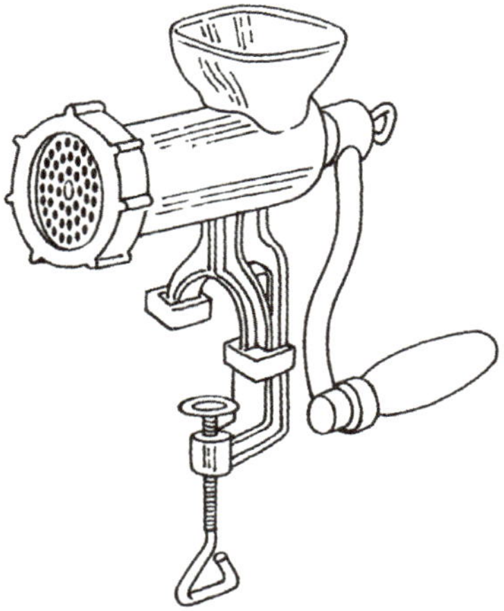

»Zum Glück, sonst wäre die Menschheit verhungert«, murmelte ihr Kollege. Er aß gerne Brot, am liebsten dick mit Butter und einem guten Bergkäse belegt.

»Lexi ist ernährungstechnisch schwierig«, versuchte Markus zu erklären. »Kein Zucker, kein Mehl, keine Hefe, keine Milchprodukte, kein Fett.«

»Viel bleibt da nicht über!«, stellte Alfred Bayer fest.

»Wodka«, sagte Markus. »Wodka bleibt über. Den trinkt sie. Bei ihren Auftritten stellen sie ihr immer einen Krug Wasser auf die Bühne. Da ist dann Wodka drin.« Er wusste, dass es gemein war, dass er seine Ex als Alkoholikerin hinstellte. Aber sie war halt wirklich sehr extrem.

Ich spüre den Alkohol in mir noch immer. Aber ich spüre auch, wie ich langsam wieder zu Kräften komme. Auch wenn ich es nicht zugeben möchte, das Füttern und seine Berührungen haben mir gutgetan. Ich kann über mich selbst hinauswachsen, wenn ich es nur möchte. Ich muss aufhören, mich zu fürchten. Die Dunkelheit und die Kälte können mir nichts anhaben. Vielleicht gibt es doch ein Entkommen. Ich muss nur stärker werden.

»Was halten wir von dem, Irmi?«, sinnierte der Chefinspektor auf dem Weg zurück zum Parkplatz. Irmi schwieg. Sie mochte solche gstopften Lackaffen wie den Dr. Markus Riebenbauer nicht. Ein Haus wie ein Legostein, davor ein weißer Tesla. Da wusste man schon alles. Sie war sich aber darüber im Klaren, dass diese Animosität ihr Urteilsvermögen trüben konnte. Also seufzte sie nur.

»Bitte, gib dir dieses Haus«, sprach Alfred weiter. »Der muss echt fett Kohle haben.«

Das Haus hatte Irmi gefallen. Zumindest von innen. Modernes Design, alles luftig und offen, Glas, Holz. Und dann die Lage. Ganz am Stadtrand. Herrlicher Ausblick. Immer die Berge vor Augen.

»Zumindest können wir ausschließen, dass er sie im Keller gefangen hält«, sagte Irmgard.

Alfred Bayer stutzte: »Wie kommst du denn darauf?«

»Weil er keinen Keller hat. Das ist ein Bungalow, der auf einer Betonplatte steht.«

»Du glaubst echt, er könnte seine Freundin gefangen halten?«

»Nein, das war nur ein blöder Scherz, weil er keinen Keller hat. Und weil wir Österreicher leider berüchtigt dafür sind, unsere Opfer in Keller zu sperren.« Sie machte eine wegwerfende Handbewegung. »Ach, vergiss es.«

Alfreds Telefon läutete. Er blieb stehen und nahm den Anruf an.

»Ja?«

»Wirklich?«

»Wo?«

»Seid ihr euch ganz sicher?«

»Schickt mir die Koordinaten.«

Er drückte auf die rote Taste.

Irmgard sah ihn fragend an. »Was ist los?«

»Wir haben eine Spur«, freute sich Alfred. »Wir haben ihr Auto gefunden.«

»Und wo?«

»Auf einem Parkplatz, in der Nähe des Inn, südlich der B 174.«

»Vielleicht hat er sie im Inn ertränkt«, stellte Irmgard grimmig fest.

»Du magst den Typen echt nicht«, stellte Alfred fest und lachte.

»So offensichtlich?«

»Schon.«

Er hat mich aus meinem kalten Gefängnis herausgelassen. Ich habe die Nacht an einem wärmeren Ort verbringen dürfen. Die Wärme ist trocken. Ich spüre, wie sich meine Zellen erwärmen. Ein wohliges Gefühl ist das. Ich merke, wie meine Lebenskräfte zurückkehren. Ich strecke mich, ich dehne mich. Wie habe ich es vermisst, mich zu bewegen. Alles wird gut. Aber nein, was ist das? Was macht er? Warum tut er das? Er zerrt mich weg. Wirft mich zu Boden. Um mich herum staubt es. Ich schnappe nach Luft. Was ist das? Wo bin ich gelandet? Ich bekomme keine Luft mehr. Und dann trifft mich der erste Hieb. Er schlägt auf mich ein. Immer und immer wieder. Hilfe, nein, bitte nicht. Warum hört mich denn niemand?

»Wer hat den Wagen gefunden?« Irmi blickte auf das schicke Auto, das auf dem kleinen Parkplatz unter einem Baum stand. Ein Mini Cooper Cabrio Hybrid. So eines hätte ihr auch gefallen.

»Ein Fan«, sagte Alfred. »Sie hat es an der Lackierung erkannt.«

»An der Lackierung?«

»Ja, dieses Schimmelkäsegrün.« Er deutete missbilligend auf den Wagen. »Eine Sonderfarbe, abgestimmt auf Lexis Leitfarbe, in der ihre Social-Media-Posts gehalten sind.«

»Was sagt die Tatortsicherung?«

»Die sind noch bei der Auswertung. Aber sie haben

Flecken auf dem Sitz gefunden, die verdächtig nach Blut aussehen.«

»Schick die Kollegen zum Riebenbauer. Es wird höchste Zeit, dass wir ihn wuzeln lassen.«

»Wuzeln?«, fragte die jüngere Polizistin, die geholfen hatte, den Parkplatz zu sperren, irritiert.

»Fingerabdrücke abnehmen«, erklärte Irmgard. »Als es noch Stempelkissen gab und keine digitalen Geräte, hieß das ›wuzeln‹. Und seine DNA brauchen wir natürlich auch, um ihn zu überführen.«

»Du glaubst echt, dass er es war?«, fragte Alfred.

»Ich glaub gar nichts, ich sichere Beweise«, sagte Irmgard steif.

Aber wer sollte es sonst gewesen sein?

Ich lebe noch immer. Es ist ein Wunder. Nach allem, was er mir angetan hat. Aber ich bin immer noch da. Ich habe mich verändert. Seine Kraft und Härte haben mich verändert. Ich bin geschwollen, aufgebläht, durchgewalkt, aber ich lebe. Ich werde das überleben. Oder doch nicht? Was tut er da? Was will er mir jetzt noch antun? Wohin bringt er mich? Was riecht da so brenzlig? Ist das Feuer? Will er mich verbrennen? Hilfe, nein bitte nicht. Ich will zurück in mein Gefängnis. Ich werde mich nie wieder über den Hunger und die Kälte beschweren, auch nicht über die Dinge, die er mit mir anstellt, aber ich will da nicht hinein. Nicht ins Feuer. Bitte nicht. Lass mich! Hilfe! Nein! Warum hört mich denn niemand?

Niemand wusste, wer das Meme als Erstes auf Social Media gestellt hatte. Aber es verbreitete sich rasend schnell. Es ging viral. Wie eine Seuche. Das Meme bestand aus zwei Bildern, die frappant an die Zeichentrickserie »Heidi« aus den 1980er-Jahren erinnerten. Auf dem ersten sah man Heidi den Rollstuhl ihrer Freundin Clara schieben. »Ich liebe Mord auf ex«, sagt Heidi. »Was ist das?«, fragt Clara. Auf dem zweiten Bild sieht man die Antwort: Heidi kippt den Rollstuhl samt Freundin über einen Abgrund. So weit, so geschmacklos. Nur dass dieses Meme noch schlimmer war. Jemand hatte die Gesichter der Protagonisten mit Photoshop so verändert, dass Clara aussah wie Lexi. Und Heidi, die sah aus wie Dr. Riebenbauer.

»Was heißt, Sie wissen nicht, wer das ursprünglich hochgeladen hat? Das muss doch eruierbar sein?« Dr. Markus Riebenbauer war weiß wie die Wand. Er war sofort in die Landespolizeidirektion nach Innsbruck gefahren. »Das ist Rufmord!«, schimpfte er. »Übelster Rufmord!«

»Es läuft eine Anfrage bei Facebook«, erklärte ihm Irmgard. »Aber machen Sie sich nicht zu viele Hoffnungen.«

»Was glauben denn Sie, wer das hochgeladen hat?«, fragte Alfred.

»Ja was weiß ich denn? Vielleicht ein verrückter Lexi-Fan. Oder jemand, den ich auf der Uni durchfallen habe lassen? Oder jemand, der mir ein Verbrechen in die Schuhe schieben will?«, japste Markus empört.

»Sie glauben also mittlerweile auch an ein Verbrechen? Oder wissen Sie, dass es ein Verbrechen gab, weil Sie es begangen haben?«, fragte Irmi.

Markus drehte sich auf dem Absatz um und stürmte davon.

Irmgard sah ihm nach. »Haben wir genügend Verdachtsmomente für einen Haftbefehl?«

Alfred schüttelte bedauernd den Kopf. »Ich muss dich enttäuschen. Im Auto waren natürlich auch seine Fingerabdrücke und Haare, aber das ist normal, weil die beiden zusammen waren.«

»Und die Blutflecken?«

»Auch keine Spur. Das war Rote-Rüben-Saft.«

Ich bin wiedergeboren. Anders kann ich mir das nicht erklären. Ich sehe ganz anders aus. Schlank bin ich, braungebrannt und richtig knusprig. Vielleicht bin ich auch im Himmel. Ich fühle mich so luftig, so leicht. So vollkommen. Ja, vollkommen. Ich bin vollkommen.

»Markus.«

Markus fuhr herum. Alles Blut wich aus seinem Gesicht. Ein Tumult an Gefühlen überschwemmte ihn. Erstaunen, Erleichterung, Erschrecken und dann Wut.

»Du? Ddddaa, wwwwwooo. Lexi?? Verdammt nochmal! Wo warst du, um Himmels willen? Hast du eine Ahnung, was hier los war? Hast du eine Ahnung, was die mit mir gemacht haben? Die haben geglaubt, ich habe dich umgebracht! Die Polizei hat mich gegrillt. Das ganze Netz ist voller Hassnachrichten und Verhetzung. Ich bin als Mörder abgestempelt. Die Uni hat mich vorübergehend suspendiert ...«

»Danke der Nachfrage, mir geht es auch gut!«, sagte Lexi vergnügt.

Gut sah sie aus, braungebrannt, gerötete Wangen, einen Glanz in den Augen, den er noch nie an ihr gesehen hatte.

»Was soll das heißen, dir geht es gut? Wo warst du?«, brüllte Markus.

»Nachdenken.«

»Nachdenken?«

»Ja, nachdenken.«

»Nach unserem Streit in der Bäckerei bin ich in meinem Auto zum Fluss hinuntergefahren. Und dann habe ich mir gedacht, dass das nicht mehr so weitergehen kann. Mit dir, mit uns, mit meinem ganzen Leben. Also habe ich gedacht, ich spring jetzt, oder ich mach etwas noch viel Drastischeres.«

»Etwas noch Drastischeres als in den Inn gehen«, sagte Markus sarkastisch.

»Ja«, nickte Lexi. »Ich habe mein Handy in den Fluss geworfen.«

»Du hast dein Handy in den Fluss geworfen!«, echote Markus überrascht.

»Ja, und dann bin ich losgelaufen. Wusstest du, dass der Weg dort Teil des Tiroler Pilgerwegs ist?«

»Pilgerweg?« Markus schaute seine Ex fassungslos an. »Du warst eine Woche lang pilgern?«

»Zehn Tage«, sagte Lexi stolz. »Ich hatte noch Bergschuhe im Auto und den Rucksack und den Schlafsack vom letzten Festival.«

»Aber deine Bankkarte, die Polizei hat gesagt, du hast sie nicht benutzt.«

»Ich habe nicht viel gebraucht und ich hatte Bargeld.«

»Und jetzt?«, fragte Markus.

»Jetzt habe ich Hunger«, sagte Lexi.

Sie ging zur Anrichte und sah das makellose Brot, das da lag. Fuhr mit dem Finger über die glänzende Kruste, in die Markus ein Kreuz geritzt hatte.

Dann griff sie zum Brotmesser, säbelte ein Stück ab und biss hinein.

»Fabelhaft.«

»Hab ich selbst gebacken«, sagte Markus geistesabwesend. »Klassische Sauerteigführung. Braucht Zeit und die richtigen Temperaturen.«

»Du bäckst Sauerteigbrot?« Lexi prustete los.

»Du schmeißt dein Handy weg, gehst pilgern und isst mein Sauerteigbrot.«

Beide lachten. »Vielleicht sind wir doch nicht solche neurotischen Arschlöcher, wie wir immer dachten«, sagte Lexi.

»Wie heißt er?« Lexi sah Markus an, während sie noch immer an dem Brotstück kaute.

»Wer?«

»Dein Sauerteig!«

»Es ist eine Sie. Sie heißt ›Gährlinde‹.«

Gährlinde!? Hahaha, das meint ihr jetzt nicht ernst? Ich muss laut loslachen.

Lexi hörte verwundert zu kauen auf. »Psst, hörst du das?«

»Was?« Markus war verwirrt.

»Nix, ich hab gedacht, ich habe was gehört. Aber ich muss mich wohl getäuscht haben.«

Das ist lächerlich. Das kann nicht sein. Natürlich können sie mich nicht hören, ich bin ein Stück Brot und ein Teil von mir liegt gerade in ihrem Magen. Und ein anderer Teil von mir lebt woanders weiter. Der Teil, den mir Markus entnommen hat, bevor er mich zu meiner finalen Bestimmung gebracht hat. Dieser Teil befindet sich im Kühlschrank in einem Glas. In Dunkelheit und Kälte. Aber das ist nur ein peripherer Zustand. Durch diesen Teil werde ich weiterleben. Wenn ich Glück habe, für immer.

Theresa Prammer

Backe, backe, morde …

Die Kamera ist auf die Leiche gerichtet. Das Aufnahmelicht leuchtet. Das ist der erste Mord im Livefernsehen. Was für Einschaltquoten.

Eine halbe Stunde zuvor …

Der Moderator

»Wir sind live in 5, 4, 3, 2, go!«

»Herzlich willkommen bei einer neuen Ausgabe von ›Süße Stars‹«, sage ich mit einem strahlenden Lächeln und versuche, nicht daran zu denken, dass ich wie ein Idiot aussehe. Der neue Aufnahmeleiter hat mir fünf Minuten vor der Sendung dieses Outfit verpasst. »Anordnung von oben. Wegen der Einschaltquoten«, hat er schadenfroh gesagt. Mit der weißen Schürze und der Kochhaube mache ich einem Marshmallow Konkurrenz. »Heute werden drei berühmte Persönlichkeiten im Backduell gegeneinander antreten. Dieses Mal sind unsere süßen Stars: Lili Scheibinger.« Kurze Pause für den eingespielten Applaus. »Die junge Influencerin hat im Reality-TV schon für Aufsehen gesorgt.« Kein Wunder, ihr Rock könnte als Gürtel durchgehen, und ihre Lippen sind zwei kleine Schlauchboote. »Carlos Fridell.« Ich deute mit großer Geste auf den Mann mit der blondgefärbten Dauerwelle. Applaus. »Mit 75 Jahren ist er noch immer ein fixer Stern am Schlagerhimmel.« Und ein Alkoholiker. Ich kann seine Fahne bis hierher riechen. »Außerdem Emilia Täuber.« Ich mache eine Pause, gehe zur schlanken Athletin im Sportoutfit. Wahrscheinlich wird sie etwas Ungenießbares mit Vollkornmehl und Dattelsüße backen. Wo bleibt der Applaus? Der Aufnahmeleiter deutet, ich soll selbst klatschen. Ein Problem mit der Tontechnik. Wie gestern. Vorgestern. Und vorvorgestern. Das war der Aufnahmeleiter. Ich bin mir sicher. Erst seit er hier ist, gibt es diese Probleme. Er kann mich nicht leiden. »Als Fitnesscoach wird sie bald mit einer täglichen Turneinheit im TV starten. Herzlich willkommen, sagt ihr Moderator Arnold Fischer.«

Der eingespielte Jubel fehlt ebenfalls. Ich grinse weiter, klatsche in die Hände.

Dafür war ich vier Jahre am Reinhardtseminar. Habe als Hamlet geweint, als Liliom gelitten, als König Ottokar gewütet. Meine Frau, mittlerweile Ex, wollte, dass ich das TV-Angebot annehme. In einer Woche als Moderator verdiene ich so viel wie in einem Monat am Theater. Es hat sie trotzdem nicht davon abgehalten, mich mit einem zehn Jahre jüngeren Mann zu betrügen. »Weil du so ein Griesgram geworden bist.« Meine körperliche Veränderung hat sie nicht erwähnt. Das war auch nicht nötig. An der Floskel – ein Blick sagt mehr als tausend Worte – ist was dran. Wer auch immer sie als Erstes gesagt hat, muss meine Exfrau vor Augen gehabt haben. Ich habe zugenommen. Viel. Sehr viel. Weil ich nach jeder Show alles auffresse, was gebacken wurde. Wir senden fünf Mal die Woche. Kein Kuchen ist mir zu süß, keine Buttercreme zu fettig.

»Lili, fangen wir mit dir an. Du möchtest ein Rezept deiner Oma, bei der du aufgewachsen bist, backen. Worauf darf sich das Publikum freuen?«

Die Influencerin

Arnold Fischer erkennt mich nicht. Mir ist schlecht. Einatmen. Ausatmen. Alles ist gut. Ich kann das. Er hat keine Ahnung, wer ich bin.

»Apfelstrudel«, presse ich hervor. Meine Stimme klingt piepsig, ich sehe das kurze Zucken seiner Augenbrauen. Er nickt mir zu. Ich soll weiterreden. »Mit

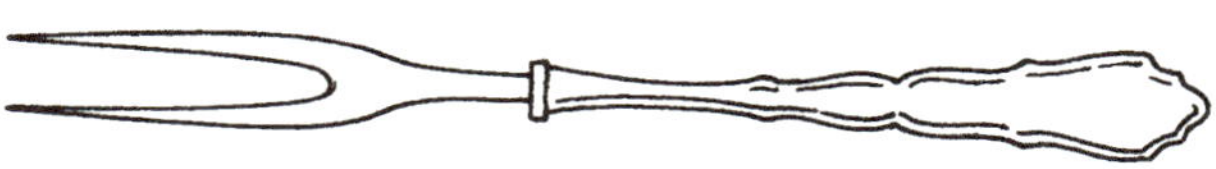

Äpfeln«, sage ich und deute auf die Schüssel mit den Apfelscheiben. Meine Hand zittert.

»Sehr schön, und was ist das, Lili?«, hilft er mir auf die Sprünge und beugt sich vor.

»Was?«

»Sind das Rosinen?«

»Ja, Rosinen.«

»Und Nüsse?«

»Genau.«

»Wunderbar. Danke Lili.«

Er geht weiter, klatscht erneut in die Hände. Ich starre ihm nach. Und während er mit dem Schlagersänger spricht, kann ich nur an eines denken: dass ich ihm am Ende der Show sagen werde, dass er mein Vater ist, der keine Ahnung hat, dass es mich gibt.

Der Schlagersänger

Arnold Fischer erkennt mich nicht. Mir ist schlecht. Einatmen. Ausatmen. Alles ist gut. Ich kann das. Er hat keine Ahnung, wer ich bin.

Ich schwanke ein wenig, schlucke ein Rülpsen herunter.

»Carlos, du hast uns ein Rezept aus deiner Heimat Spanien mitgebracht?«

Ich muss mich zurückhalten. Am liebsten würde ich jetzt gleich alles sagen. Dass ich weder Carlos heiße noch aus Spanien bin. Mein Name ist Karl Friedl, ich bin aus Hollabrunn, er ist mein Sohn, wir haben uns das letzte Mal gesehen, als er drei war. Ich starre ihn an.

»Si, ick mache Maaaandeltorte«, lalle ich.

»Oh, das klingt köstlich. Ist das auch ein Familienrezept?«

Ich weiß nicht, was ich sagen soll. Mein Hirn ist leer. Verdammter Alkohol.

»Carlos?«, fragt er nach, als ich nicht antworte.

»Nein, es is ka Familienrezept.«

An seinem irritierten Blick merke ich erst, dass ich den spanischen Akzent vergessen habe.

Die Athletin

Arnold Fischer erkennt mich nicht. Mir ist schlecht. Einatmen. Ausatmen. Alles ist gut. Ich kann das. Er hat keine Ahnung, wer ich bin.

»Liebe Emilia, lass mich raten? Du bringst uns sicher etwas Gesundes zum Naschen. Was wirst du denn für uns backen?«

Ich kann nur daran denken, dass ich ihm am Ende der Show sagen werde, dass unsere gemeinsame Nacht vor 25 Jahren die schönste war, die ich je erlebt habe. Ich damals 75 Kilo schwerer war und er mich deshalb nicht wiedererkennt.

Stattdessen hauche ich: »Weizenkleiemuffins, gesüßt mit Trockenfrüchten, dazu vegane Vanillecreme.«

Er presst die Zähne zusammen und klatscht übertrieben. »Mmmmh, da freue ich mich drauf.«

»Ich freue mich auch. Auf dich.« Mein Herz hämmert so stark, dass ich mich frage, ob es durch das Mikrophon zu hören ist.

Das ist er. Mein Tiefpunkt. Ich moderiere als riesiger Marshmallow eine Backshow mit lauter durchgeknallten Z-Promis. Die stammelnde Influencerin, der falsche besoffene Spanier und die Athletin mit dem irren Blick. Waren alle anderen Wahnsinnigen schon beschäftigt? Der neue Aufnahmeleiter grinst mich an. Für die Einladung der Gäste ist er zuständig.

»Also, ihr Lieben. Dann macht euch bitte bereit. Wenn der Gong erklingt, habt ihr eine halbe Stunde Zeit, um eure wundervollen Backwerke zu zaubern. Und falls unsere neuen Zuschauerinnen jetzt überrascht sind, wie etwas so schnell fertig gebacken werden kann – das ist dank der Turboöfen unseres Sponsors Majestic möglich, die jede Backzeit mit einer neuartigen Technologie um das Zehnfache verkürzen. Ein Wunderwerk der Technik, passt in jeden Haushalt und ist nicht größer als eine Mikrowelle«, sage ich den Slogan auf. »Die Leitungen für Ihre Anrufe, um für Ihren süßen Star abzustimmen, sind ab sofort frei. Am Ende der Sendung verkünde ich wie immer, wer die meisten Anrufe bekommen hat. Dieser Star wird für Licht ins Dunkel bei einer großen Spendengala ihre oder seine Köstlichkeit zubereiten. Bitte alle in Startposition.« Ich hebe meinen Zeigefinger, doch der Gong erklingt nicht. Diese Stümper von der Tontechnik. Der Aufnahmeleiter reißt den Mund zu einem stummen »Gong« auf.

»GONG«, sage ich so laut, dass die Influencerin zusammenzuckt. Der Aufnahmeleiter deutet mir den erhobenen Daumen, der Kameramann nickt zufrieden.

Es ist ein wahr gewordener Alptraum. Ich arbeite mit lauter Idioten.

Die Influencerin

Die Zeit vergeht wie im Flug, während ich den vorbereiteten Teig auf dem Tisch ausziehe, die Äpfel darauf verteile, Butter schmelze, Brösel anröste, die Nüsse und Rosinen darüberstreue und alles in den Ofen schiebe. Fünf Minuten später ist der Strudel fertig. »Mmmmh, das riecht köstlich«, sagt Arnold Fischer. Ich muss es sagen. Jetzt. Ich stelle mich auf die Zehenspitzen, bis meine Lippen ganz nah an seinem Ohr sind. »Endlich hab ich dich gefunden, Papa. Ich bin deine Tochter.«

Der Schlagersänger

Die gemahlenen Mandeln, der Zucker, die Eier sollten im Mixer eine goldgelbe fluffige Masse werden. Aber in der Schüssel ist ein Gatsch, wie nasser Sand. Schwankend schiebe ich den Gatsch in den Ofen, drücke wahllos auf die Knöpfe.

»Was riecht denn hier so verbrannt?«, fragt Arnold Fischer ein paar Minuten später. Er rennt von dieser Influencerin zu meinem Tisch und zieht einen kohlrabenschwarzen Klumpen aus dem Turboofen.

Was er sagt, höre ich nicht, ich fasse nach seiner Hand und neige mich zu ihm. »Arnold, i bins. Dein Papa.«

Die Athletin

Ich glaube, er weiß es. So wie er von dem Schlagersänger zu mir herüberstürmt. Aber er sieht nicht erfreut aus. Im Gegenteil. Egal, ich ziehe das jetzt durch. Der Ofen macht »Pling«, ich hole zehn perfekte Weizenkleiemuffins heraus.

»Re...zept?«, stammelt er.

»Statt Mehl Weizenkleie, dazu ungesüßtes Apfelmus, zerkleinerte Trockenfrüchte, etwas Kokosöl, zwei Eier und Backpulver.«

Er deutet auf die Schüssel mit Vanillecreme. Sein Blick ist panisch, fast schon entsetzt.

»Das?«

Meine Augen werden feucht.

»Maisstärke, Vanilleextrakt, Mandelmilch, Kokosblütenzucker.« Ich fange an zu weinen. »Ich dachte, du freust dich, mich wiederzusehen«, schluchze ich.

»Was?«

»Unsere gemeinsame Nacht, vor 25 Jahren. Du warst so zärtlich und liebevoll. Ich habe dich nie vergessen.«

Der Moderator

Raus. Ich will so schnell wie möglich raus. Weg von diesen drei Wahnsinnigen. Mein Lächeln ist ungerührt, ich starre in die Kamera.

»Wie immer am Ende der Sendung verkünde ich den Gewinner oder die Gewinnerin. Trommelwirbel.« Natürlich kommt kein Trommelwirbel vom Band. Egal.

»Die meisten Anrufe bekommen hat ...« Ich sehe zum Aufnahmeleiter. Wie üblich hält er jetzt ein Schild hoch, doch heute steht kein Name darauf.

»DIE LEITUNGEN HABEN NICHT FUNKTIONIERT, KEINE ANRUFE, WIR MÜSSEN DIE SENDUNG MORGEN WIEDERHOLEN.«

Sein Blick ist zufrieden, er sieht richtig glücklich aus.

Es gibt Momente im Leben, da wächst man über sich hinaus. Ich werde ganz ruhig. Mein Lächeln ist echt, als ich nach hinten gehe, einen der Turboöfen abstecke, ihn hochhebe und langsam zum Aufnahmeleiter gehe. Die Kamera folgt mir. Der Aufnahmeleiter sieht mich verwirrt an, will etwas sagen. Aber er kommt nicht dazu, da ich ihn in diesem Moment mit dem Turboofen erschlage.

Die Regie

Ich frage mich, was Arnold Fischer sagt, wenn er erfährt, dass die irren Gäste Schauspieler sind? Dass alles geplant war, um ihn reinzulegen?

Es gibt keine Tochter, keinen Vater und keine Verflossene, die Technik funktioniert einwandfrei, sein Outfit ist ein Scherz und der neue Aufnahmeleiter war der Lockvogel. Das alles ist ein Beitrag für »Versteckte Kamera«.

Die beliebte Samstagabend-Show, moderiert von Barbara Schöneberger, die sich als Athletin verkleidet hat. Und wir dachten, das größte Problem wäre, dass er sie erkennen würde.

Die Kamera ist auf die Leiche gerichtet. Das Aufnahmelicht leuchtet. Das ist der erste Mord im Livefernsehen.

Was für Einschaltquoten.

Erwin Riedesser

Schnedel mit Ei

»Die leiseste Aufregung bringt Ihren Großvater um.« Der Oberarzt blickte den jungen Mann ernst und eindringlich an, seine Halbbrille war die Nase hinuntergerutscht. Der strenge Blick über die Gläser hinweg verlieh seinen Worten eine nachdrückliche Wirkung. »Ihr Großvater ist zwar an seinen Rollstuhl gebunden, aber er kann jetzt in seinem neuen Zuhause im Pflegeheim zur Seelenruhe noch eine schöne Zeit verbringen. Ein reizender alter Herr. Er wird sein schönes Haus vermissen, hat er mir gesagt. Aber er ist ein Mensch, der mit seinem Leben eins ist, beinahe ein Buddhist. Er hat eine schwere Phase hinter sich, bei unseren Untersuchungen und Tests hat es aber keine Auffälligkeiten gegeben. Sein schwaches Herz darf halt nicht belastet werden.«

Franz Oberacher war der einzige Erbe und sein Großvater Josef Oberacher war steinreich, aber sehr geizig.

Bevor er in die Klinik eingeliefert werden musste, lebte sein Großvater zu Hause und Franz hatte ihn aufopfernd gepflegt. Josefs schwaches Herz hatte Franz veranlasst, sich zunehmend selbst um seinen Großvater zu kümmern. Die slowakische Pflegerin war ihm zu unzuverlässig, daher überließ er ihr nur mehr den Haushalt. Vor einigen Wochen aber musste er den Großvater in eine Herzklinik geben, weil es ihm sichtbar schlechter gegangen war. Der Arzt hatte ihm dann das Pflegeheim zur Seelenruhe empfohlen, und sie hatten dem alten Oberacher lange und gut zugeredet, bis er schließlich murrend einverstanden gewesen war. Aber die letzten Wochen vor dem Einzug in das durchaus komfortable Heim wollte er zu Hause verbringen.

Dann würde der Großvater umgesiedelt, obwohl er sich über die Kosten furchtbar aufgeregt hatte. »Keine Aufregung!« Das Gesülze vom Buddhisten, der mit seinem Leben eins sei, war eine Lüge der Kategorie römisch Eins. Der Alte war cholerisch und diktatorisch, kurz unausstehlich. Franz Oberacher versprach hoch und heilig, seinen Großvater von allen Aufregungen fernzuhalten und ihn weiterhin aufopfernd zu Hause zu pflegen. Der Alte sollte sich von seiner Villa mit dem großen Park würdig verabschieden können. Der Doktor schmunzelte wohlwollend. Er kannte die Vermögensverhältnisse des alten Oberacher und deutete den Eifer des Enkels auf seine Art.

Josef Oberacher war bis vor kurzem noch der Besitzer der »Oberacher Küche und Service Kette« gewesen, die er, der ehemalige Vertreter für Küchenbedarf, aufgebaut hatte und auf zwanzig Filialen aufstocken konnte. Fleißig, ehrgeizig, gefühlsamputiert. Sein Enkel war der letzte lebende Verwandte, seit seine Familie 2004 bei einem gemeinsamen Urlaub in Thailand dem Tsunami zum Opfer gefallen war. Der Großvater hatte seinen drei Jahre alten Enkel damals einer Pflegemutter übergeben, die sich auch um seinen Haushalt kümmerte, und sich wieder seinem Küchenimperium gewidmet.

Als Josef Oberacher älter wurde, machte er sich Gedanken um sein Lebenswerk. Seinen Enkel hielt er nicht für fähig, die Oberacher'sche Küchenfirma zu übernehmen. Der Patriarch hatte in Ermangelung einer besseren Idee seine Filialkette an Schnedel, den Geschäftsführer des Unternehmens, verkauft. Er war Schnedels Mentor gewesen, der seine Lehre und seinen Aufstieg Josef Oberacher zu verdanken hatte.

Der Verkauf an August Schnedel mündete allerdings in einen jahrelangen Prozess, der zwar mit einem Vergleich endete, aber nicht mit einer Versöhnung der beiden Kontrahenten. Was Oberacher blieb, war Hass. Ein unfassbarer Hass, ungestillt und mit irrationalen Zügen. Und der war wohl vor allem der Grund für seine Herzkrankheit.

Aus den zwanzig Filialen waren inzwischen dreißig geworden und August Schnedel war der neue Star der Küchenszene. Nicht nur das, auch sein Engagement als Moderator der beliebten Fernsehkochsendung »Alle brauchen Schnedel« brachte ihm zusätzliche Kohle, die ihm der alte Oberacher bis aufs Blut nicht gönnte. Er hatte zwar seinem Enkel verboten, den Namen des Feindes zu erwähnen, aber die verhasste Stimme Schnedels in seinem Kopf peinigte ihn trotzdem Tag für Tag. Die Vorstellung von dessen feixendem, feistem Gesicht begleitete ihn durch den sonst ereignislosen Alltag wie eine permanente Folter.

Franz, sein liebevoller Enkel, hatte ihm zu seinem Geburtstag ein neues Smartphone geschenkt, ein besonders großes und teures. Der Begriff Investition war dem Enkerl wohl geläufig. Oberacher junior hat die Funktionen des teuren Smartphones geduldig erklärt, der Senior sich über die lange Einführung geärgert. Er fühlte sich als Trottel hingestellt, aber das Ding taugte ihm schon. Da es einen extragroßen Bildschirm hatte, konnte er Nachrichtensendungen und Filme darauf besser sehen. Und er war, während seiner langen, einsamen Tage im Spital, ein Handysüchtiger geworden. Das wusste Franz natürlich. Bei Süchten kannte er sich aus.

Franz' Freundin war die Literaturstudentin Nina. Eine begabte Egoistin. Nach dem Aufwachen gab es jeden Tag für sie nur zwei Fragen:

Was kann ich heute für mich herausholen? Wer darf mir dabei helfen?

Nicht genug für ein gutes Karma. Sie klammerte sich wie ein Parasit an ihr jeweiliges Wirtstier. Dafür hatte sie einen Riecher. Franz war ihr derzeit favorisiertes fettes Opfer. Als er ihr damals von seinem Großvater erzählt hatte, verknallte sie sich spontan in ihn. Liebe auf den ersten Einblick. Sie hatte sich sofort mit Erbrecht beschäftigt, da sie festgestellt hatte, dass das ihren neuen Freund nicht sehr interessierte. Egal. Er liebte sie und sie liebte seinen Großvater. Im vermögensübertragenen Sinn. Das roch nach dem Beginn einer langen Beziehung. Oder Ehe. Oder was immer. Da war naturgemäß Achtsamkeit angesagt.

Der junge Oberacher stand dem Senior in Sachen Empathielosigkeit in nichts nach. Er mochte seinen Großvater nicht besonders, der war halt der letzte Rest der Familie. Für Franz wäre vieles leichter gewesen, wenn sein Großvater großzügiger gewesen wäre. Derzeit brauchte er Geld für sein Hobby. Kokain in guter Qualität war zwar inzwischen billiger zu haben, aber ohne Geld ist gar nichts billig.

Nina wollte ihre Beute nicht so leicht entwischen lassen. Dazu kannte sie ihren Hemingway zu gut. Dabei hatte der Alte auf dem Meer ihrer Meinung nach nicht vergleichsweise so einen fetten Fisch an der Angel.

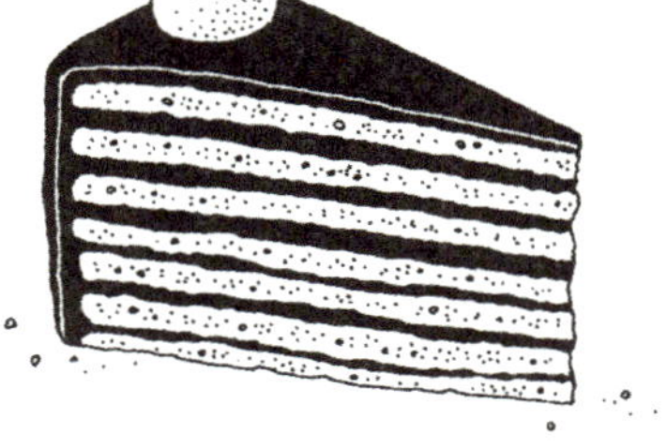

Also bemühte sie sich im Schweiße ihres Angesichtes, den Franz zu behalten. Dazu warf sie ihren Körper in die Schlacht. Sie musste ihrem Ziel mit allen Mitteln zu Leibe rücken.

Zunächst beendete sie kurzfristig aus strategischen Gründen ihr Verhältnis zu Franz.

Ich lieb dich nicht mehr, weinte sie in sein Shirt, auf dem *True Love* stand. Und verschwand aus seinem Leben. Die Aktion war natürlich als Bombe mit emotionalem Zeitzünder angelegt. Einen Monat später war sie wieder da und erklärte ihm, was Sache war, nachdem sie ihr Gesicht wiederum weinend in seinem Shirt vergraben hatte. Auf dem immer noch *True Love* stand und das, da es Franz liebte und nicht wechseln wollte, sehr intensiv roch.

Erstens: Sie wollte die Hochzeit.

Zweitens: Sie konnten nicht Jahrzehnte warten, bis dieser Küchen-Scrooge ihnen sein Geld vererbte. Ein junges Ehepaar hätte halt viel vor. Und sie schilderte ihm eine ganze Menge wunderbarer Pläne, die aber leider nur mit Geld zu realisieren wären. Mit viel Geld.

Er machte ihr ein Schnittlauchbrot.

Einen Monat, das hatte sich Nina so ausgedacht, sollte er in selbstzerfetzender Sehnsucht nach ihr mürbe werden. Sie kannte wohl viele Bücher, aber den Franz kannte sie offensichtlich nicht. Den Monat hatte der mit einem aus finanziellen Gründen erzwungenen Kokainentzug verbracht.

Und schon aus diesem Grund gab er ihr vollkommen recht. Er brauchte Geld. Bei dem Wort Hochzeit hätte er sich allerdings fast verschluckt.

Zu Punkt zwei hatte Nina einen Vorschlag. Ihre Diss trug den Titel »Die Folter bei E.A. Poe«. Sie war alle Torturen durchgegangen und hatte versucht, sie in die Gegenwart und auf den Großvater zu übertragen, aber ergebnislos. Während ihrer Überlegungen läutete ihr Handy, und anstatt es in die Hand zu nehmen, starrte sie es mit den Augen Edgar Allens lange und durchdringend an.

Jaaaaaa, das wars!!!!!!

Nina schilderte Franz ihren Plan. Der hörte ihr aufmerksam zu, lehnte ihre Idee aber ab. Er liebe seinen Großvater, betonte er. Vor seinen Augen erschien ein Luftballon, gefüllt mit wunderbarem Döblinger Koks in bester Qualität. Der Plan war zweifellos genial. Das behielt er aber lieber für sich.

Die Vögel zwitscherten lauter als sonst, die Sonne wärmte wärmer als sonst, und es grünten die Bäume und Sträucher im Park grüner als grün. Franz schob seinen Großvater in den Park. Er hatte ihn im Rollstuhl fixiert, damit er nicht herausfallen konnte. Eine Fixierung, die nur er an der Rückseite des Rollstuhls wieder lösen konnte. Wenn er wollte. Vor sich hatte der Alte sein neues Handy in einer Vorrichtung, die er nicht selbst erreichen konnte und die Franz ebenfalls fixiert hatte, damit dem Großvater das Smartphone nicht unentwegt zu Boden fiel, konnte er doch nicht aus dem Rollstuhl steigen, um es sich zu holen. Franz ließ den Alten in der Sonne allein stehen und rauchte in Sichtweite eine Zigarette. Josef Oberacher sah sich die Millionenshow an und amüsierte sich über den Moderator. Den fand er ziemlich intelligent, obwohl er die richtigen Antworten auf seinem Computer stehen hatte, jede Frage bedeutungsvoll stellte und dabei grinsend seine weißen Zähne zeigte.

Plötzlich erschien auf dem Smartphone des Alten das feiste, gerötete Gesicht von August Schnedel. Der grinste, flankiert von seinen Assistentinnen, in die Kamera und in die aufgerissenen Augen von Großvater Oberacher. Unruhe bemächtigte sich des alten Mannes.

Er bäumte sich auf und versuchte, sich aus seiner Fixierung zu befreien. Aber selbst wenn er die Augen schloss, konnte er sich der guten Laune seines Todfeindes nicht entziehen.

Meine Damen und Herren, vor Ihnen steht August Schnedel, stolzer Besitzer von dreißig Küchenzentren in ganz Österreich. Als kleiner Vertreter für Küchenbedarf habe ich begonnen und im Schweiße meines Angesichts ist es mir ganz alleine gelungen, dieses fantastische Küchenimperium aufzubauen. Glauben Sie mir, es war kein Honiglecken, das alles für Sie aus dem Hut zu zaubern und mit eigener Kraft auf die Beine zu stellen. Darauf bin ich stolz und freue mich heute mit Ihnen in unserer Sendung »Alle brauchen Schnedel« ein ganz spezielles Gericht zuzubereiten. Hirn mit Ei, Sie zögern? Tun Sie das nicht, es handelt sich um eine völlig zu Unrecht geschmähte Köstlichkeit. Das Hirn, faszinierend mit seiner Unmenge an Gehirnzellen, und glauben Sie mir, es schmeckt köstlich.

Der Enkel war nicht zu sehen. Oberacher brüllte seinen Namen, nachdem er sich zumindest aus der Erstarrung befreit hatte.

Wie meine Großmutter schon sagte. Hast du kein Hirn, dann iss eines. Hahaha.

Was haben da Jasmin und Jaqueline, meine Assistentinnen, in ihren Händen? Jede die Hälfte eines wohlproportionierten Hirnes. Sehr schön strukturiert. Beide Hälften ergeben ein Ganzes. Natürlich genügt ein Hirn für ein ordentliches Essen nicht. Da braucht es schon noch zwei weitere. Die haben wir vorher ins Wasserbad gelegt, damit das Blut abgeht. Wir brauchen zur Zubereitung außerdem Zwiebel, Eier, Salz und Pfeffer. Den Zwiebel tun wir feinwürflig schneiden. Jaqueline, da bist jetzt du an der Reihe. Jasmin, bitte die Eier vorbereiten. Pro Hirn übrigens nicht mehr als drei Eier, sonst können Sie gleich eine hirnlose Eierspeise machen. Aber im Ernst: Sie schmecken die Hirnsubstanz sonst nicht. Und wer zerhackt das Hirn?

Aus dem Mund des Alten kam ein blubberndes Röcheln, seine Augen waren weit aufgerissen, der Speichel rann ihm links und rechts in den Kragen, zwischen seinen Beinen entstand ein feuchter Fleck, der sich langsam vergrößerte.

Ja genau, der Meister selber. Aber davor noch das Hirn fein häuten und alles Überflüssige wegschneiden. Nun ist das Hirn durchgehackt, eine milchigweiße Masse. Zuerst Fett in die Pfanne, dann Zwiebel glasig anbraten, nicht zu wenig, nicht zu viel, genug, um sich zum Hirn kuscheln zu können. Jetzt fügen wir das köstliche Hirn bei, das träufle ich weich und geschmeidig in die Pfanne. Nicht zu heiß werden lassen, sonst verzischt uns das Hirn ins Weltenall. Jasmin gibt das Salz dazu. Jetzt, wo das Hirn gestockt ist, kommt Jaqueline und fügt die Eier dazu. Nicht zu viel, weil das Hirn im Vordergrund bleiben soll, nicht so wie im wirklichen Leben. Hahaha. Jaqueline, bitte die aufgeschlagenen Eier hinzufügen. Umrühren tut der Meister, und jetzt haben wir eine feine Speise, damit sich unsere geistige Potenz wieder aufrichten kann. Hahaha.

Wieder einmal verabschieden wir uns alle drei und wünschen Ihnen guten Appetit mit unserer Götterspeise, hahaha, und würden uns freuen, wenn wir Sie bald wieder zu Gast hätten bei »Alle brauchen Schnedel«.

Den Kochvortrag hatte Franz als Endlosschleife installiert. Aber das wäre gar nicht notwendig gewesen. Der Großvater war noch vor dem Ende der Kochsendung des August Schnedel gestorben. Josef Oberachers Überreste hingen wie ein stinkender Kartoffelsack im Rollstuhl.

Franz nahm das Handy und den Großvater aus der Fixierung. Er überzeugte sich, dass der Alte das Zeitliche gesegnet hatte, blickte angewidert in das feiste Grinsen von Schnedel, schnitt ihm das Wort ab und rief gleich mit dem neuen Handy die Rettung an.

Dann rief er seine Nina an und teilte ihr mit, dass er seinen Opa liebte, ihren Mordplan für eine gemeine Idee hielt und ihre Hochzeitspläne für reichlich überzogen. Ihre Mordpläne hätte er aber vorsichtshalber auf seinem Smartphone gespeichert und wünschte ihr für die

Zukunft das Allerbeste. Er trennte mit dem Zeigefinger die Verbindung. Die laute, sehr hohe Stimme Ninas, die ihn mit ausgesprochen ordinären Worten bedachte, blieb in der Luft hängen wie gerade eben Schnedels penetrantes Organ.

Immer lauter tönte die Rettung und Franz Oberacher bemühte sich um eine angemessen verzweifelte Trauerperformance. Die war notwendig, um das Grinsen von einem Ohr zum anderen wegzukriegen.

Die Szene kam ihm jetzt vor wie der Abspann eines tragikomischen Filmes, untermalt von der Stimme Hannes Waders: »Ich kam von Frankfurt nach Berlin, drei Koffer voll mit Kokain …«

Eva Rossmann

Ums Eck

Das gute Zischen. Wenn der Fisch auf das Öl trifft, bei der richtigen Temperatur. Damit die Hautseite kross wird, bevor das Fleisch durchgaren kann. Der winzige Spritzer auf der Haut, keine Verletzung, ein Kontakt. Zwischen ihr und dem, was entsteht.

Caro wischt den Handrücken an der Schütze ab, ohne es auch nur zu merken. Sechs Flammen, sieben Töpfe und Pfannen, sie hat die Kontrolle. Es sind Momente wie diese, für die sie alles andere vergisst. Da der Safran-Hühnerfond, dort die Fregola mit luftgetrockneten Tomaten. Sie schwenkt die Lammleber und die feinen grünen Spargelspitzen, würzt mit ihrer ganz speziellen Kräutermischung, sie gibt die hauchdünnen Nudeln ins Wasser, eine Minute, dann kommen sie in den Fond, dann hinaus, die Suppe geht zu Tisch 4, gemeinsam mit dem Salat aus fermentiertem Kohlrabi, Jungknoblauch, Chilisardellen.

Ein rascher Blick auf ihre Praktikantin. Mira frittiert Selleriestroh. Sie kriegt das hin.

Nicht vergessen, dass die beiden auf Tisch 2 eine Tomatenallergie haben. Egal, ob es die gibt. Kein Stückchen Paradeiser wird sich ihnen auf zwei Meter nähern. Sie teilen sich alles. Sie sind etwas anstrengend. Sie sind Stammgäste.

Lucas sieht wieder mal besorgt aus. Normalzustand. Andere wären in seinem Alter in Pension, sie hat Glück. Die treuste Seele, die es gibt. Mit dem Wissen eines alten Oberkellners. Sie hat sehr viel Glück, denkt sie und ruft: »Raus mit dem Selleriestroh! Abtropfen!«

Lucas sieht sie zweifelnd an. Hat sie etwas vergessen? Die jungen Kartoffeln mit Estragon zum Lamm. Nein. Mira hat sie nachgebracht.

»Was ist?«

»Der einzelne Gast auf Tisch 5. Testesser. Von DEM Führer.« Sein Gesicht in hundert Falten.

»Er kriegt zu essen, keine Sorge!«

»Es ist DER Tester.«

»Wer? Der?« Sie hat keine Zeit für solche Dialoge. Beinahe hätte sie die Nudeln zu spät in den Fond gegeben. »Suppenteller raus«, sagt sie zu Mira. Die funktioniert. Unterteller, Teller aus dem Tellerwärmer.

»David Steiner. Er hat schon einmal versucht, dich zu vernichten.«

Sie lacht.

»Er hat dein Leben fast zerstört!«

»Unsinn, es war das Beste, was mir passieren konnte.« Jetzt hat sie ihr eigenes Lokal: »Ums Eck«. Sie kocht, was ihr gefällt. Und es gefällt auch den Gästen. Sie sollte rausgehen und ihm persönlich dafür danken. »Hier bin ich glücklich«, sagt sie.

»Ich habe das Interview gelesen. Aber: wirst du auch glücklich bleiben?«

Sie braucht keine Führer mehr, allein wie das klingt: Führer! »Was hat er bestellt?«

Draga reißt die Spülmaschine auf, ein Schwall heißer Dampf, Mira ist nähergekommen und zuckt zurück.

»Durch ihn hat sie beide Sterne verloren«, sagt Lucas zur Praktikantin. Ihr Lucas, der Wert darauf legt, dass man seinen Namen französisch ausspricht. Und mit »c« schreibt. Obwohl sie weiß, dass es in seinem Personalausweis anders steht. Lucas, der mit über sechzig mit ihr das »Tempel« verlassen, mit ihr neu angefangen hat.

Caro schweigt. Früher hätte sie gebrüllt. Hier wird gekocht, nicht geschwatzt. Da ist es anders. Ist sie anders. Zumindest etwas. Was will der Tester hier? Unrecht wiedergutmachen? Unrecht. Das war es. Die Investoren haben sie aus dem »Tempel« geekelt. Sie klatscht in die Hände. »Weitertun!« Nie wäre sie ohne ihn da hingekommen, wo sie heute ist.

Jetzt runzelt auch Mira die Stirn. »Kann ich was helfen?«

»Ja. So wie immer.«

»Ich kenne die Geschichte.«

»Schnee von vorgestern.« Es war hart. Aber jetzt macht sie, was ihr wirklich gefällt: spontan, echt, ehrlich, für wenige Menschen das kochen, was ihr gerade in den Sinn kommt. Das lässt sie sich nicht zerstören. Die monströse Dunstabzugshaube brummt, sie röhrt, sie ist in die Jahre gekommen, hier drin ist das wenigste neu und niemand ist mehr jung. Geschepper. Draga, die wieder mal den Haken für die Sauteuse verfehlt hat. Um ein Haar wäre das Teil in den großen Topf mit der Wildschweinsuppe gefallen. Caro fasst mit der einen Hand den Bestellbon, mit der anderen zieht sie die Lammleber vom Feuer. Wenn die durch ist, hat sie versagt. Die Leute auf Tisch 1 sind fordernd, sie sollen das Beste kriegen. Sie sind Fans, gerade weil sie sich auskennen.

Sie liest: Tartar à la Vietnam von der heimischen Lachsforelle, weißes Welsfilet auf Tomat … – Der Fisch! So schnell kann es gehen und die Verbindung reißt, zwischen ihr und dem da in der Pfanne, sie hätte beinahe auf ihn vergessen, ihren Liebling. Die Küche, sie duldet keine Ablenkung, das bleibt, das bleibt immer, sie schiebt die Pfanne in den Salamander, so weit wie möglich weg von den rotglühenden Heizstäben.

»Fischteller«, befiehlt sie, probiert den Couscous. Auf dem Punkt. Es fehlt … etwas Salz? Zehntelsekunde der Verunsicherung. Sie fängt sich wieder, nicht zögern, ein paar Tropfen besonderes Olivenöl, im Zweifelsfall die beste Würze.

»Er hat geschrieben, dass sie alles nur geklaut hat, dass sie fantasielos ist, dass sie nicht abschmecken kann, alles Holzhammer oder so«, flüstert Lucas der Praktikantin zu.

Caro holt Luft. Und bläst sie wieder aus. Das Wildschweinragout in den tiefen Teller. »Das Stroh«, blafft sie. Die Kräuter, die … Ich muss ihm dankbar sein, denkt sie. Nicht, weil er die Wahrheit geschrieben hat, sondern weil ich sonst nie aus dem Wahnsinn rausgekommen wäre. Jetzt habe ich meinen eigenen Wahnsinn, meinen ganz eigenen. Sie grinst.

Mira und Lucas mit offenem Mund. Nein, sie ist nicht verrückt geworden. Noch nicht.

»Weiter!«, sagt sie und Mira dekoriert das Ragout mit den hauchdünnen Selleriestreifchen. »Tartar, weißer Wels, Dessert Surprise, wir machen es wie immer!«

Lucas packt die Teller. Seine Gestalt: aufrecht, elegant. Einem echten Oberkellner sieht man nichts an. Keine Erschütterung. Er hat nicht einmal gehinkt, nachdem ihm Brandy die Fleischgabel in die Wade gerammt hat. Damals im Küchen- und Sternedelirium. Am nächsten Tag hatte der irre Saucier ein blaues Auge. Wochenlang wollte er nicht sitzen. Niemand hat nachgefragt.

»Es geht bergauf! Du hast dir längst wieder einen Stern verdient!«, sagt Lucas im Abgang.

Die Foodbloggerin. Diese Influencerin, die angeblich hunderttausende Follower hat, sie soll auch noch kommen. Ausgerechnet. – Ausgerechnet? Egal. Ich habe einen einzigen Fehler gemacht: nicht öffentlich gesagt, dass ich auf Bewertungen pfeife, denkt sie.

»Das Interview war gut«, sagt die Praktikantin. »Dein Weg ist der richtige. Und dass du dich sogar bei ihm bedankt hast – sitzt er wirklich draußen?«

Caro nickt. Klar. Im Zivilberuf ist Mira Journalistin.

Sie hackt das marinierte Lachsforellenfilet doch lieber selbst. Die vorbereiteten Gewürze dazu. Sie überlegt. Eine Prise von … ja. Ja. Im Ring anrichten. Ein kühner Strich Balsardo. Blättchen vom vietnamesischen Koriander. Ein einzelner perfekter blauer Kartoffelchip. So wie es jeder kriegt. Basta.

Draga sagt, sie muss aufs Klo. »Warum nicht vorher?«, knurrt Caro.

»Da war ich auch, ich kann doch nichts dafür, oder?«

Lucas. Warum hat er ihm die Vorspeise nicht gebracht? Warum steht er mit dem Teller in der Küche? Steifer denn je?

»Er hat das zurückgeschickt«, sagt ihr Kellner. Und genau in diesem Moment ist es, als würden Dunstabzugshaube, Geschirrspüler, als würde das gesamte Küchenkonzert innehalten. Generalpause. Ganz laut ist es zu hören. »Grauenvoll.«

»Was? Was hat er sonst gesagt?«

»Nichts, nur das. Er hat bloß einen Bissen genommen. Soll ich ihn rauswerfen?«

Caro starrt auf den Teller. »Unsinn! Er ist ein Gast wie jeder andere! Und er wird zahlen! – Mira, was ist mit den Nougatpofesen für Tisch 6? Du weißt, dass das hier Arbeit ist!«

Sie stellt den Teller hinter sich. Er hat ins Tartar gemantscht. Aber nichts gegessen, so gut wie nichts. Ein rascher Blick. Lucas ist verschwunden, Mira schwitzt über der Pfanne mit den Pofesen. Sie kostet. Grauenvoll? Die Konsistenz ist perfekt. Nichts auszusetzen. Vietnamesisch ist würzig. Anders. Sie kostet noch einmal. Was will der Typ? Egal.

Die Pofesen. Sie riecht, dass sie gleich anbrennen. Man muss so etwas spüren, bevor es passiert. Ein rascher Griff. »Shit!«, ruft Mira.

Wird Zeit, sich eine echte Küchenkraft zu leisten. Auch wenn das mit den Praktikumsplätzen eine gute Idee war. Nicht nur wegen des Personalmangels. Man darf mitarbeiten, lernen, erlebt alles hautnah – und muss nicht einmal dafür zahlen. Diese Mira ist eine von den Guten. Sie hatte auch schon andere. Aber sie ist kein Profi.

Weitertun. Spinat mit Ingwer und Koriander. Sie greift nach unten, zum Hold-O-Mat, die Lammschulter, die seit in der Früh im Niedertemperaturgerät zieht. Nach oben mit dem schweren Blech. Ihr wird schwindlig, da muss man durch, sie hat gelernt, was das Wichtigste ist: zäh und hitzebeständig zu sein, gerade als Frau. Riecht richtig, ist zart, fast etwas zu weich, die Leute mögen das. Passt schon. Konzentration.

Der Wels, es ist das schönste, das dickste Mittelstück. Zufall. Er hat ihn nicht verdient. Er kriegt ihn, weil ihn jeder kriegen würde. Sie kostet noch einmal von dem Tartar. Wirklich, in Ordnung. Sie kippt es in den Biomüll.

Die Bloggerin ist da. Sie steht plötzlich in der Küche. Zuallererst sieht Caro die rosa Sneakers mit den enormen Plateausohlen. Dann schon das Handy. Sie hält es vor sich. Filmt sie?

»Das geht jetzt nicht.«

Keine Reaktion.

Vakuum im Hirn. Für eine Sekunde. Dann fängt sich Caro. Durchatmen. Tief. Und so, dass es niemand sieht. Der Wels für Tisch 5. Drei davon hat sie heute schon rausgeschickt, Übungsstücke, das ist das Meisterwerk.

Es geht nicht darum, für wen sie kocht, es geht darum, es gut zu machen. Zwei frittierte Kirschparadeiser, mit einer Pinzette zieht sie die Haut hoch. Knusprige Fahne. Ein paar Tropfen der ganz besonderen Essenz. Ich bin es, die gewinnt!

»Und das ist …?«, fragt die Bloggerin und dreht sich blitzschnell so, dass ihr Gesicht für einen Moment jenes von Caro streift. Sie kann ihren Lippenstift riechen, Jojoba und Sandelholz. Ihr wird flau, sie konzentriert sich auf das Handy in der weit weggestreckten Hand.

Caro lächelt. »Weißer Wels. Ich zeige Ihnen noch was!«

Die Bloggerin tanzt neben ihr her, tanzt aus der Küche.

»Ich habe Tisch 3 vorbereitet. Platz nehmen. Bitte.« Sie zwingt sich, nicht zu Tisch 5 zu sehen. Die Lokalrunde wird sie später drehen. Und an jedem Tisch fragen, wie es geschmeckt hat.

Zurück in die Küche. Lucas sieht nach Schlaganfall aus. Caro wird eiskalt, für einen Moment, aber jetzt geht es nicht um sie. »Was …«

Der Blick ihres Oberkellners. Der Teller. »Strohig, der Wels, nicht zu essen«, flüstert er. »Soll ich …«

Sie will hinaus und entscheidet sich dagegen. Schwarze Punkte, Sternchen vor den Augen. Sterne. Sie will keinen Stern mehr. Alles, was sie will, ist kochen.

»Der hat es auf dich abgesehen!«

Sie holt Luft. Es ist, als wäre ihre Lunge perforiert. Man muss da durch. Nie wird mich so einer mehr stören. Nie mehr. Nicht so ein aufgeblasener Tester, der selbst nichts kann und schmeckt.

»Warum verfolgt er dich?«, fragt Mira.

»Uninteressant«, sagt Caro. Es klingt schwach, zu schwach. Weitertun. Keine Ahnung, denkt sie. Weil ich eine Frau bin? Weil irgendwer irgendwas gesagt hat? Weil die Branche eben ist, wie sie ist?

»Alles okay?« Miras Stimme. Von weit weg.

Natürlich. Bald ist es vorbei. Sie wird draußen sitzen und einen Schluck Rosé trinken, dann, wenn niemand mehr da ist.

Sie macht weiter. Und heimlich, als ob sie sonst ein Versagen, eine Schuld eingestehen würde, kostet sie zwischendurch. Das Fischfleisch ist glasig, auch jetzt noch, saftig. Mit dem richtigen Hauch Pfeffer und Zitrone. Das Bittere, es kommt nicht vom Teller, es kommt aus ihr. Der Stress, er schlägt sich auf den Magen.

Zweimal Lammschulter, nur mit Kartoffeln. Die Bloggerin. Amuse-Gueule: das kleine Trüffelei. Wachtel, passt. Spinatwachtel hat man früher zu so einer gesagt. Sie kann sich nicht an ihr Gesicht erinnern, nur an die Schuhe.

Das Dessert. Mira soll es machen. »Wie immer«, sagt Caro. »Kardamom-Schokomousse, geflämmter Eischnee, Himbeergelee.«

Die Praktikantin schwitzt. Sie sollte ein paar Kilo abnehmen, denkt Caro und lehnt sich an die Arbeitsfläche aus Edelstahl. Sie blitzt, sie strahlt, beinahe höhnisch. Keiner kann ihr an, Edelstahlflächen schon gar nicht. Sie hat schon ganz anderes ausgehalten. Hitzebeständig und zäh, das zählt vor allem anderen. Warum ist ihr so kalt?

Mira hat die frische Apfelminze vergessen, Caro zerzupft ein Blatt über der goldgelben Haube aus fluffigem Nichts.

»Sorry«, schnauft die Praktikantin.

Caro lächelt. »Es muss dir nichts leidtun.« Zum Finale, ein Pinselstrich vom Allerfeinsten. Und hinaus. Lucas streckt sich. Wird groß, immer größer, stocksteif. Sie hat Angst, dass er bricht.

Und weiter. Der Wildschweinfond, man muss ihn abseihen. Die beiden auf Tisch 2, sie wollen sich nun doch noch eine Lammleber teilen. Draga soll heurige Erdäpfel putzen. Nicht schälen, bloß schrubben. Caro atmet mit offenem Mund. Man darf nicht auf die Bloggerin vergessen, was ist eigentlich der Unterschied zwischen Bloggerin und Influencerin? Die Anzahl der Follower? Wer folgt ihr? Bocuse ist im Hochwasser auf einem Stand-up-Board gepaddelt, er war über achtzig. Das Dessert kommt nicht zurück. Wie konnte er wissen, dass es Mira gemacht hat? Wer hat geredet? Sie verraten? Niemand, niemand, da ist niemand. Nur der treue Lucas. Sie klingelt, er kommt nicht. Sie will nicht hinaus. Wegen der Influbloggerin. Sie drückt ein paarmal auf die Klingel.

»Er ist weg«, sagt Lucas, als er im Gang zur Küche auftaucht.

»Hat er gezahlt?«

»Ihm war nicht gut. Die bringt mich noch um, hat er gesagt. Dann ist er hinaus. Die Frau mit dem Handy …«

Egal, soll sie filmen.

»Er hat was von einem Nachspiel gesagt, oder einem Nachschlag, ich war mir nicht sicher, aber er hat nichts …«

Er ist weg. Gut. Das ist sehr gut. Caro holt tief Luft.

»Die geteilte Lammleber. Zu den Paradeiserfreien. Auf Tisch 2.«

Der große Topf mit dem Wildschweinfond. Früher hat sie so einen Topf ohne Probleme getragen. Fünfundzwanzig Liter Fassungsvermögen. Fassung bewahren. Nur Mira, die schaut fassungslos. Dann löst sich ihr Gesicht auf, ist in die Suppe gefallen, wie die Küche, wie alles, alles. Aufgelöst, ausgelöst, Sterne und dann schwarz.

Mira sitzt mit Lucas auf Tisch 1. Helles Holz, blank wie die anderen. Draga hat geputzt, als könnte das Böse weg. Vor ihnen die Zeitung. Lucas, ein alter Mann. Gebeugt. Vorgestern war Begräbnis.

»*Das Duell*«, liest Mira. Sie hat es schon einige Male gelesen. Der Text, viele Texte wie dieser sind in sie gefallen und nicht angekommen. Nichts, was verstanden werden kann.

»*Die Spitzenköchin Caro W. wollte sich an David St. rächen, der sie aus dem Sterne-Tempel vertrieben hatte. … laut den Ermittlungsbehörden konnten im Bio-Abfall Rückstände von Aconitin, dem Toxin des Blauen Eisenhutes, sichergestellt werden … erstes Statement des anerkannten Gourmet-Testers … er dankt seinem feinen Gaumen, seinem Cuisine-Instinkt … nur überlebt, weil er alles zurückgeschickt hat … wollte ihr eine zweite Chance geben … die Küchenhilfe Draga G. bestätigte, dass die hochdekorierte Köchin in der Hitze des Gefechts selbst vom vergifteten Fisch gekostet …*«

Friede ihrer Asche, fällt Mira ein. Nichts, was sie Lucas sagen könnte. Von Trost keine Spur.

»Warum lebt er und sie ist tot?« Sie hat laut gedacht.

»Wenn etwas zurückgeschickt wird, hat sie gekostet. Immer. Er hatte keinen feinen Gaumen«, antwortet Lucas. »Dabei war er vom Fach. Müssen sie sein, bei diesem Gourmetführer.«

»Die Fakten ...« Es klingt falsch.

»*Man sieht sich immer zweimal*«, hat ein Gourmetmagazin getitelt. »*Rache wird kalt serviert*« ein anderes. Sie haben einander übertroffen. Mira. Sie hat nichts geschrieben. Nichts als Stehsätze im Kopf.

»Was war damals, im ›Tempel‹?«, fragt sie Lucas und kriegt keine gute Antwort. Man weiß es nicht. Ungerecht war es, eine Hinrichtung. Noch mieser, dass sich der Betreiber, dass sich seine Investoren gegen sie gewandt haben. Caro. Die erste Frau, die in den Kocholymp aufgestiegen wäre. Wer hat profitiert? Solche Fragen muss man sich stellen. Aber: niemand hat daraus was gewonnen. Das »Tempel« musste ein Jahr später schließen. Knapp am Konkurs vorbei. Und jetzt? Die Bloggerin. Sie hat zehntausende Follower mehr. Sogar im Fernsehen war ihr Video, wie der Tester vom Arzt gestützt wird, wie er mit ihm wegfährt.

»Sie war glücklich hier«, sagt Lucas.

Man sieht sich immer nur zweimal. Rache wird kalt serviert. Oder andersrum. – Andersrum?

David Steiners Biografie. Keine Kochlehre, sondern höhere Tourismusschule. Praktikum in den USA, Culinary Academy. Praktika in Frankreich, in Spanien. Die Eltern müssen Geld haben. Oder gehabt haben. Ein eigenes Lokal mit knapp über zwanzig. Und dann: biografische Lücke. Zwei Jahre bis zum Einstieg beim Gourmetführer. Mira sitzt vor ihrem Laptop, starrt auf die Dächer von Wien. Sie ist eine gute Köchin, aber das kann sie besser: recherchieren. Da war ein Wettbewerb. Next Chef of the Year. Die Jury: Chefs of the Year. Unter ihnen Caro Kaiser. Man sieht sich manchmal dreimal. Warum hat sie nichts davon gesagt? Manninger. Er war auch in der Jury. Den kennt Mira gut.

»Eine Tragödie«, sagt er. Mira ist raus zu ihm aufs Land und hatte Glück. Er ist über siebzig, kocht nur mehr on demand. Wenn er Lust hat und die richtigen Leute fragen.

»Caro war sehr direkt. Sie war härter als die Härtesten von uns, damals. Wie er geheißen hat? Zu lange her. Sicher zwanzig Jahre. Sie hat ihn zur Sau gemacht. Sie hat Leute mit Flausen gehasst. Und solche, die sich nicht alles hart erarbeiten mussten. David Steiner? Gut möglich. Er hat geglaubt, er gewinnt. Seine Eltern hatten ihm das Messer angesetzt. Entweder du beweist, dass du top bist, oder die Unterstützung ist weg.«

»Sie hat verhindert, dass er gewinnt?«

»Nein. Er war nicht besonders talentiert. Nicht gut genug. Caro hat es bloß ausgesprochen.«

»Und danach?«

»Es gibt viele, die bei Wettbewerben antreten. Die wenigsten gewinnen. Ich wusste nicht, dass er Tester geworden ist.«

»Er war nie bei dir?«

»Keine Ahnung.«

»Auch Caro hat ihn vergessen.«

»Er war unwichtig. Sie war fokussiert. Da waren viele Jahre dazwischen.«

Rache wird kalt serviert. »Warum stirbt sie? Und er lebt? Ein Arzt hat ihn abgeholt. Vielleicht gab es ein Gegengift …«

»Er stammt aus einer Ärztefamilie, dieser Loser, dieser Steiner, daran erinnere ich mich. Sie hat gesagt, wenn du jemand vergiftest, dann kannst du wenigstens nach deinem Papa rufen.«

Das Auto, das ihn abgeholt hat. Im Fernsehen ist die Nummerntafel verpixelt. Auf Social Media nicht.

»Total tragisch«, sagt Dr. Lohberger. »Es sollte bloß ein Scherz sein.«

»Ein Scherz?«

»Er wollte ihr eins auswischen. Er hat gesagt, die verhöhnt mich. Die gibt ein Interview und bedankt sich, dass ich ihr die Sterne weggenommen habe.«

»Sie haben mitgespielt?«, fragt Mira. Sie sitzt ihm gegenüber. Er im weißen Mantel, ein Notfall, hat sie gesagt.

»Ultimative Eskalation. Tut mir leid, Patienten warten …«

»Der Plan. Was war sein Plan?«

Der Arzt sieht Mira an. »Es war nicht sein Gaumen, es war pures Glück. Er wollte alles zurückschicken, so tun, als würde ihm übel, ich habe schon gewartet, dann sind wir gefahren.«

»Die Influencerin …«

»… bekam einen kleinen Hinweis. Ich bin nicht stolz darauf, mitgetan zu haben. Sein Bruder hat mir einmal sehr geholfen. Wer konnte wissen …«

»Ihm war nicht einmal übel.«

»Er hat nichts gegessen.«

»Jeweils zumindest einen Bissen.«

»Vielleicht hat er ihn ausgespuckt.«

»Warum hätte er sollen? Er wusste nichts vom Gift.« Andersrum, alles ist andersrum, spukt es wieder durch Miras Kopf. Wenn etwas zurückgeschickt wird, hat sie gekostet. Warum hat sie nicht aufgepasst? Draga hat es gesehen. Er hatte keinen feinen Gaumen, er war vom Fach.

Der Arzt starrt sie an. Hat sie laut gedacht? Kann er Gedanken lesen?

»Er ... hat keinen besonders feinen Gaumen, oder?«, fragt Mira.

»Er hat viel Erfahrung.«

Mira nickt. »Es war ihm klar, dass sie kosten würde, wenn er ihre Gerichte zurückschickt.«

»Es ... damit will ich nichts zu tun haben.« Der Arzt steht auf.

»Sie können nicht ...«

»Eben. Kommen Sie.«

Die Aconitin-Essenz. Was für ein Glück, dass David Steiner das Fläschchen unter die Baumwurzel geschoben hat. Nachdem er den Arzt gebeten hatte, zu halten. Weil er dringend pinkeln muss. »Damit will ich nichts zu tun haben«, hat Dr. Lohberger noch ein paar Mal wiederholt. Was für ein Glück, dass er aufgepasst hat. Dass sie den Baum gefunden haben. Was alles ein Glück ist. Es macht Caro nicht mehr lebendig.

»Mahlzeit«, sagt Mira und hält ihm das Fläschchen hin. Manninger nickt. Es war seine Idee, den Tester bei der Arbeit abzupassen. Am schön gedeckten Tisch, während in der Küche die Gerüchte brodeln: Der da draußen, er könnte ein Testesser sein, einer vom Führer. Weitertun! Das Beste geben, das Allerbeste!

»Sie hat mein Leben zerstört«, schreit er. »Sie hat sich nicht einmal an mich erinnert!«

Der Chef, er kommt aus der Küche, schwarze Kochjacke, Tattoo am Unterarm, er hat ein langes Messer dabei. Die Gäste. Sie ducken sich.

Der alte Oberkellner. Das hier ist seine Bühne, war es immer. Er sieht auf ihn herunter, den Mann, dem beinahe ein perfekter Mord gelungen wäre. Wenn er sich damit zufriedengegeben hätte, Caro Kaiser mit ihrem eigenen delikaten Menü zu vergiften. Aber er wollte sie vernichten. Über den Tod hinaus. Lucas ist es auch, der Recht spricht: »Er ist nicht besonders talentiert.«

Rotraut Schöberl

Meereslust am Waldesrand

Maximilian Mayer, besser bekannt als MM, war ein Mann von exquisitem Geschmack, stattlicher Figur und unübertroffener Kochkunst. Mit seinen drei vielfach prämierten Restaurants und seiner Leidenschaft für die Jagd in entlegenen Winkeln der Welt hatte er sich einen Namen gemacht, der in Gourmetkreisen mit Ehrfurcht ausgesprochen wurde. Doch so gerne er auch Interviews gab, über manche Themen durfte man mit ihm nicht sprechen. Hinter der glänzenden Fassade verbarg sich ein Geheimnis: Zweimal im Jahr zog MM sich in sein abgelegenes Landschloss zurück, ein umgebautes Bauernhaus vor den Toren der Großstadt, umgeben von einem parkähnlichen Garten. Dort, in seiner großzügigen, hochtechnisierten Küche, verarbeitete er unter strengster Geheimhaltung geschützte Tierarten, die auf der Roten Liste des WWF standen. Niemand wusste, wie er an diese Tiere – jedes Mal andere aus immer wieder anderen Gegenden unserer Erde – herankam. Für zwölf auserwählte Gäste zauberte er dann daraus ein extravagantes Menü, das ihren Gaumen verzückte. Auch die dazu kredenzten Weine waren ausgesprochen exquisit. Die Liste der Anwärter war lang, da die meisten Teilnehmer, wenn sie einmal in diesen außergewöhnlichen Genuss gekommen waren, sich immer wieder auf die Warteliste setzen ließen.

Diesmal hatte Maximilian Mayer ein zwölfgängiges Festmahl unter dem Titel *Meereslust am Waldesrand* angekündigt. Die Gäste, die bereit waren, ein Vermögen dafür zu zahlen, wussten um die strenge Geheimhaltung und absolute Schweigepflicht. Sie genossen das exklusive Erlebnis, ohne zu hinterfragen, woher die ungewöhnlichen Zutaten stammten.

Erst beim Aperitif im Salon erfuhren die acht Männer und vier Frauen das gesamte Menü. Diesmal drehte sich alles um den Vaquita, auch bekannt als Kalifornischer Schweinswal, Hafenschweinswal oder Golftümmler – eine äußerst bedrohte Tierart. Wie immer zelebrierte MM die Details der Speisenfolge in besonderer Ausführlichkeit und wies auch nachdrücklich auf die Rarität der auf ihrer Menükarte stehenden Tiere hin. Ein Zwischengang bestand aus den Beinen des asiatischen Tigerfroschs und als besondere Überraschung werde er auch Tatar vom Fugu, dem japanischen Drachenfisch, servieren lassen. Hier entfuhr einigen Gästen ein erschrockenes »Ooooh«, das MM schmunzeln ließ. »Ihr müsst wissen, es gibt eine alte japanische Redensart, die lautet ›Fugu wa kuitashi, inochi wa oshishi‹, was so viel bedeutet wie ›Ich möchte Fugu essen, hänge aber an meinem Leben‹. Deshalb«, er lachte laut auf, »habe ich vergangenes Jahr bei meinem Aufenthalt in Japan in der dafür berühmten Stadt Shimonoseki vorsichtshalber die Zubereitung von einem altgedienten Fugu-Meister erlernt.« Das ergriffene Schweigen war nahezu hörbar. Nach dem Abschluss seiner Rede schlenderte

MM von Gast zu Gast, um nach kurzem Smalltalk in Richtung Küche zu entschwinden. Drei hübsche junge Frauen, die aussahen, als wären sie für ein Casting von *Germany's Next Topmodel* angetreten, kümmerten sich äußerst aufmerksam um das Nachfüllen der Gläser. Der Stundenlohn für das Servicepersonal war überragend, man durfte nur ein einziges Mal dabei sein und musste im Vorhinein eine Verschwiegenheitsklausel bei MMs Anwalt unterschreiben. Die Strafandrohung im Vertrag war wirkungsvoll, bisher hatte noch niemand etwas über diese Abende ausgeplaudert.

Luca Salvator, der »missratene« Sohn – so stellte ihn sein Vater jedenfalls manchmal launig vor – wohlhabender Eltern, die ihr Vermögen mit einem Fleischimperium gemacht hatten, war es gelungen, als Küchenhilfe in

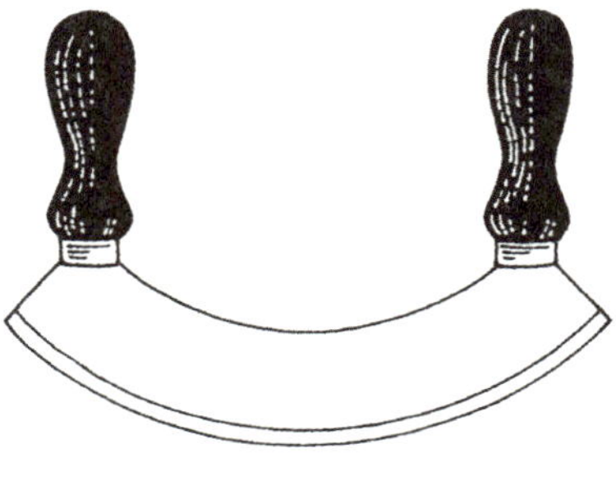

MMs Landschloss engagiert zu werden. Er vermutete zu Recht, dass sein in Gastronomiekreisen bekannter Name dabei hilfreich gewesen war.

Die Vorbereitungen für das Abendessen waren bereits in vollem Gang, als Luca in seiner Arbeitskleidung zur Kochtruppe stieß. Schnell hatte er einen Platz ganz in MMs Nähe gefunden, was nicht schwer war, denn niemand von den anderen wollte dem Meister zu nahe sein: die Gefahr, etwas nicht perfekt hinzubekommen und deshalb angebrüllt und niedergemacht zu werden, war zu groß. Und trotzdem bewarben sich beständig neue junge Köche. Es machte sich einfach zu gut im Lebenslauf, einmal, und sei es noch so kurz, für Maximilian Mayer gearbeitet zu haben.

Luca schnitt die Zwiebeln unter MMs strengem Blick präzise wie eine Maschine. Der stellte noch ein Körbchen mit verschiedenen Kräutern vor ihm ab: »Wenn du mit dem Feinschneiden dieses Grünzeugs fertig bist, komm damit nach nebenan und assistiere mir beim Würzen.« Für kurze Zeit war es ganz still in der Küche, denn das war für einen Neuling eine echte Auszeichnung. Nach wenigen Minuten ging Luca in das »Allerheiligste«, den Raum, der nur nach Aufforderung durch den Meister betreten werden durfte. Dort stand MM an einem langen, silbern glänzenden Metalltisch, vor sich einige Platten aus Porzellan, locker belegt mit bereits perfekt geschnitten Filets aus dem Fleisch des jungen Tümmlers. Daneben lagen verschiedene Fischteile auf einer Edelstahlplatte. Eine Schüssel mit den bereits marinierten Froschschenkeln stand etwas abseits. Der große Koch selbst rührte einige Gewürze in sein Spezialöl. Auf seine Marinaden war er ganz besonders stolz. Er benutzte wie immer seine vorbereiteten Injektionen als »Grundierung«, wie er es nannte. Vorbereitet, damit keiner sah, was er verwendete, und niemand seine Mischungen nachmachen konnte. Die gefüllten Einwegspritzen lagen vor MM aufgereiht. Nachdem er die Filets theatralisch damit traktiert hatte, warf er die leeren wie Mikado-Stäbe auf den Tisch und blickte seinen heutigen Lieblingsassistenten wie nach Bewunderung heischend an. Der lächelte versonnen. Luca rückte die Schalen mit den Kräutern zu den öligen Marinaden hin und schob sich selbst ein Stückchen näher an MM, der jetzt wieder voll konzentriert die Fleisch- und Fischteile vor sich betrachtete. Dann griff MM nach dem Teller mit dem in hauchdünne Sashimi-Scheiben geschnitten Fugu und begann ihn fein zu würfeln. Luca sah, dass die Drachenfischhaut mit ihren Stacheln immer noch am Rande des Tisches stand. Seine nächste Aufgabe war es, die Froschschenkel mit der dafür vorgesehenen Marinade zu bepinseln und dann zum Braten in der Hauptküche auf den Grill zu legen – der Zeitplan war dabei natürlich auf die Sekunde einzuhalten. Als Luca um MM herumging, um die Schüssel zu holen – natürlich trat der große Meister keinen Schritt zu Seite –, spürte Maximilian Mayer so etwas wie einen kurzen Stich im Oberarm, den er aber kaum wahrnahm, da Luca ihn gleichzeitig ungeschickt anrempelte. MM beschimpfte Luca lauthals und warf ihn aus dem Raum. Der so plötzlich in Ungnade gefallene Assistent zog den Kopf ein, ignorierte die teils mitleidigen, teils schadenfrohen Blicke der Kollegen und legte die Froschbeine auf den Grill. Präzise stellte er die Zeit ein und bat dann einen in der

Nähe hantierenden Kollegen zu übernehmen. Er habe genug von MMs Überheblichkeit und werde das Landschloss jetzt sofort verlassen. Er warf seine Schürze in die nächste Ecke, steckte seine Handschuhe wie nebenbei in eine Tüte, die er im Vorraum in seinem Rucksack verstaute, und ging.

Luca galt als sanfter Mensch. Er war Biologiestudent, engagierter Umweltaktivist – und, zum Leidwesen seines Vaters, Veganer. Etwa eine halbe Stunde nach seinem Abgang machte sich im Landschloss Entsetzen breit. MM schien bei der Vorbereitung des Fugu-Tatars einen fatalen Fehler begangen zu haben. Als die eilig herbeigerufene Rettung eintraf, war das für ihn bereits zu spät.

Christian Seiler

Der Mann von Tisch 4

Stanislawski kannte den Mann auf Tisch 4, der unter einem nicht weiter bemerkenswerten Namen reserviert hatte – Weiler? Heiler? Seiler? –, aber er wusste nicht genau, woher.

Was Stanislawski hingegen wusste: Bei allein reisenden Speisenden war es angezeigt, auf der Hut zu sein.

Es gab zwar tatsächlich Menschen, in der Regel mehr Männer als Frauen, die auf ihren meist dienstlichen Reisen zur Entspannung am Abend ein Sternelokal aufsuchten. Aber mindestens ebenso hoch war die Chance, dass es sich beim einsamen Gast um einen Tester des Guide Michelin handelte, also jener Institution, die sogenannte Spitzenrestaurants mit Sternen auszeichnet.

Der Mann hatte ein etwas grobschlächtiges Gesicht, war aber auf eine Weise gut angezogen, dass es nur die Happy Few, zu denen Stanislawski sich stolz zählte, erkennen konnten. Maßgeschneidertes, hellblaues Hemd ohne Krawatte, ein leichtes, nachtblaues Sakko, helle Hosen, rahmengenähte Schuhe.

Letzteres unterschied ihn angenehm von den Typen, die es nicht lassen konnten, zu ihren Cool-Wool-Anzügen weiße Sneaker zu tragen, als wollten sie mitten im Essen aufstehen und ein Workout machen.

Woher kannte er nur dieses Gesicht? Irgendwo in Stanislawskis Erinnerung regte sich etwas, aber es gelang ihm nicht, die richtige Schublade zu öffnen. War der Herr ein Gast, der bereits bei ihm gegessen hatte? War er einer jener B-Promis, deren Bild schon einmal in der Zeitung erschienen war, einer der mediokren Typen, die mit dem Selbstbewusstsein herummarschierten, dass jede und jeder ihre Nase kennen müssten?

Das war fast nicht möglich. Zwar war Stanislawski längst nicht mehr in der Lage, sich alle Gesichter zu merken, in die er täglich hineinlächeln musste. Sein Team nahm jedoch standardmäßig Backgroundchecks aller Gäste vor, um genau auf solche Situationen vorbereitet zu sein. Alle Menschen, die schon einmal im »Stanislawsky's« – lange hatte sich Stanislawski gegen den Idioten-Apostroph und das lächerliche Ypsilon gesträubt, aber seine Branding-Agentur hatte beides für unabdingbar erklärt – gegessen hatten, wurden deshalb mit einem herzlichen »Willkommen zurück, Frau oder Herr sowieso« begrüßt.

Eine eigens dafür beschäftigte Mitarbeiterin förderte alles, was sie im Netz über die Gäste des Abends finden konnte, ans Tageslicht und briefte das Servicepersonal. Es war mehr als unwahrscheinlich, dass ein Gast dieser Qualität – Stanislawski hatte gesehen, dass er zum Aperitif den Champagner von Jacques Selosse bestellt hatte, das Glas zu 75 Euro – keine Spuren im Internet hinterlassen haben sollte.

Stanislawski spürte den kühlen Schauer sich anschleichender Panik. Seine Vermutung, dass der Typ ein Michelin-Inspektor war, der seinen Tisch unter falschem Namen bestellt hatte, begann sich zu verdichten.

Aber statt der Küche und dem Service umgehend mitzuteilen, dass auf Tisch 4 ein VIP-Schrägstrich-Tester saß, sprich: Alarmstufe Rot für das gesamte Team, blieb Stanislawski dort stehen, wo er selbst nicht gesehen wurde, aber den besten Überblick über die 45, selbstverständlich restlos besetzten Plätze seines Lokals hatte. Er dachte darüber nach, wie der Guide Michelin sein Leben verändert hatte.

Schon sein erster Stern, dachte er, während seine Köche die ersten Snacks des Abendmenüs parat machten, hatte sein Leben als Koch auf den Kopf gestellt. Von heute auf morgen war er, der sich bis dahin über die feingliedrigen Kreationen berühmterer Kollegen als »Laubsägearbeiten« lustig gemacht hatte, selbst ein Sternekoch.

Das hatte Auswirkungen, die sich Stanislawski niemals hatte vorstellen können. Alle möglichen TV-Sender und Influencer tauchten plötzlich auf, von den Restaurantkritikern ganz zu schweigen. Sie holten sich buckelnd Rezepte »aus der Sterneküche« ab und näherten sich ihm so unterwürfig, als hielte Stanislawski nicht sein Rezeptbuch, sondern einen geladenen Revolver unter der Schürze versteckt.

Plötzlich standen Lieferanten, denen er bis dahin vergeblich nachgelaufen war, in seiner Tür und boten ihm nicht, wie bisher, gnadenhalber die zweite oder dritte Qualität ihrer Ware an, sondern Fisch, Fleisch und Gemüse, das so gut war, dass Stanislawski gar nicht wusste, wohin mit seinem Glück.

Winzer, deren Weine er bisher für ein Heidengeld bei arroganten Kollegen verkostet hatte, informierten ihn plötzlich, dass sie seiner Bitte um Zuteilung ihrer besten Lagenweine entsprechen würden. Mit Handkuss, Herr Stanislawski.

Als er den zweiten Stern bekam, tauchten neben den üblichen Verdächtigen auch merkwürdige Gestalten auf, die Gourmetreisen für vermögende Asiaten und Amerikaner vermittelten, aßen sein »Sternemenü«, wie sie es völlig selbstverständlich nannten, obwohl es nur Essen war, gutes, klug kombiniertes, kunstfertig angerichtetes Essen, zeigten sich angetan und gaben ihm den Tipp, sein großartiges Menü ein bisschen teurer zu verkaufen. Dann würden nämlich auch die vermögenden Asiaten und Amerikaner einen Besuch in Erwägung ziehen, die auf ihren Reisen durch Europa alles, nur nicht zu billig essen wollten.

Vor allem aber kam das große Publikum.

Die Reservierungen strömten nur so herein, auch als Stanislawski tatsächlich die Preise erhöht hatte, eklatant erhöht hatte, um im Vergleich zu den anderen Sternerestaurants der Stadt nicht abzustinken.

Das »Stanislawsky's« war auf Monate hinaus ausgebucht und musste bei der Zuteilung der Plätze dieselben Mätzchen machen wie »Frantzen« in Stockholm oder »Geranium« in Kopenhagen: Jeweils am Monatsersten wurden die Reservierungen für den Monat freigeschaltet, *first come, first served*.

Wer die erniedrigende Prozedur nicht durchlief, stundenlang auf ein Freizeichen am Telefon zu warten, hatte keine Chance auf einen Tisch im hottesten Restaurant der Stadt.

Gewiss, ein paar treue Gäste der Anfangsjahre, als es bei »Stanislawsky's«, das damals noch »Stanislawski« geheißen hatte, noch keine Laubsägearbeiten gegeben hatte, kamen nicht mehr. Zu fancy, zu abgefahren und viel zu teuer.

Stanislawski bedauerte das. Er hatte die Begeisterung dieser Gäste für seine kleinen kulinarischen Wunder geliebt. Das Gefühl, verstanden und gebraucht zu werden, hatte ihn täglich motiviert, zum besseren Koch gemacht, und mit vielen seiner Gäste verband ihn damals eine Art Freundschaft.

An ihrer Stelle bevölkerten jetzt Anwälte, Zahnärzte, Steuerberater und Immobilienmogule mit ihren dünnen, statusbewussten Frauen oder Geliebten das Restaurant – und natürlich die asiatischen und amerikanischen Touristen, die das Haus stürmten, seit sie genug für ihr Essen bezahlen durften.

Der dritte Stern entfesselte den Wahnsinn endgültig. Bisher hatte man geglaubt, dass Menüs ab 350 Euro eine unerreichbare Schwelle für die Bürger einer Stadt darstellen würden, wo der Durchschnittsverdienst bei 1800 Euro im Monat lag, also bei einer Summe, die man bei »Stanislawsky's« spielend an einem Abend zu zweit ausgeben konnte, wenn man das Menü plus Hummer- und Taubengang bestellte und dazu die Weine trank, die der Sommelier den Menschen, die er als »nicht preissensitiv« einstufte, empfahl.

Auch der Gast auf Tisch 4 war jetzt in ein Gespräch mit dem Sommelier vertieft.

Die beiden lachten herzlich.

Das war ein gutes Zeichen, denn aus heiterer Komplizenschaft resultierten die besten Bestellungen.

Der argentinische Sommelier warf Stanislawski einen triumphierenden Blick zu, als er an ihm vorbei Richtung Keller eilte. Ohne einen Laut formulierte er mit den Lippen das Wort »Rousseau«, womit natürlich nicht der gleichnamige Philosoph und Aufklärer gemeint war, sondern die Domaine Armand Rousseau Père & Fils, deren Pinot Noirs zum Besten und Teuersten zählten, was das Burgund – und der Keller des »Stanislawsky's« – zu bieten hatte. Der Gevrey-Chambertin 2002 stand mit exakt 5000 Euro auf der Karte. Das hieß, der Abend würde – wie fast jeder Abend seit dem dritten Stern – mit einem satten Plus in der Kasse enden.

Stanislawski entspannte sich.

Niemals würde ein Michelin-Inspektor so viel Geld für eine Flasche Wein ausgeben. Er würde sich vielmehr die vom argentinischen Sommelier ausgetüftelte Weinbegleitung vornehmen, um die Abstimmung der Aromen aller Gerichte und des ausgewählten Weins zu prüfen, ihre Finessen auszuloten und schließlich zu bewerten, wie gut das Match gelungen war.

In einem Dreisternrestaurant musste jedes Match perfekt sein.

So perfekt wie jeder einzelne der 18 Gänge, die das Degustationsmenü umfasste, natürlich ohne Hummergang und Taube, die einer extra Bestellung bedurften.

Und nur, wenn alles perfekt war, durfte man davon träumen, das mattglänzende Messingschild mit den drei pummeligen Michelinsternen auch im nächsten Jahr wieder neben den Eingang des Restaurants hängen zu dürfen.

Stanislawski erinnerte sich an das rauschende Fest, das sie gefeiert hatten, als die Nachricht eintraf, dass »Stanislawsky's« als erstes Restaurant des Landes mit dem dritten Michelinstern ausgezeichnet worden war.

Es war einer der glücklichsten Momente seines Lebens gewesen. Gemeinsam mit den Gästen dieses gloriosen Abends hatten sein Team und er den gesamten Vorrat an Agrapart-Champagner ausgetrunken, bis auf die letzte Flasche.

Mitten im Service hatte Sous-Chef Fritz, mit dem Stanislawski den Laden – back in the days – gemeinsam eröffnet hatte, seine Sound Machine auf die Marmorarbeitsfläche gestellt, wo sonst die Teller vor den Augen der Gäste angerichtet wurden, und hatte laute Musik aufgedreht.

Der erste Song. »Funkytown« von Lipps, Inc.

Sofort begannen alle zu tanzen. Sogar die Immobilienmogulgattinnen.

Stanislawski sperrte das Restaurant an diesem Abend erst zu, als es draußen schon wieder hell war. Der letzte Song, der vor dem Gehen aus der Sound Machine kroch, war Iggy Pops herzzerreißende, im merkwürdigsten Französisch der Welt interpretierte Version des Joe-Dassin-Chansons »Et si tu n'existais pas«. Noch heute stiegen Stanislawski die Tränen in die Augen, wenn er den Song irgendwo hörte.

Aber als er nach wenigen Stunden Schlaf wieder aufwachte, hatte er bereits Angst. Die Angst, was er gewonnen hatte, wieder zu verlieren.

Daran hatte sich bis heute eigentlich nichts verändert, auch nach sechs Jahren mit drei Sternen.

So glücklich wie am Tag der Verkündigung würde er erst wieder sein, wenn er das Restaurant zusperrte oder er tot war.

Aber sowohl mit dem Zusperren als auch mit dem Totsein, dachte sich Stanislawski mit einem nach innen gerichteten Lächeln, gedachte er sich noch Zeit zu lassen.

Paradoxerweise beruhigte ihn dieser Gedanke.

Als er sah, wie der argentinische Sommelier an Tisch 4 den Gevrey-Chambertin 2002 kunstfertig öffnete, kurz am Kork roch, ob dieser in Ordnung sei, zufrieden nickte und anschließend dem ominösen Gast einen Kostschluck des blassroten Weins in das wundervolle Zalto-Burgunderglas einschenkte, kehrte sofort das Entsetzen zurück.

Denn der Gast roch am Glas, roch noch einmal, schwenkte den Wein mit selbstverständlicher Eleganz, um ihm Luft zuzuführen und seine Aromen stärker hervortreten zu lassen, roch ein drittes Mal, dann schüttelte er den Kopf und sagte etwas zum argentinischen Sommelier, was dieser offenbar nur widerwillig zur Kenntnis nahm.

Dann nahm der Sommelier den Wein und das Kostglas an sich, deutete eine Verbeugung an und machte sich auf den Weg zurück in die Küche.

In seinem Gesicht war die Katastrophe eingeschrieben. Es gehörte zur Politik des Restaurants, jede Flasche, die vom Gast für nicht gut genug befunden wurde, anstandslos zu ersetzen. Egal, ob der Wein tatsächlich einen Fehler hatte, ob der Gast sich irrte oder ob er sich vor seinen Freunden als Kenner aufspielen wollte: Der Wein wurde ohne Diskussion abserviert und ausgetauscht.

Als guter Unternehmer hätte Stanislawski die Sorge des Sommeliers um die 5000-Euro-Flasche natürlich teilen sollen.

Aber er starrte nur den Gast von Tisch 4 an.

Er war sich jetzt sicher, dass er ihn kannte. Das Schwenken des Weins war ihm so bekannt vorgekommen wie das wiehernde Lachen eines Schulkameraden, an das man sich noch nach dreißig Jahren erinnert.

Wer war der Mann? Er konnte unmöglich Weiler, Heiler oder Seiler sein. Er brauchte nur noch einen winzigen Moment, um es herauszufinden. Die Lösung lag wie immer in der Vergangenheit, aber in welcher?

Der argentinische Sommelier war außer sich.

»Der Wein ist gut, Chef«, sagte er kurzatmig. »Er ist sogar fantastisch. Das Beste, was du für Geld zu trinken bekommst.«

»Hast du ihn probiert?«, fragte Stanislawski.

»Natürlich«, antwortete der Sommelier. »Nichts Besseres in meinem Leben getrunken.«

»Gib mir einen Schluck«, sagte Stanislawski.

»Oui, Chef«, sagte der Sommelier und schenkte zwei Zentimeter des legendären Pinot Noirs von Armand Rousseau in ein Burgunderglas.

Stanislawski trank.

Es war, als würde die Sonne aufgehen.

Der Wein war voll Licht, Musik, Lebensfreude. Es war, als nehme der Wein Stanislawski bei den Achseln und hebe ihn auf, nach oben, nach ganz oben, einem Himmel entgegen, in dem der vierte, der fünfte, der zehnte Stern zu Hause sind.

Als wenig später der Notarzt ankam, der nur noch den Tod des Dreisternekochs und seines argentinischen Sommeliers feststellen konnte, hatte der Gast von Tisch 4 das »Stanislawsky's« längst verlassen.

Die Kriminalpolizei konnte zwar feststellen, dass der Gevrey-Chambertin von Armand Rousseau Père & Fils mit Maitotoxin-1, einem geruchs- und geschmacklosen marinen Gift, versetzt worden war, und zwar in einer Menge, die einer Elefantenherde den Garaus gemacht hätte.

Aber niemand kontrollierte das Etikett der Weinflasche, an dessen Rand in winzigen, Robert-Walser-mäßigen Schriftzügen ein Zitat von Jean-Jacques Rousseau hingekritzelt war, das der Herr von Tisch 4 dort schon hinterlassen hatte, als er Stanislawski die Flasche vor knapp zwanzig Jahren geschenkt hatte.

Damals war der Stammgast, der sich mit Stanislawski bei Gelegenheit über die »Laubsägearbeiten« der anderen lustig gemacht hatte, ein Enttäuschter gewesen, als sich Stanislawski ebendiesen zugewandt hatte.

Jetzt war er der Meinung gewesen, es sei Zeit, der Sache ein Ende zu bereiten.

Das Rousseau-Zitat lautete übrigens: »Es ist viel wertvoller, stets den Respekt der Menschen als gelegentlich ihre Bewunderung zu haben.«

Peter Zirbs

Alles Gute, Leo

Baumgartner hörte nur mit einem halben Ohr hin, als der Landespolizeipräsident seine rasch und lieblos zusammengeschusterte Ansprache hielt. Der Präsident war an sich kein unguter Typ, und Baumgartner hatte in seiner Jugend viel von und bei ihm gelernt, und streng genommen hatte er ihm seinen jetzigen guten Stand bei der Kriminalpolizei zu verdanken.

Auf seine phlegmatische Art hatte ihn der Präsident, lange bevor er in diesen Rang aufstieg und als er für Baumgartner daher noch »Hr. Major Leopold Hahnreiter« und später »der Leo« war, unter seine Fittiche genommen; ihm beigebracht, wie man es mit Beharrlichkeit, akribischer Arbeit und mit einem nahezu unmenschlich dicken Fell relativ weit bringen konnte bei der Kriminalpolizei. Wenn Baumgartner seinerzeit völlig aufgelöst und komplett am Auszucken war, schaute ihn der Präsident wortlos über den Rand seiner schon damals altmodisch wirkenden randlosen Brille an – und sagte nichts. Eine Maßnahme, die ihre Wirkung nie verfehlte: Binnen Sekunden beruhigte sich der damals noch junge Inspektor, sortierte seine Gedanken und war wieder einsatzfähig. Was der Leo gern mit einem »Na siehst, Christoph« quittierte.

* * *

Aber das ist mittlerweile gute 25 Jahre her, und wenn Baumgartner jetzt, während er versucht, dem kaum verständlichen Gemurmel des Präsidenten, also dem Leo, zu folgen, darüber nachdenkt, fragt er sich: *What the f*** has happened in diesen 25 Jahren?*

Dass Christoph Baumgartner mit sich selbst gern in einem deutsch-englischen Kauderwelsch sprach, war in der Vergangenheit wirklich sein geringstes Problem gewesen. Schwerer wogen da schon tote beste Freunde, eine Scheidung, sein Hang zum Alkoholismus und eine gewisse Drogenaffinität, die wohl ein Überbleibsel seiner Jugend war. Und ganz ehrlich: So hundertprozentig ganz richtig im Kopf war Baumgartner auch nicht, das wurde ihm bereits mehrmals von Therapeutinnen und Therapeuten bestätigt. Das hatte er schwarz auf weiß. *But who cares, wenn's mir wurscht ist*, pflegte er sich dann zu denken.

Doch bei seinem letzten Urlaub vergangenes Jahr auf der griechischen Insel Anáfi hatte er seinen Aufwachmoment; er begann, kaum daheim, wieder ins Fitnessstudio zu gehen, reduzierte seinen Alkoholkonsum gegen null und ließ auch sonst die Finger von allem, was ihm und seiner Psyche nicht guttat. Also Neustart quasi. Und dieser Neustart kam mit Baumgartners 52 Jahren auch keinen Tag zu früh.

* * *

Worum es in dem nicht unheiteren Gestammel – ja, man konnte es so nennen – ging, wusste Christoph Baumgartner längst. Klassischer Fall von Flurfunk. Trotzdem musste der arme Leo vorne am Rednerpult so tun, als wäre es eine Riesenüberraschung für alle Beteiligten. Und so hervorragend Leo in vielen kriminaltechnischen Belangen war: Wenn er über sich selbst und dann vielleicht auch noch in lobender Weise vor Publikum sprechen musste, versagte er völlig. Besser wäre es gewesen, dachte sich Baumgartner, der Leo hätte stumm über seine bald schon wieder *vintage* aussehende randlose Brille in den Saal geblickt, alle würden klatschen und die ein bisschen peinliche Sache wäre erledigt gewesen. Aber das gab das offizielle Protokoll leider nicht her.

Jedenfalls war es so, dass sein ehemaliger Ausbildner und Vorgesetzter, jetzt Landespolizeidirektor Leopold Hahnreiter, das Ehrenzeichen für Verdienste um die Republik Österreich verliehen bekam. Jeder wusste es bereits, und jeder wusste auch, dass das dem solcherart Geehrten nicht nur am Allerwertesten vorbeiging, sondern darüber hinaus auch noch unangenehm war. *Aber gar so unverdient war es ja auch nicht, das Ehrenzeichen für Leo*, dachte sich Baumgartner.

Realistisch betrachtet bekam Leo die Auszeichnung nicht für jahrzehntelange, unbestechliche Arbeit. Und auch nicht für die überdurchschnittlich gut ausgebildeten Schützlinge, die in all den Jahren unter seiner Obhut gestanden hatten. Und auch nicht für die vielen meisterlich gelösten Fälle. Nein, Leo wurde streng genommen wegen eines einzigen, besonders aufsehenerregenden Falles geehrt. Ein Fall, dem jahrelange internationale Prozesse folgten; ein Fall, der sich von Wien aus über den Balkan bis nach Nordafrika spannte und dessen Brutalität nicht nur für Wiener Verhältnisse einzigartig war. Dagegen waren die montenegrinischen, afghanischen und sonstigen Clans Kinderkram oder bloß Handlanger eines höheren Plans. Es gab genau genommen kein lukratives illegales Betätigungsfeld, in dem die von der Presse wenig kreativ »Mega-Mafia« genannte Verbrecherorganisation nicht mitmischte. Schlepperei, Drogen-, Menschen- und Organhandel – *you name it*. Und damit es sich so richtig auszahlte, wurde das auf diese Weise gemachte Geld clever gewaschen und in Immobilien, Aktien und Kryptowährungen investiert, und zwar von Menschen, die sehr genau wussten, was sie taten.

Dank Präsident Leo Hahnreiter wurde der Mega-Mafia, deren Administration mit nahezu amtlicher Sorgfalt von Wien aus geleitet wurde, ein massiver Schlag versetzt, von dem sie sich nicht mehr erholte. Denn es war ihm gelungen, tatsächlich die Köpfe der Organisation dingfest zu machen und mit seiner Akribie und Geduld auch vor Gericht stichhaltige Beweise vorlegen zu können. Da halfen selbst die schweineteuren Anwälte der Bosse nichts: Die Drahtzieher und CEOs der Mega-Mafia fassten anständig Schmalz aus. Ein Riesenerfolg jedenfalls.

* * *

Die durch das schlecht eingestellte Mikrofon noch schwerer zu ertragende Ansprache des Polizeipräsidenten war zu Ende. Baumgartner stand an einem der Bistro-Tischchen und leerte sein Glas, das mit prickelndem Mineralwasser gefüllt war, auf einen Zug. *Ex oder Oaschloch*, schoss es ihm wie eine Nachricht aus der Vergangenheit durch den Kopf. Und da kam auch schon der Präsident auf ihn zu; tapsig wie ein Bärenbaby, liebevoll wie der Vater, den er nie gehabt hatte.

»Stofferl«, seufzte Leo, umarmte ihn inklusive obligatem Schulterklopfen und griff sich eines der Gläser mit Sekt. »Du, ich hoff, du hast heute Abend noch nichts vor.« *Obacht*, dachte sich Baumgartner. Was Leo damit nämlich wirklich meinte: Du hast heute schon etwas vor. Seit jetzt. »Du musst mich heute Abend in den *Kärntnerkreis* begleiten. Dort findet nach dem offiziellen Teil der Ehrung die Feier statt. Und ich muss schon wieder zumindest eine kurze Rede halten. Die Presse ist auch dort. Ich brauch dein vertrautes Gesicht und moralische Unterstützung, Stofferl, weil sonst derpack ich das nicht«, stöhnte der Präsident.

Baumgartner schloss resignierend die Augen und fügte sich innerhalb weniger Sekunden in sein unabänderliches Schicksal. »In den *Kärntnerkreis*? Zu den ganzen G'stopften? Und was soll ich anziehen?«

»Schlupf in ein Sakko und gut is«, zerstreute der Präsident etwaige modische Bedenken. »Hauptsache, du bist da. Treffen wir uns um Punkt 19 Uhr vorm Eingang. Und danke, Stofferl, hast echt was gut bei mir.« Und damit stolperte er auch schon in die nächsten offenen Arme, zum nächsten Sektglas.

* * *

Vor dem Eingang des vielleicht teuersten Restaurants Wiens, das sich entsprechend in Höchstmietlage befand, nämlich in einer etwas ruhigeren Seitengasse der Fußgängerzone in der Innenstadt, waren bronzefarbene Absperrungen mit weinroten Kordeln aufgestellt. Sogar an einen roten Teppich hatte man gedacht, um der Feier des frisch geehrten Polizeipräsidenten die nötige Gediegenheit zu verleihen. Baumgartner fühlte sich wie immer bei solchen Gelegenheiten völlig fehl am Platz.

»Ah, super, du bist eh schon da. Grüß dich, Stofferl«, stand der Präsident plötzlich neben ihm. »Schau, ich weiß, es nervt dich. Aber erstens gibt es ein Essen inklusive Weinbegleitung, wie du es wahrscheinlich nie wieder vorgesetzt kriegst. Und zweitens ist es auch für deine Karriere nicht deppert«, versuchte Leo wenig erfolgreich Baumgartner den Abend schmackhaft zu machen.

»Passt schon, Leo. Ich freu mich eh für dich!«, murmelte Baumgartner frei von jeglichem Enthusiasmus. »Komm, gehen wir rein und checken die Lage. Du sitzt natürlich neben mir«, gab der Präsident die Marschrichtung vor. Und als die beiden so würdevoll wie möglich über den roten Teppich ins Innere des *Kärntnerkreis* schritten, blitzten auch schon die ersten Fotoapparate.

* * *

Und irgendwann war er da, der Moment der Rede. Deutlich später als geplant, denn der Ablauf wurde in letzter Sekunde noch umgestoßen, weil ein für die Veranstaltung wichtiger, ja unverzichtbarer Politiker auf der Fahrt nach Wien im Stau stecken geblieben war – sehr zum Missfallen des Präsidenten, der den gefürchteten Moment der Ansprache gerne schon hinter sich gebracht wüsste. Egal, da musste er durch.

Jedenfalls war es justament genau dann so weit, als Leo nach dem mehrgängigen Essen, durch das sich Baumgartner teils lustlos, teils ungelenk quälte, den unfassbar teuren Cognac serviert bekam: Exakt in der Sekunde, als der Präsident den Schwenker, der vor ihn hingestellt wurde, zum Mund führen wollte, kam sein Auftrittsapplaus. »Da, nimm, Stofferl. So was Gutes bekommst du nie wieder, glaub mir's. Der ist sogar mir zu teuer«, meinte es Leo gut mit ihm. »Leo, sehr lieb, aber ich trink nichts mehr«, versuchte der Angesprochene abzuwehren – ohne Erfolg. »Geh, Stofferl, da ist ja eh fast nichts drinnen in dem Glas'l. Trink auf mich, wir sehen uns gleich nach meiner verdammten Rede«, und damit machte er sich auf den Weg zum eigens für diesen Zweck aufgestellten Podium.

Der Geruch des starken Weinbrands stieg in Baumgartners Nase. *»Scheiß drauf, what could possibly go wrong«*, dachte er sich und kippte den Inhalt des Glases hinunter. Der indignierte Blick eines Tafelgastes signalisierte ihm, dass man das mit einem Cognac dieser Preisklasse wohl nicht so handhabte. Mittlerweile war der Präsident bereit für seine Rede, und Baumgartner schloss Augen und Ohren, um nicht Zeuge der unweigerlichen Schmach seines ehemaligen Ausbildners und Freundes zu werden.

* * *

Als Baumgartner wieder erwachte, kannte er sich rein gar nicht aus. *What the hell?*, murmelte er. Die Kanüle in seinem Arm, der Geruch und auch die sonstige Ausstattung ließen nur den Schluss zu, dass er sich in einem Spital befand. Es dauerte ein wenig, bis er endlich kapierte: Das nervtötende Piepsen, das da aus diesem Gerät unweit von ihm kam, war sein Herzschlag. Ihm war unfassbar schlecht, sein Kopf dröhnte und seine Atmung hatte auch schon mal deutlich besser funktioniert.

»Ah, Herr Baumgartner … Schön, dass Sie wieder unter den Lebenden weilen!«, strahlte ihn eine weiß gekleidete weibliche Person an. »Ich geb mir Mühe«, krächzte dieser. »Ich bin Ihre zuständige Ärztin und ich kann Ihnen sagen: Sie hatten ein Rie-sen-glück!«

Baumgartner glotzte verständnislos. Wie Glück fühlte sich das da gerade wirklich nicht an. »Die Rettung war innerhalb von Minuten da, und überhaupt die ganze Kette hat so hervorragend geklappt – sonst wären Sie jetzt eh schon längst in der Pathologie«, plauderte die Ärztin vergnügt.

Baumgartner verstand nichts. Er fühlte sich einfach nur unendlich müde und verwirrt. Was war eigentlich das Letzte, an das er sich erinnern konnte?

»Wir haben Sie direkt aus dem *Kärntnerkreis* abtransportiert, da waren Sie aber bereits nicht mehr ansprechbar und genau genommen klinisch tot«, schien sich die Medizinerin zu freuen. »Seit heute haben Sie einen Geburtstag mehr zu feiern! Ah ja: Draußen wartet jemand, der gerne mit Ihnen sprechen möchte. Schaffen Sie das? Er lässt sich nicht abweisen … Und er ist immerhin Polizeipräsident …« Baumgartner versuchte sich zu konzentrieren. »Ja, passt schon. Lassen Sie ihn bitte rein. Danke, Frau Doktor.«

Wenig später, wobei Baumgartner ohnehin jegliches Zeitgefühl verloren hatte – es hätten Sekunden oder Tage sein können –, öffnete sich die Tür zu seinem Zimmer. Leo trat ein, schaute ihn übermäßig lange an, was Baumgartner noch mehr verwirrte, weil er es nicht wie gewohnt über seinen nicht vorhandenen Brillenrand machte.

»Christoph, ich … Es tut mir so leid.« Wenn er nur wüsste, wovon Leo sprach, versuchte sich Baumgartner einen Reim auf die ungewohnt emotionale Anrede zu machen. Aber Leo ließ ihn nicht lange rätseln. »Der Anschlag hat mir gegolten: Ich Trottel hab dir meinen Cognac aufgedrängt.« Langsam, sehr, sehr langsam dämmerte es Baumgartner: »Und der war nicht ganz koscher?« »Was heißt nicht ganz koscher«, erwiderte Leo bitter, »der war mit Maitotoxin versetzt. Ich mit meiner Herzmuskelschwäche hätte nicht die geringste Chance gehabt; es grenzt schon an Wunder, dass du das überhaupt überlebt hast. Offenbar hast du einen unglaublichen Überlebenswillen. Und Wien gute Ärztinnen.«

Baumgartner dachte nach, so gut es in seinem Zustand ging. »Und wer…«, doch er brauchte die Frage gar nicht mehr auszuformulieren – der Präsident hatte bereits eine Antwort darauf. »Mit ziemlicher Sicherheit ein Gruß von einem der ehemaligen Bosse der Mega-Mafia. Das Gift und die Vorgangsweise deuten darauf hin«, und damit stand Leo von der Bettkante auf und schickte sich an, das Krankenzimmer zu verlassen. Am Weg drehte er sich um. »Du, Stofferl… Schau, dass du schnell wieder gesund wirst, und nimm dir den Fall vor. Find raus, wer das war. Die probieren es fix noch einmal. Und, weißt eh… danke nochmal. Hast schon wieder was gut bei mir. Gute Besserung«, und damit verließ er endgültig den Raum.

»Alles Gute, Leo«, flüsterte Baumgartner heiser und fiel zurück in einen Dämmerschlaf. Aber da war er bereits wieder allein.

Rezepte

Vorspeisen

Rotraut Schöberl
Mango-Salat à la Naira

Zutaten
1 reife Mango
½ Papaya
1 kleine rote Chilischote
2 Jungzwiebeln
1 unbehandelte Limette
etwas Olivenöl
bunter Pfeffer
Varianten: mit geröstetem Sesam, Pinienkernen oder Mandeln, Rucola

Zubereitung
Chili fein hacken und mit dem Limettenabrieb vermengen.
Die Limette auspressen und zusammen mit etwas Öl hinzufügen.
Die Jungzwiebeln fein schneiden. Die Mango schälen, entkernen und würfeln. Die schwarzen Kerne der Papaya vorsichtig entfernen, die Frucht schälen und ebenfalls würfeln.
Alle Zutaten in einer großen Schüssel vermengen, mit dem Dressing vermischen und ungefähr eine Stunde ziehen lassen.
Schmeckt sehr gut zu Fisch!

Alex Beer
Vegane Leberwurst (Brotaufstrich)

Zutaten
250 g Kidneybohnen
200 g Räuchertofu
½ rote Zwiebel
1 Knoblauchzehe
1 TL Paprikapulver
1 TL Petersilie (fein gehackt)
½ TL Salz
1 TL Majoran
1 EL Olivenöl
Pfeffer

Zubereitung
Die Kidneybohnen abspülen und abtropfen lassen. Zwiebel und Knoblauch fein und Räuchertofu grob würfeln.
Öl in einer Pfanne erhitzen, Zwiebel und Knoblauch darin glasig anschwitzen. Majoran zugeben und kurz anbraten.
Tofu, Kidneybohnen, Zwiebeln, Knoblauch, Petersilie, Salz und Pfeffer in die Küchenmaschine geben und 1–2 Minuten bis zur gewünschten Konsistenz zerkleinern.

Martina Parker
Richtig gutes Brot

Zutaten
100 g fertiger Sauerteig
300 g Roggenmehl
200 g Dinkelmehl
10 g Salz
10 g Schmalz (oder Olivenöl)
20 g frische Germ
ca. 300 mℓ lauwarmes Wasser
Brotgewürz nach Geschmack

Zubereitung
Geben Sie Mehl, Salz, Schmalz (oder Öl), Germ, Sauerteig, Gewürze und Wasser in eine Schüssel und rühren Sie alles mit der Küchenmaschine maximal 5 Minuten auf niedrigster Stufe zu einem weichen Teig. Wenn nötig, Wasser dazugeben, Schüssel zudecken und 30 Minuten rasten lassen.

Geben Sie den Teig nun auf ein mit Mehl bestäubtes Brett und drücken Sie ihn vorsichtig mit den Handflächen flach. Nun von oben nach unten, von unten nach oben, von links nach rechts und von rechts nach links einschlagen und abschließend zu einer Kugel formen. Wieder 15 Minuten rasten lassen, dann das Falten wiederholen. Teig in den Gärkorb legen, abdecken und bei Raumtemperatur ca. 45–60 Minuten gehen lassen, bis sich das ursprüngliche Volumen verdoppelt hat.

Machen Sie dann die sogenannte ¾-Probe: Wenn Sie mit dem Finger sanft in den Teig drücken und der Teig zu ¾ wieder zurückgeht, dann gehört er in das vorgeheizte Rohr.

Wir backen unser Brot in einem großen Gusseisentopf mit Deckel. Der Topf wird bei 280 °C im Rohr erhitzt, dann Backpapier und Brot hinein. Wir bleiben bei der Höchsttemperatur. 10 Minuten mit Deckel bei 250 °C, dann auf 180 °C zurückdrehen und weitere 20 Minuten zugedeckt backen. Dann Deckel runter und 15–20 Minuten weiter backen, um eine schöne Kruste zu bekommen. Klingt der Boden beim Draufklopfen dumpf und hohl, ist das Brot durch.

Lassen Sie das Brot auskühlen, schneiden Sie es an und servieren Sie die Brotscheiben mit Butter und Schnittlauch oder Butter, frischen Radieschen und etwas Steinsalz.

Hauptspeisen

Gudrun Lerchbaum
Falsche Fleischlaberl (Bohnen-Patties)

Zutaten
1 Dose Kidneybohnen (250 g Abtropfgewicht)
5 EL Haferflocken
2 EL Mehl
½ Zwiebel
1 Knoblauchzehe
1 EL Senf
1 EL Tomatenmark
2 TL geräucherter Paprika
1 EL Öl
Salz und Pfeffer bzw. Chili
Zusätzliche Gewürze nach Gusto und Verwendung (z.B. je ein TL Oregano und Basilikum oder 1 TL Cumin und 1 EL Sojasauce oder je 1 TL Cumin, Zatar)
Öl zum Braten (Raps, Sonnenblumen, Maiskeim)

Zubereitung
Die Bohnen abtropfen, aber nicht abspülen und in einer Schüssel mit dem Kartoffelstampfer oder einer Gabel schlampig zerdrücken, sodass noch Stücke bleiben. Die Zwiebel fein würfeln und in etwas Öl bei niedriger Hitze anschwitzen, bis sie ganz weich ist, dann den Knoblauch pressen oder fein hacken und noch eine Minute mitbraten und alles zu den Bohnen geben. Wenn die Haferflocken zart/feinblättrig sind – direkt zu den Bohnen damit. Sollten nur grobe vorhan-

den sein, müssen sie vorher mit dem Mörser zerkleinert werden. Senf, Tomatenmark, 1 EL Öl und Gewürze zugeben und alles am besten mit den Händen gut durchkneten, bis ein formbarer Teig entsteht. Je nach Konsistenz 1 bis 2 EL Mehl untermischen. Wenn die Masse zu feucht ist, noch etwas Mehl zufügen, ist sie zu trocken geraten, 1 EL Wasser. Dann für mindestens eine Stunde abgedeckt in den Kühlschrank stellen.

Reichlich Öl in einer Pfanne erhitzen. Aus der Bohnenmasse Kugeln formen, flachdrücken, in die Pfanne legen und die Hitze reduzieren. Bei niedriger Hitze auf jeder Seite ca. 8–10 Minuten braten, bis sie knusprig sind.

Die Bratlinge schmecken mit Salat oder Erdäpfelpüree ebenso gut wie im Burger. Enjoy!

Lydia Mischkulnig
Ossobuco

Ossobuco – ein herrliches Gericht, das man lange schmoren lassen sollte (je nach Fleischsorte, mindestens 3–4 Stunden), für 4 Personen:

Zutaten

4 EL Olivenöl
3 kg Kalbs- oder Rinderhaxel in Scheiben
8 mittelgroße Zwiebeln, gewürfelt
8 Stangen Staudensellerie, gewürfelt
4 Möhren, gewürfelt
3 Knoblauchzehen, zerdrückt
375 mℓ Weißwein
2 Dosen gehackte Tomaten (800 g)
4 Zweige frischer Thymian
4 Zweige frischer Oregano
2 Lorbeerblätter
250 g Kalamata-Oliven, entsteint und grob gehackt
Salz und frisch gemahlener Pfeffer nach Geschmack
FÜR DIE GREMOLATA:
1 ½ Bund Petersilie, fein gehackt
2 Knoblauchzehen, fein gehackt
2 EL geriebene Zitronenschale
Salz

Zubereitung

Den Backofen auf 160 °C vorheizen.

Einen ofenfesten Topf bei mittlerer bis starker Hitze auf dem Herd aufheizen. 1 EL Öl hineingeben.

Kalbshaxel am besten vom Fleischhauer zersägen lassen, etwa 5 cm breite Scheiben, von beiden Seiten scharf anbraten und aus dem Bräter nehmen. Ggf. das Fleisch portionsweise anbraten und dabei jedes Mal Öl zugeben. Kalbfleisch aus dem Bräter nehmen und zur Seite stellen.

Auf mittlere Hitze reduzieren. Zwiebeln, Sellerie und Möhren in den Bräter geben und ca. 5 Minuten dünsten, bis die Zwiebeln glasig sind.

Knoblauch zugeben und eine weitere Minute dünsten. Weißwein einrühren, zum Köcheln bringen und anschließend die Tomaten zufügen.

Thymian, Oregano und Lorbeerblätter unterrühren. Kalbshaxel wieder in den Bräter geben. Dabei darauf achten, dass sie mit Flüssigkeit bedeckt sind (bei Bedarf Wasser zugeben). Zum Köcheln bringen, den Deckel auf den Bräter setzen und in den vorgeheizten Backofen stellen. 2 bis 2 ½ Stunden bei Kalb, 4 Stunden bei erwachsenem Rind, garen, bis sich das Fleisch einfach vom Knochen löst.

Oliven unterrühren und abschmecken. Mit Gremolata servieren.

Eva Rossmann
Weißer Wels auf Fregola mit getrockneten Tomaten

Für 2 Personen

Weißer Wels

Zutaten
2 Filet-Mittelstücke vom weißen Wels, am besten mit Haut
½ Bio-Zitrone
½ TL grob geriebener schwarzer Pfeffer
½ TL Fiore di Sale (natürliche Meersalzflocken)
2 EL hoch erhitzbares Öl (z.B. Sonnenblumenöl oder Bio-Bratöl)
1 EL bestes Olivenöl
4 Kirschtomaten

Zubereitung
Von der Zitrone zwei schöne dünne Scheiben zur Seite geben. Den Rest ausdrücken, mit Pfeffer und Salz vermischen. Die beiden Welsfilets damit einreiben und 15 Minuten ziehen lassen.

Das hoch erhitzbare Öl in einer Pfanne sehr heiß werden lassen (wenn man einen Tropfen Wasser hineinspritzt, muss es zischen). Die Welsfilets mit der Hautseite ins Öl legen und braten, bis sich die Haut goldgelb färbt. Die Hitze aufs Minimum reduzieren, das Olivenöl und die vier Kirschtomaten dazugeben, die Filets umdrehen und noch (je nach Dicke) 2–3 Minuten glasig ziehen lassen.

Fregola mit getrockneten Tomaten

Zutaten

100 g Fregola
300 mℓ Tomatensauce (pur, ohne Gewürze)
8 getrocknete Tomaten
1 mittelgroße Zwiebel (100 g)
2 Knoblauchzehen
40 mℓ Wermut (oder Weißwein)
4 EL bestes Olivenöl
1 TL vegetarische Bio-Gemüsewürze
schwarzer Pfeffer aus der Mühle
ev. 1 getrockneter Peperoncino (Chili)
Salz
20 g geriebener Pecorino
6 große Basilikumblätter

Zubereitung

Zwiebel fein schneiden und in einem Topf mit 2 EL Olivenöl auf kleiner Flamme anrösten, ohne dass sie Farbe bekommt. Fein geschnittenen Knoblauch und in Streifen geschnittene getrocknete Tomaten dazugeben, einmal umrühren und dann sofort mit Wermut (oder Weißwein) ablöschen.

Mit Tomatensauce aufgießen. Salzen, pfeffern, 350 ml Wasser, Gemüsewürze und eventuell 1 Peperoncino im Ganzen dazugeben. Wenn alles aufgekocht ist, die Fregola einrühren. Ab und zu umrühren. Legt sich die Fregola an, etwas Wasser zugeben. Bei kleiner Hitze köcheln, bis sie al dente ist (die Zeit variiert, da sie in unterschiedlicher Größe angeboten wird, besser, man nimmt eher kleinere Fregola). Topf von der Hitze nehmen, den Pecorino, die restlichen 2 EL Olivenöl und 4 in Streifen geschnittene Basilikumblätter einrühren.

In der Mitte von vorgewärmten großen Tellern die Fregola anrichten, darauf das Welsfilet legen. Mit einem Basilikumblatt, einer dünnen Scheibe Zitrone und den gebratenen Kirschtomaten garnieren.

Wenn man die Fregola mit Tomaten als vegetarisches Gericht servieren möchte, am Ende mit gehobelten oder ganz dünn geschnittenen Pecorino-Blättern verzieren.

Herbert Dutzler
Schlutzkrapfen

Am liebsten kochen wir (in Arbeitsteilung), speziell für unsere beiden Söhne, Schlutzkrapfen. Es ist ihr Lieblingsgericht, und deshalb gibt es die immer, wenn sie uns besuchen, bzw. bei Geburtstagsfeiern.

Das Rezept eignet sich für 4 nicht besonders gefräßige Personen. (Mit den Mengenangaben tu ich mir immer schwer!)

Zutaten

FÜR DIE FÜLLE:

30 dag Blattspinat
2 mittelgroße gekochte Erdäpfel
2 Packungen Cottage Cheese

FÜR DEN NUDELTEIG:

20 dag glattes und 20 dag griffiges Mehl
2 Eier
etwas Öl und Wasser

ZUM SERVIEREN:

braune Butter
Salbei

Zubereitung

Die Fülle bereitet in der Regel meine Frau zu: Blattspinat fein hacken und ausdrücken, sodass er nur mehr wenig Wasser enthält. Gekochte Erdäpfel zerdrücken. Blattspinat, Erdäpfel und Cottage Cheese in der Küchenmaschine mixen, sodass eine cremige Masse entsteht. Mit Salz und Pfeffer würzen.

Den Nudelteig mache ich: So lange kneten, bis er fest, aber nicht trocken ist. Wenn er klebt, noch etwas Mehl zugeben und weiterkneten. Eine Stunde (in Frischhaltefolie) rasten lassen.

Teig mit einer Nudelmaschine ausrollen. Dann Füllehäufchen (1–2 TL groß) auf dem Teig verteilen (so etwa mit 2 cm Abstand). Dann Teigbahn mit verquirltem Ei bestreichen, zusammenklappen und die einzelnen Schlutzkrapfen mit einem Teigroller trennen. Ränder zusammendrücken, Luft rausdrücken. In siedendem Wasser ziehen lassen (ca. 3–4 Minuten). Da arbeitet man beim Einlegen am besten zusammen, damit es schneller geht.

Butter schmelzen und bräunen, mit gehackten Salbeiblättern drin. Die Blätter sollen knusprig werden.

Die Schlutzkrapfen mit einer Lochkelle aus dem Wasser holen, abtropfen lassen und auf Teller verteilen.

Mit Salbeibutter übergießen.

Reichlich Parmesan draufstreuen und einen guten Südtiroler Weißwein dazu trinken!

Christian Klinger
Reisfleisch

Den meisten Erfolg ernte ich, wenn ich Steaks, Hühnerbrust, Gemüse und Würstel kaufe, das Ganze an ein Kind übergebe, dieses all das mit seinen Spezialgewürzen beizen und anschließend grillen lasse. Punkt.

In meiner Familie habe ich den Ruf, ein schlechter Koch zu sein. Aber ein Rezept habe ich doch gefunden, das Anklang findet, und weil es so einfach ist, will ich es Personen, die sich in einer ähnlichen Lage wie ich befinden, nicht vorenthalten: mein Reisfleisch:

Zutaten (für 4 Portionen)

300–400 g Putenbrust (am besten Innenfilet) oder Kalbsschulter
1 rote Zwiebel
1–2 rote Spitzpaprika
2 Knoblauchzehen
Paprikapulver süß
Chilipulver/-flocken
Pfeffer schwarz
Salz
½ ℓ Suppenfond
Tomatenmark
500–600 g Langkornreis
(Grana oder Parmesan gerieben)

Zubereitung

Aus dem Fleisch allfällige Sehnen herausschneiden, dann klein würfeln. Salzen, pfeffern, etwas Chili zugeben. Blättrig geschnittenen Knoblauch in die Mitte legen und das Fleisch zu einem Knödel häufen (mit dem Knoblauch als Kern, damit das Aroma einzieht).

In der Zwischenzeit Zwiebel klein hacken (ich schneide ihn immer), den Spitzpaprika entkernen und in kleine Stücke schneiden. Die Zwiebel in etwas Sonnenblumenöl anschwitzen, bis sie glasig wird. Bevor sie zu sehr bräunt, Paprikastücke hinzugeben. Wenn der Paprika geröstet ist, das Fleisch zugeben und anbraten. Mit 3–4 TL Paprikapulver und etwas Tomatenmark abschmecken, umrühren, dann den Topf oder die Pfanne zudecken, aber nicht länger als 3–5 Minuten braten lassen, dann das Ganze mit der Suppe löschen und anschließend zugedeckt mindestens 20 Minuten bei schwacher Hitze garen lassen.

In der Zwischenzeit den gewaschenen Reis wie gewohnt kochen. Wenn der Reis noch leicht körnig ist, mit dem Fleischsaft vermischen und ungefähr 10 Minuten ziehen lassen, bis die Flüssigkeit gut aufgesogen ist.

Mit geriebenem Parmesan (oder Grana) heiß servieren. Dazu am besten grünen Salat oder Jägersalat reichen.

Ellen Dunne
Guinness Stew

Für 4 Personen

Zutaten
800 g gewürfeltes Rindfleisch
2 EL Sonnenblumenkernöl
2 mittlere weiße Zwiebeln, gehackt
3 Knoblauchzehen, gepresst
2 Lorbeerblätter
Thymian-Zweig
Rosmarin-Zweig
4 Karotten, in kleine Stücke geschnitten
1 Pastinake, in kleine Stücke geschnitten
2 Stangen Sellerie
750 mℓ Guinness-Bier aus der Dose
250 mℓ Rindsuppe
500 g Kartoffeln, gewürfelt
Salz, Pfeffer nach Geschmack

Zubereitung
Zunächst das mit etwas Mehl bestaubte Rindfleisch in Portionen im Öl anbräunen und zur Seite legen. Danach die gehackten Zwiebeln und Knoblauchzehen langsam im selben Topf anschwitzen, bis sie leicht braun sind. Das geschnittene Gemüse mit in den Topf geben und ein paar Minuten mit anbraten. Danach das Fleisch zugeben und das Guinness über alles gießen und dabei den braunen Bratensatz, der sich im Topf gebildet hat, mit der Flüssigkeit abkratzen und

vermischen. Rindsuppe, Thymian, Rosmarin und die Gewürze hinzugeben.

Alles zum Kochen bringen, dann für 1,5 Stunden zugedeckt köcheln lassen. Danach noch einmal 1,5 Stunden abgedeckt köcheln lassen. Sollte die Sauce dann noch zu dünn sein, mit etwas mit Wasser vermischtem Mehl eindicken.

Übrigens: Guinness-Bier ist seit 2018 offiziell ein veganes Produkt. Für ein veganes Guinness Stew einfach das Rindfleisch durch 500 g geviertelte Pilze (Portobello, Kastanien, Champignons oder ein Mix) und die Rindsuppe durch klare Gemüsesuppe ersetzen.

Nachspeisen

Tatjana Kruse
Eisbombe für Einsteiger*innen

Zutaten
65 g Zucker
1 Päckchen Vanillezucker
2 Eigelb
2 Eiweiß
60 g Mehl
40 g flüssige Butter (abgekühlt)
1 ℓ Vanilleeis
800 mℓ Schokoeis
700 mℓ Erdbeereis
FÜR BAISER UND DEKORATION:
3 Eiweiß
150 g Zucker
100 g Puderzucker
diverse Früchte zur Deko (Himbeeren, Kirschen o.Ä.)

Zubereitung
Den Ofen auf 180 °C vorheizen und eine Springform mit Backpapier auslegen. Das Eiweiß mit dem Zucker steif schlagen, erst das Eigelb und anschließend das Mehl unterheben. In die Biskuitmasse die flüssige Butter unterziehen, dann die Masse in die Springform geben und 20 Minuten backen. Den Biskuitboden auskühlen lassen.

Eine Metallschüssel mit Frischhaltefolie auskleiden und das Vanilleeis etwas auftauen lassen, bis es streichfähig ist. Die Schüssel mit dem Vanilleeis auskleiden. Für mindestens eine Stunde im Tiefkühlschrank fest werden lassen.

Das Schokoeis auftauen lassen, bis es streichfähig ist, und eine Schicht Schokoeis auftragen. Dafür muss das Vanilleeis bereits gut gekühlt sein, sonst vermischen sich die Eissorten. Für eine weitere Stunde in die Tiefkühltruhe, und anschließend das Erdbeereis auftragen. Die fertige Eistorte für mindestens drei Stunden tiefkühlen.

Für das Baiser das Eiweiß halbsteif schlagen, den Zucker hinzugeben und aufschlagen. Den Puderzucker in den Eischnee sieben und unterheben. Das Baiser in eine Spritztüte füllen. Die Eisbombe auf den Biskuitboden stürzen, die Schüssel abnehmen und die Frischhaltefolie abziehen. Mit der Spritztüte kann man unterschiedliche Ornamente und Sterne auf die Bombe spritzen, bis das Eis komplett verziert ist. Zu guter Letzt die Baiserverzierung mit einem Flambierbrenner abflämmen, bis die Spitzen sich bräunlich verfärben. Die fertige Eisbombe noch mit frischen Beeren verzieren und sofort servieren.

Theresa Prammer
Banoffee-Cake (auf Deutsch: Hüftgold)

Zutaten
eine Packung Hafer- oder Butterkekse
75 g Butter
eine Packung Vanillepudding für 500 mℓ Milch
300 mℓ Milch
eine Packung Frischkäse
Zucker
eine Dose (ca. 400 g) oder zwei bis drei Tuben (je 170 g) gezuckerte Kondensmilch
Bananen
(eventuell Schlagobers, Sahnesteif, Vanillezucker, Vollmilchkuvertüre)

Zubereitung
Eine Packung Butterkekse zerbröseln, mit geschmolzener Butter vermengen und in eine Tortenform am Boden andrücken. In den Kühlschrank stellen. Vanillepudding nach Anleitung mit Zucker und 200 ml Milch kochen, vom Herd nehmen und die Packung Frischkäse einrühren. Ein bisschen auskühlen lassen, dann auf den Butterkeksboden verteilen und alles wieder in den Kühlschrank.

Die gezuckerte Kondensmilch in einen Topf geben und unter ständigem Rühren (Achtung, verbrennt sehr schnell, nicht kosten, wird sehr heiß) so lange bei mittlerer Hitze kochen, bis Karamell daraus wird. Während die Masse ein wenig abkühlt, Bananen in Scheiben schneiden und auf der Pudding-Frischkäse-Masse verteilen. Am Schluss das Karamell als oberste Schicht verteilen und alles für eine Stunde in den Kühlschrank. (Falls das Karamell zum Verstreichen zu hart geworden ist, kann man etwas Butter einrühren.)

Für Hardcore-Dessert-Fans: Ich habe auf das Karamell eine zusätzliche Schicht geschmolzene Vollmilchkuvertüre verteilt. Vor dem Servieren habe ich Schlagobers mit Vanillezucker und Sahnesteif geschlagen und als letzte Schicht daraufgegeben. Es war der Partyhit!

Beate Maxian
Kaiserschmarren mit Zwetschkenröster

Für 4 Personen als Nachspeise

Zutaten
6 Eier, in Dotter und Eiklar getrennt
50 g Zucker
250 mℓ Milch
200 g Mehl, glatt
40 g Rosinen
Butter zum Ausbacken
Staubzucker zum Bestreuen

ZWETSCHKENRÖSTER (SELBST GEMACHT):
1 kg Zwetschken (dt. Pflaumen)
200 g Zucker
150 mℓ Wasser
1 Zimtstange, etliche Gewürznelken
1 Zitrone ungespritzt, Saft und Schale

Zubereitung
Zwetschken waschen, halbieren, Kern entfernen. Zimtstange und Nelken in einen Teebeutel geben und mit Zucker und in Schale und Saft getrennter Zitrone in Wasser aufkochen. Zwetschken einmengen und in rund 30 Minuten weich kochen. Teebeutel entfernen und Zwetschkenröster kalt stellen.

Eidotter mit Zucker, Milch und Mehl gut verrühren. Eiklar mit etwas Salz zu festem Schnee schlagen, in die Dottermasse heben. In einer offenen, großen Pfanne mit Glasdeckel Butter bei mittlerer Hitze schmelzen, die Eiermasse eingießen und die Rosinen einstreuen. Einige Minuten auf einer Seite backen, dann wenden, und bevor die Masse stockt mit zwei Gabeln in Stücke reißen. Nun Deckel draufgeben und backen, bis die Masse stockt. Mit Staubzucker bestreuen und mit Zwetschkenröster servieren.

Christian Schleifer (René Laffite)
Kriminell köstliches Mousse au Chocolat

Zutaten
200 g dunkle Schokolade (über 70 % Kakaoanteil)
3 Eier
200 mℓ Schlagobers
40 g Zucker
50 g Butter

Zubereitung
Zunächst Eiweiß und Eigelb trennen, Eiweiß und Obers separat steif schlagen. Währenddessen die Butter und die Schokolade im Wasserbad vorsichtig zum Schmelzen bringen.

Geben Sie zum Eigelb etwa 2 EL heißes Wasser und schlagen Sie es in einer großen Schüssel cremig. Langsam Zucker zugeben. Danach die geschmolzene Schokolade unterheben, dann erst Eischnee und Schlagobers unterziehen. Achtung: Verwenden Sie dazu KEINEN elektrischen Mixer.

Das fertige Mousse nun für etwa zwei Stunden im Kühlschrank kalt stellen. Wahlweise können Sie vor dem Servieren noch wertvolle Diamanten oder andere Schmuckstücke im Mousse versenken, grundsätzlich tun es zur Deko aber auch Waldbeeren und/oder Schokostreusel. Bon Appétit!

Biografien

ALEX BEER, geboren in Bregenz, hat Archäologie studiert und lebt in Wien. Ihre historische Krimireihe um den Ermittler August Emmerich ist preisgekrönt, mit Isaak Rubinstein hat sie eine weitere faszinierende Figur erschaffen, die während des Zweiten Weltkrieges in Nürnberg ermittelt.

ELLEN DUNNE, in der Nähe von Salzburg geboren, lebt heute nahe Dublin. Seit 2011 freie Texterin und Autorin. 2023 erhielt sie für »Boom Town Blues« den Friedrich-Glauser-Preis für den besten Kriminalroman.

HERBERT DUTZLER, geboren 1958, ist ehemaliger Lehrer und mit seinen Krimis um den Altausseer Polizisten Gasperlmaier Autor einer der erfolgreichsten österreichischen Krimiserien. 2022 erhielt er den Österreichischen Krimipreis.

EVA D. Eva Damyanovic ist als Kabarettistin und Schauspielerin unter dem Künstlernamen »Eva D.« bekannt. 2024 erscheint ihr erster Roman »Mein Zahnarzt sagt Mädchen zu mir«.

SEVERIN GROEBNER, geboren 1969 in Wien, lebt seit 1999 in Frankfurt/Main, ist Schauspieler und mehrfach ausgezeichneter Kabarettist (zuletzt Dieter-Hildebrandt-Preis 2022).

WERNER GRUBER, geboren 1970 in Ostermiething, studierte an der Universität Wien Physik und lehrt dort an der Fakultät für Informatik. Er ist Autor zahlreicher Sachbücher und wurde durch seine Volkshochschulkurse in Wien (»Die Naturwissenschaft von Star Trek«, »Die Physik des Papierfliegerbaus«, »Kulinarische Physik«), seine Kolumnen und Fernsehauftritte bekannt.

CHRISTIAN KLINGER, geboren 1966 in Wien, Studium der Rechtswissenschaften. Seit 2017 Zweitwohnsitz in Triest. Er veröffentlichte zahlreiche Krimis und Beiträge in Anthologien, erhielt den Luitpolt-Stern-Förderungspreis und war auf der Auswahlliste des Agatha-Christie-Krimipreises (2011).

TATJANA KRUSE, geboren 1960 in Schwäbisch Hall, wo sie auch heute lebt und arbeitet. Seit 1996 schreibt sie Krimi-Kurzgeschichten und seit 2000 Kriminalromane. Für ihre Krimis wurde sie bereits mit dem Marlowe der Raymond-Chandler-Gesellschaft, dem Fancy-Media- und mit dem Nordfälle-Preis ausgezeichnet.

RENÉ LAFFITE. Hinter dem Pseudonym René Laffite verbirgt sich der Bestseller-Autor Christian Schleifer. Der frühere Sportjournalist konzentriert sich nun auf das Schreiben von Kriminalromanen. Christian Schleifers Weinkrimis sind südlich von Wien angesiedelt, als René Laffite lebt er seine Liebe zu Frankreich aus. Der Autor lebt mit seiner frankophilen Frau, den gemeinsamen Zwillingen und zwei Katzen in Wien.

GUDRUN LERCHBAUM, geboren in Wien. Seit Abschluss ihres Architekturstudiums an der TU Wien arbeitet sie als Architektin und freischaffende Künstlerin. Nach zahlreichen Texten und Kurzgeschichten erschien 2015 ihr erster Roman »Die Venezianerin und der Baumeister« bei Haymon. Zuletzt erschienen: »Zwischen euch verschwinden« (2023).

BEATE MAXIAN lebt in Oberösterreich und Wien. Sie arbeitete als Produktions- und Regieassistentin für Filmproduktionen, war Redakteurin und Moderatorin beim Fernsehen, schreibt Familienromane, Kriminalromane und Kurzgeschichten. Sie erhielt mehrere Stipendien und wurde mehrfach für Preise, wie den Leo-Perutz-Preis und den Viktor-Crime-Award, nominiert.

LYDIA MISCHKULNIG, geboren 1963 in Klagenfurt, lebt und arbeitet in Wien. Sie war Kolumnistin bei »Die Furche«, Essayistin, Lehrbeauftragte an der Universität für angewandte Kunst in Wien und ist seit 1996 Romanautorin.

MARTINA PARKER, Journalistin und Krimiautorin, lebt mit ihrem britischen Ehemann in einem alten Bauernhaus im Südburgenland. Ihre bisherigen Gartenkrimis »Zuagroast« und »Hamdraht« waren monatelang auf den Bestsellerlisten.

THERESA PRAMMER, 1974 in Wien geboren, ist Schauspielerin, Regisseurin und Krimiautorin. 2006 gründete sie mit ihrem Mann das Sommertheater »Komödienspiele Neulengbach«. Für ihren Kriminalroman »Wiener Totenlieder« ist sie mit dem Leo-Perutz-Preis ausgezeichnet worden.

ERWIN RIEDESSER, geboren in Bregenz, Buchhändler und Autor. Mit Rotraut Schöberl eröffnete er 1994 die Buchhandlung Leporello. Unter den Künstlernamen Flores & Santana schreiben Rotraut Schöberl und Erwin Riedesser seit 2024 an ihrer KanarenKrimiReihe.

EVA ROSSMANN, geboren 1962 in Graz, lebt im Weinviertel/Österreich und in Sardinien. Verfassungsjuristin, politische Journalistin, Publizistin, Radio- und TV-Moderatorin, seit 1995 freie Autorin. Zahlreiche Sachbücher. Seit ihrem Krimi »Ausgekocht« auch Köchin in Buchingers Gasthaus »Zur Alten Schule«. Ihre gesellschaftspolitischen Kriminalromane rund um die Wiener Journalistin Mira Valensky und deren bosnisch-stämmige Putzfrau und Freundin Vesna Krajner wurden zu Bestsellern. Zuletzt erschienen 2023 »Fine Dying« und 2024 »Alles Gute«.

ROTRAUT SCHÖBERL, geboren in Reichenau/Rax, eröffnete 1994 mit Erwin Riedesser die Buchhandlung Leporello. Zuletzt hat sie die Anthologien »Radieschen von unten. Kriminell gute Gartenmorde« (2022) und »Meer Morde« (2023) herausgegeben. Unter den Künstlernamen Flores & Santana schreiben Rotraut Schöberl und Erwin Riedesser seit 2024 an ihrer KanarenKrimiReihe.

CHRISTIAN SEILER, geboren 1961 in Wien. Lebt in Wien, im Weinviertel und, wenn möglich, auf Reisen. Arbeitete u.a. als Kulturredakteur der »Weltwoche«, Reporter und Chefredakteur des Nachrichtenmagazins »profil«, Chefredakteur der Kulturzeitschrift »Du«. Seit 2005 selbstständig als Kolumnist, Autor und Verleger. Zahlreiche Buchveröffentlichungen, zuletzt das Kochbuch »Alles wird gut« (2022).

PETER ZIRBS lebt in Wien als Musiker, Songwriter, Journalist und Autor.

Radieschen von unten

Meer Morde
Kriminelle Geschichten im und am Wasser
Herausgegeben von Rotraut Schöberl
Mit Illustrationen von Hanna Zeckau
Hardcover mit Schutzumschlag, 288 Seiten
ISBN 978 3 7017 1771 2

Die meisten Geschichten lassen den Leser mit einem schaurigen Lächeln zurück. Und kurzweilig sind sie – genau richtig zwischen zwei Gängen ins Wasser.
Barbara Liepert, FRANKFURTER ALLGEMEINE SONNTAGSZEITUNG

Stille Wasser sind tief – aber manchmal nicht tief genug …
Mit Texten von: Ljuba Arnautovic, Jean-Luc Bannalec, Alex Beer, Severin Groebner, Andreas Gruber, Patricia Highsmith, P.D. James, Stefan Kutzenberger, Petros Markaris, Martina Parker, Therese Prammer, Thomas Raab, Julya Rabinowich, Erwin Riedesser, Claudia Rossbacher, Eva Rossmann, Wolfgang Salomon, Rotraut Schöberl, Fred Vargas, Martin Walker, Klaus-Peter Wolf, Peter Zirbs.

Mord auf leisen Pfoten
Kriminell gute Katzengeschichten
Herausgegeben von Rotraut Schöberl
Mit Illustrationen von Livia Klingl
Hardcover mit Schutzumschlag, 272 Seiten
ISBN 978 3 7017 1738 5

Kommissar Schnurr und die Killer-Miezen – eine unterhaltsame Sammlung von Katzen-Krimis – auch für jene, die es sonst mit den Hunden haben.

Doris Kraus, DIE PRESSE

»Mord auf leisen Pfoten« ist eine bezaubernde Sammlung klassischer und neuer Katzengeschichten mit kriminellem Hintergrund. Ein Buch, das Kurzweil nicht nur Katzenliebhabern und Krimifans bietet. Eine hinreißende Idee, grandios und professionell umgesetzt.

Michael Pick, schreiblust-leselust.de

Das Buch ist ein ideales Geschenk für alle Katzenliebhaber.

petdoctors.at